刀伊入寇

藤原隆家の闘い

葉室 麟

角川文庫
23514

目次

【主な登場人物】

藤原隆家　　　幼名阿古。平安中期の公卿（くぎょう）。さがな者（荒くれ者）として知られる。

藤原伊周　　　隆家の兄。叔父の道長と対立する。

藤原道隆　　　隆家・伊周の父。一条天皇の摂政・関白を務める。中関白家の祖。

藤原道長　　　隆家・伊周の叔父、道隆の弟。のちに内覧となり、栄華を極める。

藤原道兼　　　隆家・伊周の叔父、道隆の弟。のちに関白となる。

藤原兼家　　　隆家・伊周の祖父。

藤原頼通　　　道長の長男。のちに摂政・関白となる。

乙黒法師　　　中関白家に仕える滝口の武士。

平致光（むねみつ）　謎の法師。不可思議な術を体得している。

花山院（かざん）　　第六十五代天皇。兼家の陰謀により退位させられる。

済子（せいし）　　　伊勢斎宮（いせ）に決まるも退下した王女。

一条天皇　　　第六十六代天皇。

東三条院詮子　　隆家の叔母。一条天皇の母。

三条天皇　　　　居貞親王。第六十七代天皇。

後一条天皇　　　第六十八代天皇。

貴子　　　　　　隆家・伊周・定子の母。当代きっての才女。

定子　　　　　　隆家の姉。一条天皇の中宮。一条天皇の寵愛を受ける。

彰子　　　　　　道長の娘。一条天皇の中宮。

瑠璃　　　　　　花山院に仕える謎の女。

烏烈　　　　　　花山院に仕える異形の男。

頼勢　　　　　　花山院の従者。異形の大男。

安倍晴明　　　　朝廷に仕える陰陽師。天文の動きから未来を読む。

清少納言　　　　定子に仕える女房。

紫式部　　　　　彰子に仕える女房。

大蔵種材　　　　九州大宰府の官人。六十を過ぎた老武者。

長岑諸次　　　　九州対馬判官代。

源　知　　　　　九州肥前の武士団「松浦党」の頭。

第一部　龍虎闘乱篇

一

長徳元年（九九五）三月——

——阿古様

阿古様、どこにおいでなのでしょうか。

暗闇の中で侍女たちの声が響く。心配しているようだが、どこか楽しげだ。いつものいたずらで姿を晦ましただけだとわかっているからだろう。

その声を聞きながら、少年は寝殿造の大屋根に仰向けになって寝そべっていた。夜空に青みを帯びた満月がかかっている。月を見つつ、少年は、

「どこかに、強い敵はおらんものかな」

とつぶやいた。それに応じて、男の声が、

「どこにでもおるぞ」

と囁いた。

「まことか。まことに強い敵か」

「ああ、ひとの心に棲む鬼だ」

「なんだ、そんなことか。坊主の言い草だな」

「だが、お前はそういう敵と戦わねばならんだろうよ」

　──乙黒

少年は呼びかけた。月明かりに男の蓬髪が照らし出されている。眉が太く鼻筋がとおった精悍な顔だ。年は二十歳すぎだろう。名を、

　──乙黒法師

と称している。もっとも得度しているわけではない。在野の行者である。乙黒は山野で荒行を積んで不可思議な術を体得したらしい。

少年は京の町中で乙黒と出会った。乙黒は辻で邪霊退散の祈禱をしていた。

前日の夜中、辻に鬼が現れ犬を食ったという。

その犬の死骸があった地面は赤黒く色が変わっていた。乙黒は傍らに水甕を持ってこさせ自らの手で水をすくい読経しながら振り撒いた。すると地面からもくもくと白い煙が立ち上った。

　──退散

と一喝すると、白煙の中におどろおどろしい鬼が現れ、すぐにふっと消えた。その

乙黒が目を見開いて、

様子を見ていた少年が、

「鬼など珍しくもない」

とつぶやくと、乙黒が横柄な口調で、

「見たことがあるのか」

と問うた。

「おお、わしの屋敷には出世のためなら何でもする鬼が何人もおるぞ」

少年が答えると、乙黒はにやりと笑った。

少年の身分は高い。

一条天皇の摂政関白を務め、後に中関白と呼ばれる藤原道隆の四男である。数えで十二歳の時には元服して従五位下侍従となった。さらに去年、十六歳で従三位に叙せられ公卿に列した。

侍女たちは幼名の阿古と呼ぶが、元服しての名は、

――隆家

である。隆家はわずか十七歳にして権力中枢にいる貴公子だった。しかし、貴族の家に生まれながら、隆家の心には、なぜか荒ぶるものがあった。

「強い敵はおらぬか」

そうつぶやいてしまうのだ。

中臣鎌足に始まる藤原氏は、奈良時代、北家、南家、式家、京家の四家に分かれた
が、平安時代になると北家が台頭し、天皇家の外戚となって権力を独占した。

隆家はこの藤原北家の血筋だった。父道隆が隠退すれば、隆家の五歳年上の兄伊周
が摂政関白の座に就くだろう。

隆家の家系が繁栄したのは曾祖父師輔に始まる。

師輔の娘安子が村上天皇に入内し、皇子をあげた。冷泉天皇、為平親王、円融天皇
だ。さらに師輔の子伊尹の娘を母とするのが花山天皇だった。そして隆家の祖父兼家
の娘、詮子も入内して皇子をあげた。

一条天皇である。

この間、藤原家内部は娘を入内させ天皇の外戚になることをめぐって、兄弟同士が
いがみ合い、陥れ、出し抜くという醜悪な争いを演じた。

そんな一族の野心に満ちた生き方を、隆家の若い心は好んでいない。ひとをだまし、
陥れようとする策謀は男らしくない。

（権勢が欲しいのなら、なぜ力で奪い取らないのだ）

自分はそんな生き方をしたくない、と思っている。だからこそ、強い敵を求めて戦
いたいのだ。

乙黒には隆家の胸中が見えるらしく、

「お前の願いはやがてかなうぞ」

とひと言だけ言った。

それ以来、乙黒は少年の前に飄然と現れるようになった。

たとえ屋敷の中であろうと、町中であろうと乙黒は好きな場所に現れることができるようだった。

しかし乙黒は隆家の身分など何とも思わないらしく、平気でお前呼ばわりする。

隆家もそのことが気にならない。子供のころから朝廷の高位に就いていただけに、身分というものをありがたいとは思わないからだ。

それよりも欲しいのは、力を振るって戦うことができる敵だ、と思っている。

「敵に会いたければ海を渡ればよい」

乙黒は月を仰ぎ見ながら言った。

「また、宋に渡りたいという話か」

隆家は笑った。

「この国で学ぶことなど何ほどもない。遣唐使を廃したのはやむを得なかったにしても、そろそろ復活するべきだ。そうせねば、夜郎自大の国となろう」

〈夜郎〉とは中国、漢の時代の西南夷のひとつ。漢が大国であることを知らず、自らを強大と思って漢の使者に接したという。

菅原道真の建議により遣唐使を廃したのは、およそ百年前の寛平六年（八九四）である。このころ、唐が《黄巣の乱》によって衰えたためだった。

その後、唐は亡び、《五代十国》と呼ばれる王朝乱立時代になった。宋が中国全土を統一したのは、隆家が生まれたのと同じ年、天元二年（九七九）のことである。

しかし、このころ朝廷は海を渡って新たな文物を吸収しようという意欲を失っていた。四十数年前、平将門、藤原純友の《承平天慶の乱》が起きたものの、国内は安定していた。

武家の勢力はまだ台頭しておらず、藤原氏は一門内での出世争いに狂奔するばかりで、国外に目を向けることなく、言わば惰眠を貪っていた。

そんな時代が隆家には退屈だった。

「たしかにつまらぬ、この国は」

「その通りだ」

乙黒が笑うと、隆家は大屋根の上で立ち上がった。星が流れたのである。

「腐りきったこの世に風が吹くことがあろうか」

流れ星に向かって問いかけた。

「いつのことかわからぬが、吹くであろう。その風が、お前を呼んでおる」

夜空を見上げながら乙黒が応じた。

乙黒は天文によって世の移ろいを占えるのだ。

その時、通りの一角が青白く仄明るくなっているのが見えた。漆黒の闇の中、異様なほどの明るさである。

隆家の屋敷は東三条にあるが、明かりは一条の方角に見える。

「乙黒、あれは何だ」

「さて盗賊が松明を持って狙う屋敷に向かっておるのか、さもなくば〈百鬼夜行〉であろうな」

「〈百鬼夜行〉か、それは面白い」

隆家の曾祖父藤原師輔は昔、〈百鬼夜行〉に出会ったことがある。ある年、夜遅くなって宮中から退出した時のことだ。

大宮通りから南へ向かって牛車が進み、二条大宮の四つ角にさしかかった。すると、師輔は突然車の簾を垂らして、

「車の牛を取り外し、轅を下ろせ」

と急き立てた。御車副の者どもは怪しんだが、轅を下ろした。御随身や前駆の者どもも、何事が起きたのか、と牛車の傍へ寄ってきた。見れば、師輔は車の下簾を引き

下ろし、笏を両手に持ってうつ伏していた。

ひたすら誰かに向かってかしこまっている様子だ。

「車は榻（轅を載せる台）に載せかけてはならぬぞ。随身どもは轅の左右、軛（轅の横木）のあたりのできるだけ近くにおれ。高い声で先払いを行え。前駆も近くにおれ」

と言って、懸命に尊勝陀羅尼を唱えている。

牛は車の陰に隠したが、半時（約一時間）ほどして、師輔はほっとした気配で、

「さあもうよいぞ。牛をかけて車を進ませよ」

と言った。供の者は何があったのかわからなかったが、いつしか鬼たちが夜中に都大路を行く《百鬼夜行》に師輔が出くわしたのだろう、と噂になった。

隆家が仄明るい辻に向かおうと大屋根からすべり下りようとするのを見て、乙黒は声をかけた。

「まて、まことに《百鬼夜行》ならば、うかつに出くわすといのちに関わるぞ」

しかし、隆家はたちまち大屋根からすべり下り、

「鬼は心にやましいものがある者に見えるというぞ。わしにはやましいことはないゆえ、大丈夫だ」

と言い放った。隆家が裏門から走り出ようとした時、

「お待ちくだされ、隆家様」

男の声がした。振り向くと直垂姿の武士が片膝をついている。月に照らされた顔は武者にしては珍しいほどととのっている。

滝口の武士で名を平致光という。隆家の家に随身している武者だ。

「お姿が見えぬゆえ、皆が案じております。お戻りくださいますよう」

「そうか。すぐに戻ろう。しかし、その前に妖しい気配を感じるゆえ、確かめにまいる。そなた、供をいたせ」

隆家はあっさりと命じた。致光は眉をひそめたが、しかたなく続いた。

隆家は裏門から出ると、そのまま明かりが見えた方角に走った。真っ暗な大路を駆け、辻を曲がる。致光はぴたりと隆家につき従い、さらに、いつの間にか乙黒がその後ろからついてきていた。

隆家はいくつかの辻を曲がり、前方に明かりを見た。近衛大路である。

松明を掲げた行列が大路を進んでいる。

――何奴だ

隆家が目を凝らすと、すかさず致光が前に出た。

隆家たちの前を通り過ぎようとしている行列の先頭には、白い直垂姿で立烏帽子をかぶり、白鞘巻の刀を腰にした者が歩み、さらに牛車が続いている。

松明を持った従者らしい男たちがまわりを固めているが、その男たちが異様だった。

いずれも獣の皮で作った袖なしの上着を腰のまわりに巻きつけている。

手には半弓を持ち、矢筒を肩に負っていた。そして髪を頭頂部で一寸四方だけ長く

伸ばし、まわりの髪は抜き去っている。

剽悍な顔立ちで山に住む者たちを思わせる。中のひとりは堂々とした風格を漂わせ

る二十代半ば過ぎの男だ。武術で鍛えたらしく、がっちりとした体つきをしている。

眉がはね上がり、眼光が鋭い。

その男が隆家に気づいて叫んだ。何と言ったのかわからなかった。聞いたこともな

い言葉だ。

すると、先頭にいた直垂姿の者が振り向いた。白い顔で華奢な体つきをしている。

男の装いをしているが、女だ。

「——われらをつける者は誰か」

と言い、鋭く言った。供の者たちがいっせいに弓を構えた。

「そちらこそ、何者だ。盗賊か」

隆家が問い返すと、女はしげしげと見つめていたが、先ほどの男を振り向いて、ひ

「隆家様、お退きください。危のうござる」

致光が隆家の前に立ってかばった。刀の柄に手をかけ、身構える。その時、牛車の

簾が上がった。中から女の声がした。

「致光、懐かしや――」

その声に致光は目を瞠った。直垂の女が牛車の傍に寄って、何事か囁いた。中から答えがある。

直垂の女は、供の男に目を遣って、

「烏烈よ、見逃せとの仰せである」

と、隆家たちにも聞こえるように言った。

烏烈と呼ばれた男は不承不承にうなずくと、隆家たちに向けていた矢を下げた。直垂の女は隆家に目を向けて、

「関白家の者であろう。わたしたちに会ったことは忘れよ」

と言った。

「わしが何者か知っているのか」

「関白殿の四男、左少将の隆家殿であろう」

女は白い歯を見せて笑った。

「忘れよ、と言うなら、その前にそちらの名も聞かせろ」

「わたしの名は瑠璃。車の御方は、そこの者が知っておろう」

瑠璃と名のった女は致光にちらりと視線を走らせた。致光は戸惑ったように目をそむけた。

「わたしたちに会ったことを忘れねば家に祟りがあるぞ」

瑠璃は言い捨てると袖を翻して背を向けた。

牛車は静かに動き出した。松明を持った供の者たちもまわりを警護して歩いていく。

致光が不意に、

──斎宮様

と呼びかけたが、牛車から応えはなかった。

致光は唇を噛んだ。

松明の炎がゆらゆらと揺れて、行列が遠くなった時、

「危ないっ」

乙黒が叫んだ。

闇の中から隆家に向かって矢が飛来した。とっさに致光が刀で斬り落とす。

隆家は地面に落ちた矢を拾い上げた。長さは一尺（約三十センチ）ほどと短いが、

鏃は鑿のように鋭く大きかった。

「これでは、武家の大鎧でも射抜くのではないか」

隆家が感心したように言うと、致光はうなずいた。

「恐るべき弓にございます。たいした構えもいたさず、振り向きざまに射て参りまし

たようです」

「それにしても、あの異形の者たちは何なのだ」

乙黒が遠ざかる行列を見つつ言った。

「夜行する百鬼に決まっておるではないか」

「鬼だと言うのか。ひとに見えたぞ」

「ひとの心に棲む鬼だ。世を恨み、憎むひとの心があの者たちを呼び寄せる」

乙黒は感慨深げに言った。

この時代は闇が深く、鬼が多い。しかも源 頼光が四天王を率いて退治したと言われる酒呑童子、茨木童子などと童名を名のる。

酒呑童子が住んだ大江山には、星熊童子、熊童子、虎熊童子などと呼ばれる鬼がいたという。

髪を《四方髪》、いわゆる禿にした鬼は、寺社で雑役に使われていた童子たちが山に入ったのだとも言われていた。

髪を大童にしているのは世外にいる者の証である。世に容れられぬ者たちを鬼と呼ぶのかもしれない。

「わしには、わからぬ」

隆家は頭を振ると、致光に顔を向けた。

「車の主は、そなたの知っておるひとのようであったな」

ざいます」

「申し上げます。先ほどの御方は、十年前伊勢斎宮になられるはずだった済子様でご

かけた。

隆家は何も言わず、踵を返して屋敷に戻ろうとした。その時、致光が背後から声を

致光は無念そうに闇を睨んでいる。

「乙黒め、申すものかな」

隆家は高笑いした。

とは、藤原家のことらしい。

――積悪の家

どこからともなく乙黒の声が響いた。

家、気をつけることだな」

「いまの車が向かったのは花山院だ。どうやら、積悪の家には必ず祟りがあるぞ。隆

乙黒が言い終わらぬうちに、致光は刀を抜き放って斬りつけていた。乙黒はふわり

とかわして闇に隠れた。

「十年前の野宮でのことなら、わしは知っておるぞ」

乙黒は無遠慮に笑った。

致光は苦しげに顔を伏せた。

「なんだと？」

隆家は首をかしげた。

永観二年（九八四）、醍醐天皇の孫、済子女王は花山天皇の即位に伴い、伊勢斎宮になることが決まった。

斎宮に定まった皇女、女王は潔斎のため、野宮に入る。野宮は、斎宮のために卜定して造営される建物で、黒木（皮のついた木）で造られ、黒木の鳥居が野宮である
ことを示す。斎宮が伊勢に下向すれば取り壊される建物だ。斎宮は野宮で斎戒沐浴して伊勢下向に備えるのである。

ところが、済子女王は野宮で滝口の武士と密通したとされ、突然、退下された。

「その滝口の武士というのが、そなたなのか」

「さようです。ですが、わたくしと済子様は密通などいたしておりませぬ。ただ、お傍近くにお仕えしていただけなのです。いずこからか、さような噂が出て、済子様は斎宮を退かねばならなくなったのでございます」

致光は口惜しそうに言った。

「そうか、その済子様がこの夜中に花山院様のもとへ参られたのか」

隆家は不吉なものを感じた。

あの行列は、まさに百鬼だったのかもしれない。

この夜、隆家が屋敷に戻ると、兄の伊周が待ち構えていて厳しく叱った。

「父上がご病気だというのに、夜中に町に出るとは何事だ」

道隆はこのころ体の具合が悪く病床につき、朝廷へも関白辞職の願いを何度も出していた。

「申し訳ございません」

隆家があっさり謝ると伊周は気抜けしたように、

「どうした。今夜はいやに素直だな」

と言った。隆家は子供のころから腕白で知られ、父や兄の叱責も聞かなかった。しかも長ずるにおよんで武勇に長けていた。

二年前の正暦四年（九九三）正月に、一条天皇が土御門殿にいた母親の東三条院詮子のもとに行幸して後、還幸の際に乗輿の前を藤原典雅が騎馬で横切った。

この時、隆家は馬上の典雅に飛びつき、引きずり下ろして捕らえた。その手並は十五歳の少年のものとは思えない、と一条天皇からも称賛されたほどだった。

伊周は、隆家がおとなしくしているのに却って気味悪くなり、

「よいか。父上に万一のことがあれば、わが家への風当たりは強くなる。油断はでき

んのだぞ」

と諭すように言った。

隆家は黙って聞いていたが、伊周の話が終わると、

「兄上、わが家が積悪の家と呼ばれるのは、なぜなのでしょうか」

と訊いた。

「な、何。積悪の家だと」

「そう申す者がいるのです」

「そのような戯言は、わが家の栄を妬む者の世迷言だ」

「さようでしょうか」

隆家は目を光らせて伊周の顔を見た。

　　　　二

四月六日、隆家は十七歳にして権中納言となった。

兄の伊周は十九歳で権大納言、二十一歳で内大臣という異例の昇進を遂げているが、隆家もこれに次ぐ早さだった。

父の道隆は伊周に関白職を譲ろうとしていたが、その強引さには朝廷内でも反発の

声があがっていた。

しかし、隆家は他人のつめたい視線など気にせず、奔放に振る舞った。『大鏡』に
よると、隆家の参内はこのようだった。

──いみじうはやる馬にて、御紐おしのけて、雑色二三十人ばかりに、先いと高く
おはせて、うち見いれつつ、馬の手綱ひかへて、扇高く使ひて通りたまふ

ひどく勇み立った馬に乗り、装束の紐を解いたままの不作法な姿で、二、三十人の
家来に大きな声で先払いさせ、馬をゆっくりと打たせ、扇を高々と使いながら通った
というのだ。

隆家は馬上から大路を通るひとびとを見つつ、先日、乙黒が言った、

  ──積悪の家

とは、どういう意味だろう、と考えていた。乙黒が現れれば訊こうかと思っていた
が、あの夜以来、姿を見せない。

（しかたない、あのひとに訊くか）

関白家はいま権勢の頂点にある。その家への誹謗（ひぼう）めいた話を口にできるのは、よほ
ど大胆な者である。

　隆家が話を訊こうと目論んでいるのは、
　――清少納言
という名の女房だった。

　清少納言は、隆家にとって三歳上の姉である定子に仕えることので
きる学識、才知のある女房を集めて仕えさせていた。定子は一条天皇の
后、中宮である。このころ藤原氏は入内させた娘の傍に、天皇を楽しませることので
きる学識、才知のある女房を集めて仕えさせていた。皇子を産むためには、まず天皇
に足しげく通ってもらわねばならないからだ。

　清少納言は隆家より十三歳年上だから今年、三十歳になる。それだけに隆家などは
常に子供あつかいだった。

　清少納言の書いた『枕草子』に隆家との会話がある。

　ある時、隆家は、参内して中宮定子に、
「此の度、中宮様に扇を献上しようと思っております。その骨はすでに手に入れてあ
るのですが、骨にあうだけの立派な紙がなかなか無いので困っています」
と話した。定子が、
「どのような骨なのですか」
と訊くと、隆家は得意げに答えた。
「それはもう、どこからどこまでもすごくて、誰もまだ見たことがないものだ、と申

します」

すると、清少納言は笑いながら、

「見たことがない、とは、まるで海月の骨のようですね」

とからかった。隆家も笑って、

「海月の骨とは面白い。これは、わたしが言ったことにしてもらいましょう」

と機知をさらったという。

清少納言は才気走っているだけに、権高な男には張り合うところがあるが、隆家に対しては姉が弟に接するように話しかけてくれる。関白家にまつわる話もしてくれるだろう、と隆家は思った。

宮中にあがった隆家が定子に挨拶した後、

「ちと、訊きたいことがあるのだが」

と目配せすると、清少納言は敏感に察して広間の柱の陰に隆家を促した。

「実は先日、妙なものを見た」

隆家が話し始めると、清少納言は首をかしげて聞いていた。

目が理知的に輝いている。

「わたしは花山院の近くで妖しい供揃えの車を見た。そして、わたしとその一行を見た法師は伊勢斎宮を退下した済子女王だというのだ。供の者の話では、乗っていたの

が、あれは花山法皇様のもとに行くのだろうと言った。それだけではなく、積悪の家には祟りがあるぞ、と申した。積悪とは、どういうことだろうか」

清少納言はしばらく顔を伏せ、考えこんでから不意に隆家に目を向け、

「祟りが恐ろしゅうございますか」

と訊ねた。

隆家は首を振った。

「いや、わたしはひとにやましいことをした覚えはない。それゆえ祟りなど恐ろしくはない」

隆家がきっぱりと言うと、清少納言はうなずいた。

「ならば、お話しいたしましょう。その法師が申した積悪とは、先の帝の退位にまつわることかと思われます」

清少納言は、花山天皇が出家して退位したことにまつわる奇怪な事件について話し始めた。

花山天皇は、冷泉天皇の子で十七歳の時に即位した。十九歳で退位しており、在位わずか二年だった。顔立ちのととのった美男であるとともに、時に性格の激しいところがあったという。

藤原氏との縁で言えば、隆家の大伯父にあたる藤原伊尹の娘が母である。

隆家の祖父兼家の娘詮子が円融天皇に入内して産んだ親王は、花山天皇の皇太子となっていた。

兼家は、花山天皇が退位し、自分の孫である皇太子が即位できる日を待ち焦がれていた。そしてとうとう花山天皇をだまして退位させよう、と陰謀をめぐらした。

花山天皇は低子という女御を寵愛していた。ところが、低子は懐妊したものの出産しないまま亡くなってしまった。

まだ若い花山天皇は、寵愛していた女御が亡くなったのを嘆くあまり、

──出家したい

と洩らしたのを兼家は聞きつけた。兼家は息子の道隆、道兼、道長を呼び集めて策を練った。

まず道兼が花山天皇を慰める振りをして、出家をそそのかした。

「その御嘆きはもっともでございます。出家なされば、亡くなられた女御もどれほど慰められるかわかりません。わたくしも共に出家いたします」

道兼は言葉巧みにだまし、花山天皇と共に内裏を脱け出して寺へ向かった。

寛和二年（九八六）六月二十二日のことである。

寺への道の途次は兼家の息がかかった源氏の武者、源満仲たちが邪魔の入らぬよう、

ひそかに護衛した。道兼は、花山天皇を寺に送り込むと、

「剃髪いたします前に、いまの姿をもう一度、父に見せて別れを告げてまいります」

と偽りを言って、そのまま逃げ出した。

一方兼家は、花山天皇が剃髪した報せを聞くやいなや、道隆、道長に命じて宮中の門を固めさせた。そのうえで花山天皇が行方不明になったと発表した。

ひとびとがうろたえ騒ぐ間に、皇位を伝える際に次の天皇に渡される神璽と宝剣を

さっさと皇太子のもとへ運んでしまった。

翌日には早々に皇太子は即位して一条天皇となり、兼家は摂政に就いた。兼家の策謀は成功し、念願の権力者の地位を得たのだ。

「かようなことがございましたから、花山法皇様はいまも、兼家様のご一族をお恨みでしょう。しかも兼家様は五年前に亡くなられましたので、お恨みは関白職に就かれた中関白家にかかっているのではありますまいか」

清少納言は冷徹に言った。

隆家はうなずいたが、祖父や父たちが行った策謀を聞くと、うんざりした。

（それほどまでにして権勢が欲しいのか）

と思う。だが、もうひとつ気になることがあった。

「しかし、斎宮を退下した済子様が花山院を夜ひそかにお訪ねになるとはどういうことだろう」

「密通の疑いをかけられて斎宮を退下された方は、表だって世に出ることができませぬ。それゆえ、さような夜中に行かれたのでしょう。お供の者もさしておられぬはずですし、夜中の大路は物騒ですから、さような異形の者たちを護衛にされたのでしょうが、さても、お労わしきことでございます」

「それほどまでにして、お訪ねせねばならぬことがあるのだろうか」

清少納言は少し、ためらったが、

「実は済子様の密通については、訝るひとは多いのです」

「密通はしていない、と言うのか」

隆家は、平致光が密通などしていない、と否定していたことを思い出した。

「済子様は花山法皇様が帝位に就かれたゆえ、占いによって斎宮になられることが決まったのです。御世が代わられた以上、そのまま斎宮でおられれば神を欺くことになりますので、密通の噂を立てて退下させ申したのではないかと言われているのでございます」

「それもまた、わが一族の企みであったというのか」

隆家は苦い顔になった。

　清少納言は優しく隆家を見つめた。

「世の中のまことは苦いものでございます。それでも、何も知らぬ甘さよりは、味わい深くあるのではないでしょうか。知ることによって、変わるものもあるのですから」

「そうかもしれないな。しかし、わたしはどうしたらいいのかわからないのだ」

「ご自分をお信じになることです。ご自分の心さえまっすぐなら、やがて為さねばならないことが見えて参りましょう」

　清少納言はそれだけを言うと立ち上がった。そして、立ち去り際に、

「そんなことよりも、いま中関白家は大変なのではございませんか」

と言い添えた。

「父上のご病気のことか」

　道隆は数ヵ月にわたって病の床にあった。そのことが兄の伊周にとっては、何より心配の種になっている。

　父が亡くなれば、関白の家の権勢が翳るのではないか、と危惧しているからだ。隆家も人並みに父のことを案じてはいるが、権勢が保たれるかどうかには関心がなかった。

　清少納言はゆっくりと頭を振った。

「関白様は随身のご返上を願い出ておられるそうです。そのうえで内大臣伊周様に随身をつけていただきたいとのお願いと聞いております」

随身とは関白につけられる護衛兵のことである。

病気を理由にその返上を願い出るのはいいにしても、あまり前例がない。つまり、自分が亡くなった後、内大臣に随身をつけるというのが、道隆の本当の願いだった。

隆家が清少納言との話を終えて帰ろうとした時、叔父の道兼が声をかけてきた。

「権中納言、もはやお下がりか」

道兼はこの年、三十五歳。右大臣である。痩せて青白い顔をしている。目が大きく、隆家の顔色をうかがうように見ていた。

「父を見舞わねばなりませぬゆえ」

「そのことよ」

道兼は大きくうなずいて、

「どうだ、兄上のご病状は」

と訊いた。道隆の容体を案じているのではない。兄が亡くなれば、自分が関白になれる機会がめぐってくると期待しているのだ。

花山天皇の退位のおり、一番、働いたのは道兼だった。しかし、兼家は道兼を評価しておらず、嫡男の道隆を引き立てて関白の座に就けた。

道兼はそのことが不満で父兼家が亡くなった後、喪中であるにも拘わらず、遊興に

ふけって一族の顰蹙（ひんしゅく）を買っていた。

隆家はそんな道兼の顔を見返して、

「近ごろ医師の薬が効きましたようで、日を追うにつれ、元気になっております」

と答えた。嘘だったが、父の病が重いと告げて道兼を喜ばせたくなかった。もっとも、若いころから、

──御かたちぞいと清らにおはしまし

と言われた美男の道隆は、病になっても容貌（ようぼう）はそれほど衰えていない。

先日も勅使が訪れた際、本来なら衣冠束帯姿になるべきところだが、容体が思わしくないため直衣（のうし）姿で迎えた。それでも、道隆の様子はさっぱりとして高貴な様子で、勅使を感心させたという。

道兼の顔は見る見るゆがんだ。

「そうか、それはよかった」

隆家は気落ちした道兼を残して退出していった。

この日の夜、平致光は花山院の門前をうかがっていた。

月明かりは薄く、あたりは漆黒の闇に閉ざされていた。

花山院は東一条殿とも呼ばれるが、邸内に萩（はぎ）や撫子（なでしこ）などの花が咲き乱れていること

から花山院と呼ばれるようになったという。

致光が花山院の前にひそむのは済子に会いたいためだった。

（ひと目お会いして、お詫び申し上げねば――）

致光の胸には済子への想いがあった。

済子が伊勢へ下向するため嵯峨野の野宮に入った時、致光は警護にあたった。まだ

元服して間もないころだった。

致光が夜の見廻りをしていた時、野宮の奥ですすり泣く声が聞こえた。思わず奥に

近づくと、すすり泣きはやんだ。

致光がどうしていいかわからず佇んでいると、広縁から階に済子が下りてきた。月

明かりに仄かに照らされた済子の美しさに致光は目を奪われ、息を呑んだ。

しかし、警護の武士が斎宮と対面することなど許されない。

「ご無礼をいたしました。お許しください」

致光があわてて立ち去ろうとすると、

「待ちなさい」

済子が声をかけた。

振り向くと、済子の目に涙が光っていた。

「ひとりで籠っていると淋しさで、われを忘れてしまいます。何か物語をしておくれ」

思いがけない済子の言葉に致光は驚き、階の近くで片膝をついた。

だが、何を話したらいいのか、わからない。公家なら風雅な和歌のひとつも詠める

だろうが、致光にはできない。それでも、以前聞いたことのある歌を一首思い出した。

隆家の曾祖父藤原師輔が、ある年の正月に式典の際、帯につける〈魚袋〉（白鮫皮

で包んだ箱に魚の形の飾りをつけたもの）が壊れて参内できずに困っていたところ、父

親の忠平から貸してもらった。

この〈魚袋〉を返却する際、添える和歌を紀貫之に作ってもらった。それが、

――吹く風に氷溶けたる池の魚千代まで松のかげにかくれむ

という歌である。

この歌にまつわる話を致光がすると、済子は興味深げに聞いて、

「吹く風に氷溶けたる」

と口にした。

致光には、野宮にいる済子が氷の中に閉じ込められている魚に見えた。

氷が溶けた池の中で泳ぐ魚のように、済子が自由に振る舞えるようになるまで、わた

しは松の蔭に隠れて見守ります、という心をこめて、紀貫之の歌の話をしたのである。

済子は嬉しそうに微笑んで、

「嬉しいことを言ってくれますね」

と言葉を続けた。

月がふたりを淡く照らしていた。

致光と済子の関わりと言えば、これだけだった。ところが、間もなく済子に密通の噂がたったのである。相手は滝口の武士とだけされたが、致光のことであるのは明らかだった。

ところが、致光には何の咎もなく、済子は伊勢へ下向することなく退下した。

(なぜ、あのようなことになったのか)

致光はいまも口惜しい思いを持っていた。

どうやら花山天皇の退位にからんで噂がねつ造されたらしい、と後で気づいた。済子と話しているのを誰かに見られたのだろう。

あの夜、致光は済子に恋をした。それを見透かされて、噂が作られたのではないか。

だとすると、済子の斎宮退下は致光の胸に兆した想いが招いたことになる。

そのことをお詫びしなければ、と致光は心に固く誓っていた。

花山院の門前で待つようになって、すでに七夜になる。

七日の間、何の動きもなかった。だが、済子は屋敷の中にいるに違いないと見張っ
ていると、ようやく動きがあった。

ぎぎっ、と音がして、花山院の門が開いた。

先日の夜と同様、白い直垂姿、立烏帽子をかぶった瑠璃という女を先頭に異形の者
たちに守られて牛車が出てきた。

牛車が大路を進み始めた時、致光は駆け寄ろうとした。すると、底響きのする男の
声がした。

「やめろ、あの車に乗っておるのは済子ではない。安倍晴明だ」

振り向くと乙黒が立っていた。

「貴様、邪魔立ていたすか」

「済子はまだ、屋敷におる。昼間、安倍晴明があの屋敷に入った。貴様が門前で見張
っておるゆえ、身代わりになって車に乗ったのだ」

「何のためにそんなことを」

「知らぬ。だが、晴明は花山天皇の退位を予言した陰陽師だ。なにやら関わりがある
のだろう」

安倍晴明は、朝廷に仕える名立たる陰陽師である。この年、七十歳を過ぎている。

花山天皇が出家のため内裏から寺へ向かった時、土御門町口の陰陽師安倍晴明の家

の門前を通過した。

すると家の中から晴明の声がした。

「帝が御退位あそばされるという異変が天に現れたぞ。もはや事は定まったようだ。

参内いたすぞ、すぐに車の支度をいたせ」

花山天皇がはっとされると、さらに晴明の声が聞こえた。

「とりあえず、式神ひとり、内裏に参れ」

式神とは陰陽師の命令に従う鬼神である。

晴明の声に応じて姿の見えない霊鬼が家の戸を押し開けた。その時、花山天皇の牛車が通り過ぎた。このため式神が、

「ただいま、ここをお通りになっておられるようです」

と言ったという。

致光が牛車を怪しみつつ見送ると、乙黒は口を開いた。

「安倍晴明と、退下したとはいえ一度は斎宮になった女王が花山院に集ったとは、ただ事ではないな」

「どういうことだ」

「知っておろう。花山院は退位して仏門に入り、法力を得たという話を」

「そ、それは――」

花山院は出家の翌月に播磨国の書写山へ行き、さらに比叡山延暦寺の根本中堂に籠って一、二年修行した。その後、熊野権現に詣でてから京へ戻った。

比叡山にいた際、山法師たちが法験を競い合っているのを見て、自分も法力を試してみようと思い立った。

そこで、一心に祈念していると、行者を守護する護法童子が現れた。山法師のひとりがずるずると花山院の傍らの屏風に引き寄せられた。そして屏風に体がぴたりとついて離れなくなった。

花山院が念を解くと、途端に山法師の体は屏風から離れた。山法師はあわてて仲間たちのところへ逃げ戻った。その様子を見て、まわりの者たちは、

「なんとまあ、院の護法童子が山法師を屏風に引きつけたのだ」

と感心したという。

「花山院には法力がある。そこへ、かつての斎宮と安倍晴明が加わったのだ。おそらく秘法が修されたのであろう」

「何が行われたというのだ」

「呪詛ではないかな」

「まさか、そのような」

致光は頭を振った。なにより、済子が加わってそのようなことが行われたとは信じ

たくない。

「なぜ、違うと言える。　現にいま、花山院の怒りを買った者のひとり、中関白が重篤ではないか」

乙黒の言葉に、致光は声をあげた。

「ならば、なおのこと放ってはおけないではないか」

道隆に対する呪詛がなされているとしたら、見過ごすわけにはいかない。

致光は牛車を追って走り出した。

済子が乗っていないのなら、安倍晴明に花山院で何が行われているのか質さねばならない。

土御門の方角に走ると、松明に先導された牛車が見えた。

致光は走り寄り、

「お待ちください」

と声をかけた。牛車は止まり、先頭から瑠璃が歩み寄った。

「何用だ。車を止めるとは礼を知らぬ振舞いぞ」

瑠璃は鋭い口調で咎めた。

「車の御方に用事があるのだ」

致光は刀の柄に手をかけた。

「どうして、そのように殺気ばむ。　先日、お見逃しくだされた恩を忘れたのか」

瑠璃は憐れむように言った。

供の者たちが致光を取り囲んだ。弓矢を構えている。

鏃（やじり）が松明の火に不気味に赤く光った。

「車に乗っておられるのは、陰陽師の安倍晴明殿であろう。お訊（き）きしたいことがあるのだ」

「陰陽師だと」

瑠璃は白い歯を見せて笑った。

「隠すのか」

致光が詰め寄ると、車の中から声がした。

「致光よ。わたしに訊きたいこととは何ですか」

致光はぎくりとした。済子の声だった。車に乗っているのは安倍晴明だと乙黒に聞かされて信じ込んでいたが、済子が乗っていたとは。

（しまった。奴にだまされたか）

致光が胸で舌打ちすると、車の簾（すだれ）があがった。

済子の顔が松明の明かりに浮かび上がった。

致光は地面に片膝（かたひざ）をついて控えた。乙黒にだまされ、済子の前で醜態を見せたこと

が悔やまれた。

「致光、久方振りですね」

「あのおりはまことに申し訳なき次第にて」

「何を言うのです。わたしは、和歌の話を聞いて楽しかった」

「されど、密通などと根も葉も無き噂にて斎宮を退下され、ご無念のことと存じます る」

致光は深く頭を下げた。

「いいえ、退下はわたしから申し出たのです」

「まさか――」

「野宮でのあの夜、わたしはそなたに想いを懸けた。密通したのも同様です。斎宮に なることは許されないと思いました」

済子はしめやかに言った。

致光は何も答えられなかった。済子への想いを口にすることなど畏れ多かった。た だ、地面にひれ伏し、震えているだけだった。

「花山院様は、いったんは斎宮になるはずだったわたしを呪詛に役立つとお呼び出し になられたのです。ですが、わたしにはそなたへの想いがありますから、呪詛などで きません。そのことを、安倍晴明が花山院様に説いてくれましたので、こうして下が

ることができたのです」

「さようでございましたか」

致光は済子が呪詛などに関わっていなかったと知って安堵した。済子は言葉を続けた。

「わたしは関わりはしませんでしたが、花山院様の中関白家へのお恨みは深いのです。近々、凶事があるかもしれません」

致光は額に汗を浮かべて黙って聞くばかりだった。

そのころ、道隆の屋敷には公家たちが集まっていた。

道隆は余命いくばくもないことを察して出家していた。このことを聞いて、中宮定子、東宮女御原子が急きょ内裏から道隆のもとへ駆けつけた。これに中宮大夫である道長も同行していた。

屋敷に詰めた僧侶たちが回復を祈念して読経する中、道隆はしだいに衰弱していった。そして、四月十日に亡くなった。四十三歳だった。

隆家の権中納言叙任からわずか四日後のことだった。

「そうか、花山院で呪詛が行われているのか」

道隆が亡くなって十日後、隆家は屋敷で致光の話を聞いた。

「申し訳ございませぬ。もっと早く申し上げねばと思っておりましたが」

道隆の葬儀が行われる間、致光といって、隆家に近づくこともできなかったのである。

「いや、よい。わかっていたからといって、どうすることもできぬ」

隆家は淡々と言った。

「しかし、もし院が呪詛なされているとすれば、これからも災いがあるやもしれませんぞ」

「おそらくな」

院の呪詛が本当だとすれば、今後も祟りはあるかもしれない。

（そうなると、次に危ないのは父上の後を継いで関白になる者だ）

隆家の兄、伊周は道隆の喪も明けぬのに関白の座を狙って動いている。伊周は、

「父上はわたしのために帝にお願いしてくださった。帝はきっとお聞き届けくださるはずだ」

と言って、あれこれ策動している様子だ。しかし、叔父の道兼もまた関白の座を狙って動いていることは明らかだった。道隆がいなくなったいま、藤原氏の長者の位置にあるのは道兼だった。

道兼は一族の長者として、若い伊周を押さえ込もうとしている。それだけに伊周は、焦るのだが、隆家は、

（関白の座などひとに譲った方がいい。とんでもない災厄を受けることになるかもしれないのだから）

と思っていた。

隆家の脳裏には、あの夜、花山院に向かった牛車があった。先頭を進んだ瑠璃という女、そして車を警護していた異形の者たち。さらに法力を持つと言われる花山院。

（わしにとって、力を尽くして戦わなければならない敵が出てきたのかもしれない）

——七日関白

道兼は罹患して五月八日には亡くなった。奏慶から七日目のことだったため、世に、

らが次々に病で世を去っていた。

このころ京では疫病が流行っていた。左大臣源重信、中納言源保光、権少僧都清胤

しかし、道兼にとっての栄光の期間は短かった。

三条の屋敷は灯が消えたように静まり返った。

道兼の喜びは大きく、連日のように酒宴にふけった。反対に伊周は意気消沈し、東

「わしはようやく関白になれた。辛抱した甲斐があったぞ」

道兼が関白になった。

——四月二十七日

と呼ばれた。

三

関白になって間無しに藤原道兼が疫病で亡くなると、朝廷の主だった者は隆家の兄伊周と叔父の道長だけになっていた。

伊周は、道兼亡き後は自分が関白となり政権を掌握することができるだろうと自信を抱いていた。東三条の邸で隆家に大口をたたいた。

「亡くなられる前に、父上はわしのために道を開いてくだされたのだ。道兼叔父が出しゃばらなければ、とっくにわしが関白になっていた」

だが、隆家は頭を振った。

「兄上、去年まで朝廷の主な顔ぶれと言えば、関白の父上始め左大臣、右大臣、内大臣、大納言、権大納言ら八人でした。ところが、そのうち六人が病で死に、しかも都ではいまも疫病がいっこうに治まりません。まことに不吉であると思われませんか」

「だから、どうだというのだ」

「何者かが、われらを呪詛しているのです。そのような時に関白になってもよいことはないでしょう」

「いやいや。だからこそ位を極め、邪気を祓わねばならんのだ。恐れていては、呪詛いたす者の思うつぼではないか」

伊周は口を歪めて言った。　隆家は兄のととのった顔を見つめたまま、口をつぐんだ。

花山院で呪詛が行われているかもしれないと告げても、伊周は怯えこそすれ、関白昇進を諦めはしないだろう。

伊周は説得する口調で言った。

「隆家は、わが家が積悪の家などと謗られていることを気にしているのだろうが、お祖父様が花山院様を退位させ給うたのは、あながち悪だくみだけとも言えんのだぞ」

「何かわけがあったと言うのですか」

隆家は首をかしげた。

「花山院様は即位の式のおりから、まことに奇妙なお振舞いがあったのだ」

師貞親王（花山院）が円融天皇から譲位されたのは、永観二年（九八四）八月二十七日のことである。　即位礼の最中、異様なことがあった。　師貞親王は、「王冠が重い」と言い出した。　朝臣たちが止める間も無く、いまにものぼせてしまいそうだ」

「重くてしかたがない。いまにものぼせてしまいそうだ」

と言うと王冠を下ろしてしまった。　たいせつな即位の式で、このような振舞いがされたのは前代未聞だった。　しかも、師貞親王の奇行はこれだけに止まらなかった。　即

位式の直前、天皇の玉座で女官と戯れたというのだ。

「まさか、さようなことを」

隆家が目を瞠ると、伊周は笑った。

「真偽はわからないのだよ。だけど、そんなことが噂になっていて、花山院様が突然、仏門に入ると言い出されたのも、同じように奇妙な思いつきだったのではないだろうか。何も道兼叔父が唆したからだけではないと思う。お祖父様はせっかくの好機を見逃さなかっただけのことだ」

だとしても、兼家が謀略を行った事実は変わらないだろう。花山院がそれほど奇矯だとすれば、兼家とその一族への恨みは執拗で深刻かもしれない。

（まあよい。花山院様がそれほどの大敵というのであれば、わしにとっては戦う相手ができたということだ）

隆家は胸の中で嘯いた。

「乙黒か」

その夜、五月雨が降り続いた。

隆家が寝所で眠っていると、几帳の傍に黒い影が立った。寝息を立てていたものの、影がゆっくりと傍らに近寄ると、

と隆家は声をかけた。影は低く笑って枕元に座った。

「これは驚いた。わしが忍び込む気配を察するとは、お前はなかなかのものだ」

乙黒は感心したように言った。

そんなことに構わず、隆家は横になったまま訊いた。

「花山院から出てきた車に済子様は乗っていないと平致光に嘘を言ったのはなぜだ」

「嘘ではない。安倍晴明の術で、わしもだまされたのだ」

乙黒は苦々しげに答えた。

「乙黒にもだまされることがあるのか」

「晴明は式神を使う。わしとて油断すれば術にかけられることもある」

そうか、と言いつつ隆家は身を起こした。

「それで、今夜は何を告げに来たのだ？」

「伊周は関白になれると思っているようだが、そうはいかぬ」

「なんだと──」

「道長に物怪が憑いた」

「叔父上に？」

隆家は眉をひそめた。道長は、隆家の父道隆にとって同腹の末弟にあたる。道兼が野望を隠さなかったのに比べ、道長は凡庸で野心をあからさまに見せたこと

はない。　隆家は、どちらかというと鷹揚で春風駘蕩とした人柄の道長を好んできた。

「物怪とは何だ」

「皇太后詮子――」

「とんでもないことを言う」

隆家は苦笑いした。　詮子は円融天皇に入内した隆家の叔母である。　詮子が産んだ皇子が即位して一条天皇となった。一族の繁栄は詮子に由来していた。

「皇太后はお前の母親を好んではいない」

隆家の母貴子は高階成忠の娘で、宮仕えしていたころは高内侍と呼ばれていた。高階一族は学者の血筋で、貴子も漢籍の素養が深い、当代きっての才女だった。

だからこそ詮子の気に障るのだが、何より道隆が関白になったことで、貴子の実家高階氏が台頭したことを詮子は警戒していた。

「お前たちは、ひとに妬まれる。栄華を極め、しかも美しいからな」

嘲りを含んだ声で乙黒は言った。

貴子の息子である伊周は、母の学才を受け継ぎ漢籍の素養に優れていた。しかも美男で知られた父道隆に似て眉目秀麗で、宮中の女房たちから人気が高い。

清少納言は『枕草子』の中で伊周について記している。

――宮中の勾欄の下に大きな青い瓶を据え、桜の枝を数本さして咲きこぼれる桜の

風情を楽しんでいたところ、昼ごろになってなよやかな桜色の直衣に濃い紫色の指貫、白い御衣姿という出立でやってきた伊周に女房たちはため息をついて見とれた

そんなことすべてが、実は詮子の憎しみを買っているという。

「それで、どうなるというのだ」

「今夜、皇太后は夜の御殿に入った」

乙黒の言葉に隆家は愕然とした。屋根を打つ雨音が激しくなった。

夜の御殿とは天皇の寝所である。一条天皇は十六歳になる。その寝所に母である詮子が行くとは考えられないことだった。

「何のために」

呆然として隆家はつぶやいた。

「決まっておるではないか。伊周を関白にするな、かわって道長を登用しろ、と談じ込みに行ったのだ」

詮子は日頃、道長の土御門邸にいる。しかし、この日突然、宮中に入り一条天皇に面会した。だが、会談は詮子にとって思わしくないものだったらしい。一条天皇は中宮の定子を寵愛しており、定子の兄伊周を関白にすることに気持が傾いていたのだろう。

一条天皇は詮子の話をいったん聞きはしたが、すぐに、座をはずしてしまった。詮子は待ち続けたが戻ってくる気配はない。それで、たまりかねて寝所にまで踏み込ん

だというのだ。

「皇太后様がそれほどの思し召しならば、帝も無下にはできぬな」

隆家は皮肉な笑みを浮かべた。伊周が関白になれるかどうかなど、どうでもいいことだ。道兼が関白になって、わずか七日で亡くなり〈七日関白〉と嘲られていることを考えると、むしろ関白就任を避けた方が伊周のためなのではないだろうか。

しかし、詮子が日頃にない振舞いをしたことが気になる。それほどまでに伊周を憎む理由がわからない。ひょっとしたら、詮子にこそ物怪が憑いているかもしれない。

考えをめぐらしているうち、先日、花山院が退下した斎宮済子と陰陽師安倍晴明を招いたことが気になってきた。花山院は何らかの呪詛を行っているのではないか。父道隆、叔父道兼が相次いで亡くなり、伊周は関白の座へ昇るのを阻まれようとしている。

「そうだ。すべては花山院のなしたることぞ」

乙黒は、隆家の心中を読めるかのようにつぶやいた。

隆家は乙黒をじろりと見た。

「乙黒の言うことだけでは信じられぬ」

「ふん、わしを信じぬと言うのか。ならば、どうする」

「呪詛のことは安倍晴明に訊いてみるしかあるまい」

「なるほど、その手があるか」

「晴明はわしの問いに答えるであろうか」

「あの男は陰陽師だ。問えば必ず答える。しかし、善いことも悪いことも偽らぬゆえ、訊くには覚悟がいるぞ」

「どういうことだ」

「晴明の口から出たことは、必ずその通りになる。聞きさえしなければ起きないかもしれぬことも、聞いた以上は避けられぬぞ」

乙黒は言い終えると立ち上がり、すっと闇に溶け込んだ。

「聞いたことは必ず起こるか。それも面白い」

夜が明けたら、すぐにでも安倍晴明を訪ねよう。花山院に招かれた済子を護衛していた異形の者たちについても訊かねばならぬ。

白い直垂姿で瑠璃と名のった女。そして、獣の皮で作った袖なしの上着を腰のまわりに巻きつけ、弓を持った鳥烈と呼ばれた男。いずれもただならぬ者たちだ。乙黒は夜行する百鬼だと言ったが鬼だとしても、果たして何者なのか。

隆家はあれこれ考えつつ眠りに落ちた。

翌日の朝にはあれほど降っていた雨も小止み、雲の間から薄日が差していた。隆家は身支度を整えると、牛車で土御門町口の安倍晴明の家へ向かった。平致光が馬に乗

って供をする。

牛車に揺られながら隆家は簾をあげて致光に話しかけた。

「陰陽師は式神を使って不可思議のことをいたすというが、まことか？」

「安倍晴明殿は天文の動きを知り、世の動きを告げられると聞いております。妖しき術を使う乙黒法師とは違いましょう」

致光は乙黒に好感を持っていないらしい。

「ならば、先ほどから、そなたの後ろを飛んでおる烏天狗は乙黒の化身であろうか」

致光は、はっとして後ろを振り向いた。だが、それらしい姿は見えない。

「何もおりませんぞ」

声をひそめて致光は言った。

「そうか、見えぬか」

牛車の中から隆家の笑い声が響いた。どうやら、致光をからかったらしい。致光はほっとしながらも顔をしかめて馬を進めた。

間もなく安倍晴明の家に着いた。

先触れの者が叩こうとした門が音も無く開いた。門前から玄関まで清々しく掃き清められている。だが、人影は無かった。

致光が玄関に立ち案内を請うたが、応えはない。

「陰陽師の家だ。誰も出てこぬのは、黙ってあがれということであろう」

牛車から下りた隆家は、ためらいもなく玄関からあがった。何かに導かれるように広縁を進む。

広間に入るといい香りが漂っていた。狩衣姿の白髪の男が平伏している。

隆家は男の前に座って声をかけた。

「そなたが、安倍晴明か——」

「お呼びいただければ、参上いたしましたものを。わざわざのお運び、恐れ入ります」

「わしが何者か存じおるのか」

興味深げに隆家は訊いた。

「東三条の権中納言様にござりましょう」

晴明は顔をあげて答えた。福々しい丸顔で眉も白い。涼しげな目をして透き通るような笑みを湛えている。

目の前にいるのに、薄い膜を隔てたどこか遠い世界に座っている人間のような気がする。

「訊きたいことがあって参った」

「なんなりとお訊ねください。あなた様は大切なお方でございますから」

「わしが大切だと？　藤原家の者だからか」

晴明は表情を変えず、微笑を浮かべているだけだ。答えないいつもりだと悟った隆家は違うことを訊いた。

「わしの兄は関白になりたいと思っておられる。しかし、それは皇太后様の思し召しにかなわぬことらしい。乙黒という法師が、それはさる方がわが家を呪っておられるからだ、と言うのだが、まことであろうか」

「呪詛につきましては語ってはならぬことでございますから、申し上げられませぬ」

「なぜ、言えぬのだ」

「呪いは言葉として口から出ますと力を増します。言葉にすればするほど呪詛は深まり、消えることはございません」

「しかし、呪詛は祓うことができると申すではないか」

「祓えば、また新たな呪詛が行われましょう」

「では、黙って呪われよと申すか」

「ひとを呪った者には、その報いが必ずありましょう」

「呪った者は法皇様か」

隆家の問いに晴明はにこやかに笑みつつ、ゆっくりと右手の人差指を口の前に持っていった。口にしてはならない、と教えている。

「そなたは、大切だというわしに何も教えてはくれぬのだな」

「権中納言様にお伝えしなければならないのは、もっと別なことでございます」

「何であろうか」

「あなた様は過日、どこかに強い敵はおらんものか、と口にされました」

隆家は驚いた。邸の大屋根の上で乙黒に洩らした言葉を晴明は知っている。

「その言葉が敵を呼び寄せたのです」

「花山院様か」

晴明はゆっくりと頭を振った。

「花山院様は東三条様にとって恐ろしきお方でございます。されど、あなた様の敵は

もっと先で現れましょう」

「その敵にわしは勝てるか」

興味深げに隆家は訊いた。

「勝っていただかなければ困ります。だからこそ、大切なお方と申し上げました」

「なぜ、わしが勝たねば困るのだ。そなたには関わりがあるまい」

「いえ、あなた様が勝たねば、この国は亡びます」

淡々と晴明は告げた。隆家は首をかしげた。

自分が勝たなければ国が亡びるとは、どういうことだろうか。わからなかったが、そ

れ以上訊いても、晴明は答えてくれないだろう。しばらく考えてから隆家は口を開いた。

「そのことはまあよい。それよりも花山院様が使っておられる異形の者たちのことが知りたい。あの者たちは何者だ」

晴明はうなずいた。

「鬼でございます」

「乙黒もそのようなことを言ったが、鬼とは何だ」

「鬼とはこの国に住みながら、この国のひとびとと交わらぬ者たちでございます。自ら山野に隠れ住み、都には闇の道を通って出て参ります」

「そのような者を、花山院様はなぜお近づけになるのだ」

「鬼たちがこの国に住むことができるのは、帝のお許しがあればこそです。それゆえ鬼は法皇様に闇仕えいたします」

晴明はそう言って目を伏せたが、やがて視線を上げて、思い切ったように言葉を口にした。

「あの鬼たちにもまことの名がございます。お教えいたしたほうがよろしいでしょうか」

「聞こう。何と申すのだ、あの者たちの名は？」

「といでございます」

晴明は重々しく答えた。

「とい、とは何だ」

「さて、わたしにもわかりませぬ。ただ、その名だけを聞いております。後はあなた様御自らが確かめられるよりほかございません」

晴明は伝えるべきことはすべて告げたというように頭を下げ、平伏した。

長徳元年五月十一日、一条天皇は道長に〈内覧〉の宣旨を与えた。さらに六月十九日には伊周よりも上位の右大臣に任じた。

関白ではなかったが、〈内覧〉とは天皇のもとに提出される書類をあらかじめ下見する役目であり、実質的に関白の職責を担うことになる。さらに氏の長者にもなった道長は、政権を握ったと言える。

「馬鹿な、こんな馬鹿なことがあるか」

伊周は愕然とした。

中宮定子を寵愛していた一条天皇は、定子の兄である自分を関白にする意をほぼ固めていると信じて疑わなかったのである。ところが、皇太后詮子の策動によって土壇場でひっくり返されてしまった。

道長は、それまでの鷹揚で温和な外見をかなぐり捨て、宮中でも傲然と振る舞うようになっていた。これまで、関白家の嫡男として誰からも崇められていた伊周が、凡

庸で目立たなかった道長の下風に立たされることになった。しかも道長が〈内覧〉になると同時に隆家は権中納言から正任の中納言に昇進した。兄の伊周をさし置いて弟の隆家を昇格させたのである。

「わしは納得できぬ。このまま捨て置くわけにはいかぬぞ」

伊周は東三条の邸で隆家に歯ぎしりするようにして叫んだ。顔色が青ざめ、ととのった顔が憤りのために歪んでいた。

「どうなさりたいのかわかりませぬが、されたいようになされればよい」

隆家はさりげなく応じた。

伊周は激しい言葉を口にしながらも、具体的に何をしようと考えていたわけではないらしく、ぎょっとした顔を隆家に向けた。

「兄上は漢籍の素養が豊かで弁が立たれます。朝議の席上、道長の叔父上をやりこめられたらよいのです。さすれば、誰が関白にふさわしいかわかりましょう。欲しいものがあれば力で奪うしかありません」

隆家は目を光らせた。伊周は弟の気迫に息を呑んだ。

「しかし、満座の中で恥をかかされたりすれば、叔父上は怒って何をするかわからんぞ。わしに乱暴をするかもしれぬではないか」

伊周は怯えた顔になった。のんびりと鷹揚な性格の道長だが、七年前の永延二年

（九八八）に思いがけない乱暴を働いたことがある。

式部省が行っていた官人の採用試験で自分の知人の試験に手心を加えさせようと、従者たちに式部省の役人を邸まで拉致させ、脅したのである。日頃、温厚に振る舞う道長が、時にこのようなことをするのだ、とひとびとは驚いた。

伊周は、朝議の席上で道長が逆上することを恐れた。

「わたしがおりますから、大丈夫です。叔父上がどのように立腹しようが、兄上には指一本触れさせはしません」

隆家は微笑んだ。

「そうか。ならば叔父上に思い知らせてやろう」

隆家に勇気づけられたのか伊周はきっぱりと口にした。

言葉通り伊周が道長に挑んだのは、七月二十四日のことだった。

公卿の会議は内裏の中の〈仗座〉と呼ばれる詰所で行われる。この日、〈仗座〉の外にまで伊周と道長の争う大声が響き渡った。その様は藤原実資の『小右記』に、

──宛も闘乱の如し

と記されている。〈闘乱〉とは、殴り合いの喧嘩ということである。伊周と道長の議論は、感情が激して摑み合いの喧嘩になりそうな様相を呈したというのだ。

伊周は道隆が病のおり、わずかな期間だが《内覧》を務めたことがあった。その経験に博識を交えて滔々と述べたて、道長のいたらないところを突いたのである。

道長は頭の回転が速い方ではなかったが粘り強く、欲しいものは決して諦めない執念深さが身上の男だ。

様々な事柄の非を伊周に指摘されると、顔を赤らめ声を荒らげた。

「右大臣はあまりに物を知らぬ」

伊周の蔑みの言葉に、膝の上で握りしめた道長の拳が震えた。

氏の長者に対して無礼だ。殴りつけようと拳を振り上げかけたが、近くで隆家が目を光らせているのを見ると、ぐっと我慢した。隆家は十五歳の時、一条天皇の輿の前を横切った騎馬の者を引きずり下ろし手捕りにしている。その乱暴振りを知っているだけに、会議の席上で甥に取り押さえられなどしては面目丸つぶれになる。

（この兄弟はわしの体面を汚そうとしているのだ）

道長は伊周と隆家を憎悪の目で見た。会議の席で恥をかかされることは、道長に氏の長者として統率力がないと明らかにされることでもあった。

このままでは、《内覧》の地位に留まることができなくなるかもしれない。

怒りがおさまらない道長は、土御門邸に戻って随身の秦久忠を呼んだ。久忠は三十過ぎのいかつい顔つきをした屈強な男だ。

かつて道長が式部省の役人を拉致するよう命じた時、久忠は役人を牛車に乗せず、歩かせて道長の邸に連れていった。

この当時、身分ある者にとって自分の足で歩かされるのは最大の恥辱だった。それを平然とやってのける久忠の残酷さは道長の気に適っていた。

道長は宮中で口惜しい思いをしたことを話して、

「あの兄弟を懲らしめてやりたい。特に隆家をだが、何か知恵はないか」

と訊ねた。隆家さえいなければ、あれほどの恥はかかされなかったのだ。

久忠は首をひねって考えていたが、やがて、にやりと笑った。

「いささか、手荒いやり方でもよろしゅうございますか」

「おお、よいとも。あのふたりを抑えなければ、わしの今後は無いのだ。何としてもあ奴らを痛い目にあわせねばならぬ」

道長は目を据えて言った。

　　　　四

三日後の七月二十七日。

七条大路で時ならぬ騒ぎが起きた。道長と隆家の従者が、それぞれ十数人ずつの集

団で睨み合っていた。

このころの貴族は外出の際、十数人から三十人ぐらいの従者を引き連れていた。勢威を示すためもあったが、治安が悪く町中で何が起きるかわからないからでもあった。

永延元年（九八七）四月、右近中将藤原道綱が賀茂祭の見物に牛車で出かけたところ、一条大路のあたりは同様に見物しようとする車で混み合っていた。他の場所を探そうと道綱の車が右大臣藤原為光の車の前を横切った時、為光の従者たちが無礼を咎めていっせいに石を投げつけた。

飛礫打ちは合戦でも用いられる戦法である。当たり所が悪ければ死人が出ることもあるので道綱はあわてて逃げた。このほか、行きあった車の従者同士が些細なことから乱闘騒ぎを起こすことも珍しくなくなった。このため貴族たちは従者に名うての荒くれ者を加えるようにしていたのである。

この日、道長と隆家は参内し、従者たちはいったん邸に引き揚げようとする途中で行き合ったのである。道長の従者の中に秦久忠がいた。

「邪魔だ。邪魔だ。そこを退かぬか」

久忠は真っ赤な顔をして怒鳴った。他の従者たちもしきりに罵声を浴びせる。隆家の従者たちはしばらく堪えていたが、ひとりが、

「やかましい。うぬらこそ、立ち退（の）け」

と声を張り上げると、いっせいに怒号をあげて道長の従者たちに殴りかかった。従者が辱められることは主人の恥辱でもある。道長の従者に侮辱されて引き下がれば隆家が怒るに違いなかった。

「おのれ、乱暴を働くか」

待ち構えていた道長の従者たちは、棒や石を手に立ち向かった。殴り合い、摑みかかり、押し倒し、蹴（け）りあげる。乱闘で砂埃（すなぼこり）が舞い上がり、通りかかった女たちが悲鳴をあげる大騒動になった。

隆家の従者たちは人数こそ少なかったが、ひと塊になって道長の従者を追い詰めていった。その様子を見ていた久忠は、不意ににやりと笑うと手をあげて合図した。すると、牛車の陰に隠れていた数人の武者が弓を手に飛び出てきて、隆家の従者たちに向かって次々に矢を射かけた。

うわっと矢が顔に突き刺さった従者が倒れ、さらに足に刺さった従者が悲鳴をあげて転倒した。武者たちはなおも矢を放ち、隆家の従者は総崩れになって逃げ惑った。

「右大臣様（のの）に逆らう者はこうなるのだ。思い知ったか。主（あるじ）によく伝えておけ」

久忠は罵ると大声で笑った。

隆家の従者たちは怪我人をかついで引き下がったが、その背に道長の従者たちは容

赦なく嘲笑を浴びせ続けた。口惜しがった隆家の従者が棒を手に再び道長の従者に襲

いかかろうとしたその時、

「鎮まれ。鎮まらぬか」

と声をかけて検非違使の役人が間に割って入った。『小右記』では、この日の騒動について、

ようやく騒ぎが鎮まろうとしていた。

――合戦アリ

と記している。弓矢まで持ち出しての《闘乱》は、まさしく合戦でもあった。

宮中にいた隆家が七条大路での乱闘について知ったのは、間もなくのことである。

「そうか」

致光から報告を聞いた隆家は、顔色も変えずに命じた。

「すぐに邸に戻る。供をいたせ」

隆家が退出しようとすると、伊周が青ざめた顔で寄ってきた。

「右大臣の従者と喧嘩騒ぎになったそうだな」

「先日、兄上にやり込められた意趣返しでしょう」

「やはり、そう思うか」

「これより、邸に立ち帰り、どれほどやられたのかを確かめます」

「確かめて、どうするのだ」

伊周が気がかりそうに訊くと、隆家は口の端で笑った。

「相応の仕返しはせねばなりますまい」

「待て。あまり無茶はすまいぞ。本当の合戦になっては困るではないか」

伊周は隆家の袖を摑まえて言うが、隆家はさりげなく伊周の手を払い、

「望むところでございます」

と言い捨てて退出していった。伊周は隆家の後ろ姿を呆然と見送るばかりだった。

隆家が邸に戻ると、怪我を負った従者たちがうめき声をあげていた。

東三条邸は一町四方、四千坪の広さがある。広い庭では傷を負って手当を受ける従者たちがあちこちに屯して、さながら戦場の態をなしていた。

特に矢を顔に受けた従者は、片方の目がつぶれ、重傷だった。足に矢が刺さった従者は唸り声をあげながら横たわっている。その他の者たちも鼻から血を流し、青あざだらけだった。それにしても従者の主だった者の顔が見えない。

「どうしたのだ」

隆家が訊くと、従者のうち、数人が検非違使に引っ立てられていったという。

「右大臣の従者も検非違使に捕まったのか」

従者たちは無念そうに頭を横に振った。

「いえ、右大臣家の者はひとりも捕まっておりませぬ」

「検非違使は初めからわれらだけを捕まえようとしたのです」

「随身の秦久忠が武者を潜ませておりました。あ奴が指図して、わたしどもを罠（わな）にか

けたのでございます」

従者たちの訴えに、隆家はにやりと笑った。

「そうか。最初からわしへの嫌がらせのつもりで仕掛けて参ったのだな」

致光が傍らに膝をついた。

「いかがいたしましょう。ただいまから、検非違使に掛け合い、捕らわれた者たちを

取り戻して参りましょうか」

「そうしてくれ。右大臣への仕返しはその者たちが戻ってからのことにいたす」

隆家は平然と階（きざはし）をあがったが、その目は鋭く光っていた。

そのころ道長は一条邸に戻り、秦久忠を召し出した。女院となって後の皇太后詮子

を、道長は土御門の自邸に迎え、自らは近くの一条邸に移り住んでいる。

庭に控えた久忠に道長は階の上から声をかけた。

「ようしてのけた。これで、隆家もわしの力を思い知ったことだろう」

「あらかじめ牛車の陰に武者を忍ばせていたのを、東三条の従者どもに気づかれませ

なんだゆえ、うまく謀れましてございます。前もって検非違使にも話をつけておきま
したので、すべては東三条の者たちの乱暴ということになっております」

久忠はしたり顔で言った。

「そうか。検非違使が間に入ったとあっては、隆家もわしに文句は言えまい。これか
らは伊周ともどもおとなしくなるであろうな」

道長は心地好さそうに高笑いした。だが、久忠は慎重な面持で口を開いた。

「とは、申しましても、東三条様は名うての〈さがな者〉と聞き及びます。これから
はご身辺にお気をつけくださいますよう」

〈さがな者〉とは、荒くれ者、性悪な者という意味である。道長は久忠の言葉にうな
ずいた。

「まことに隆家は〈さがな者〉だ。いずれ仕返しを企むやもしれぬな」

声に出してみると、実際に隆家が仕返しを企んでいるように思えた。これから後、
参内のおりには従者の人数を増やさねばなるまい。

そんなことを考えるうちに、久忠に命じて行った嫌がらせが、とんでもなく無謀な
ことだったのではないか、という気もしてくる。

（大丈夫だ。いまさら奴らに何ができるというのだ）

自分を落ち着かせようとするのだが、元来小心な道長は不安が胸をよぎる日々を送

るこ���になった。

道長の予感は、間もなく当たった。

八月二日。

この日、一条邸では、七条大路での乱闘に加わった従者たちにたっぷりと酒と料理が振る舞われていた。

久忠は上機嫌で酒を酌み交わしながら、隆家の従者から仕返しがないことを誇った。ただでさえ赤い久忠の顔が酒を飲んで赤黒くなっている。

秋とはいえ、京はまだ暑い日が続いていた。

「あ奴らは何もできはせぬと思っていたが、やはりそうであったぞ。これからも東三条の奴らと出会ったら容赦なく殴ってやればいいのだ」

熟柿臭い息を吐きつつ、久忠がわめくと、

「その通りだ。あの腰抜けどもを見かけたら、ただではすまさんぞ」

「いっそ、わしらの方から東三条へ押しかけてやろうか」

他の従者たちも口々に言い合う。

酒宴は夜遅くまで続き、月が中天にかかったころ、久忠は一条邸を出た。従者ふたりを従えて千鳥足でふらふらと大路を歩いていくうち、辻に差しかかった。従者のひとりが立ち止まって目をこすりながら、

「秦様、あれは何でございましょうか」

と訊いた。

「何を言っておるのだ」

久忠もとろんとした目で従者が指さした方角を見た。

大きな邸の土塀の上に、烏帽子をかぶり青い狩衣姿の男がすっくと立っていた。手には弓を持ち、矢を収めた〈平やなぐい〉を負っている。ほっそりとした体つきで、まだ若い男のようだ。

その男が久忠に向かって呼びかけた。

「右大臣家の随身、秦久忠とはお前か」

甲高い少年の声が響き渡った。久忠は酔った勢いで怒鳴り返した。

「いかにも、わしが秦久忠だ。貴様、右大臣家の随身に向かって、さようなところから物を言うとは無礼だ。許さぬぞ」

「許さぬとは、こちらの言葉だ。許さぬ。先日、貴様が矢を射かけさせたわが家の従者ふたりは、矢傷がもとで死んだぞ」

「なんだと——」

久忠ははっとして、土塀の上の男の顔を見た。

「まさか、東三条——」

久忠が言い終わらぬうちに、隆家は矢をつがえた弓の弦をきりり、と引き絞った。

ひゅうっ、という音を立てて射られた矢は、久忠の首筋に突き刺さっていた。

久忠は声をあげる間もなく、仰向けに倒れた。これを見た従者たちは、悲鳴をあげて腰を抜かした。隆家がそのままひらりと土塀から飛び降りると同時に、平致光が護衛する牛車が近づいてきた。隆家は致光に弓と〈平やなぐい〉を渡すと、

「してのけたゆえ、帰る」

と事も無げに言った。致光は頭を下げて、

「武者もおよばぬお働き、お見事でございます」

と称えた。隆家は車に乗りながら頭を振った。

「埒もない。ただの喧嘩騒ぎじゃ」

簾を下ろして車はゆっくりと動き出した。

道長の随身が矢で射殺されたことは、翌日には都中に知れ渡った。

随身は近衛府の役人でもある。喧嘩沙汰とはいえ、殺害されたとあっては検非違使も見過ごすわけにいかなかった。

久忠とともにいた従者たちは「まさか、東三条——」という久忠の最期の言葉を聞いていた。

道長は隆家に、

「随身を殺した者を差し出せ」

と迫った。しかし、隆家は応じる素振りも見せない。

「たかが、喧嘩沙汰ではないか」

のらりくらりと追及をかわして、隆家は検非違使の調べにも応じなかった。押し問答が続いたが、事態は動かない。

しびれを切らして、道長は事件の解決を見るまで隆家の参内を停止すると言い渡した。これができ得るぎりぎりのところだった。

伊周はこれを機にますます強気になった。朝議に出ても、これまで以上に道長を憚らず、思った意見を申し述べた。

〈内覧〉として権力を握っているはずの道長は日々、その影を薄くしていった。そんなある日、一条邸に花山院の使いが訪れた。

道長は法皇の使いと聞いて会いはしたが、白い直垂姿の美しい女に目を奪われた。

花山院に仕える瑠璃だった。

「そなたが、法皇様のお使いか」

「さようにございます。花山院様のお言葉をお伝えに参りました」

「何事であろう」

　道長は恐る恐る女の顔をうかがい見た。

　花山院は道長の父兼家の陰謀によって退位に追い込まれたひとだけに、道長に好意は持っていないはずだ。その花山院からの使者というだけで気味が悪かった。

「洩れ聞くところによりますと、右大臣様は近頃、中納言におなりの隆家様に手こずっておられるとのこと。そこで、花山院様には、御自ら中納言様を懲らしめてやろうとの仰せにございます」

「なんと、それはまことか」

　道長は目を瞠った。

「はい、まことのことでございます」

「しかし、なぜさようなことを法皇様は仰せくだされたのであろうか」

「ただ、目障りだ、と……」

「目障りか──」

　道長は内心、ひやりとした。花山院にとって目障りなのは、道長を含めた兼家の一族すべてだろう。花山院が隆家を懲らしめてやろうと言ってきたのは、遠回しに、道長を脅しているのではないだろうか。

「法皇様は、隆家をどうなされるおつもりなのだ」

　道長は恐々訊いた。瑠璃はにこりとした。

「いかにそなたでも、わが花山院の門前を無事に通ることはできまい、との法皇様の

お言葉を中納言様にお伝えください」

「門前を通れば、ただではすまないと仰せなのか」

道長は息を呑んだ。

この時代は、たとえ大臣であっても、他の大臣の邸の門前を通過してはならないと

いう暗黙の定めがあり、貴族の門前を通りすぎる者に石を投げつけろと従者に命じることもあったという。気の荒い

貴族は門前を通り過ぎる者に石を投げつけろと従者に命じることもあったという。

道長の土御門邸からも近い近衛大路と東洞院（ひがしのとういん）大路に面する左京一条四坊三町に花

山院は位置する。

周囲には身分の高い公卿（くぎょう）の邸が立ち並んでいるが、中でも花山院は広大だった。南

に島のある池があり、寝殿、西対屋（にしのたいのや）、北対屋と続き、さらに東侍所、随身所など警護

の従者たちが詰める建物がいくつも並んで立っている。

その門前を通り過ぎるのは容易ではない。

「わかった。隆家に伝えると法皇様に申し上げてくれ」

道長はうなずいた。

花山院は自らの力を見せつけようとしているのかもしれないが、自分にとって邪魔

な伊周と隆家兄弟の力を削いでもらえるなら、願ってもないことだ。

瑠璃は、微笑を浮かべて頭を下げると立ち上がった。直垂の袖がふわりと翻り、何とも言えない良い香りがして道長は陶然となった。

間もなく道長は、花山院からの挑戦とも言える言伝を隆家に書状で伝えた。

「これはどうしたことであろうか。門前を通れるものなら通ってみろと挑まれるなど、聞いたこともない」

東三条の邸の広間で、隆家と向かい合って座った伊周は書状を読み終えて首をかしげた。

「花山院様は、われら一族の内輪揉めを見ておるだけでは面白くないのでしょう。御自ら手を出したいと思し召されたのではありませんか」

隆家は庭に目を遣りながら答えた。半蔀に乾いた風が当たり、ことりと淋しげな音を立てた。

秋が到来していた。

「されど、法皇様の御門前を通り過ぎては、後の祟りが恐ろしいぞ」

伊周は渋い顔をした。

「だからといって、挑まれて行かぬわけにもいきますまい」

剛毅に構えて隆家はにこりとした。

「無茶なことはいたすなよ。叔父上の随身とはわけが違う。相手は法皇様だぞ」

「わかっております。しかしながら、わたしが退けば、花山院様はかさにかかって、

「そうかもしれぬが……」

伊周は気のりしない声で言う。花山院に兼家一族への怒りがあることはわかっている。これ以上、事を荒立てたくないのだが、隆家はあえて危険に身を投じてしまう気性だ。

「明日、花山院の門前を通る。用意をいたせ」

致光は一瞬、ぎょっとした顔をしたが、膝をついて応じた。

「されば、それ相当の備えをいたしまする」

「まかせたぞ」

隆家は階に立って致光を呼んだ。

隆家は申し付けた。

致光はすぐに、隆家の車の中でも特に車輪などが頑丈な車と〈逸物〉とされるたましい牛を選んだ。

投石された場合、押し通ることができるように備えなければならない。さらに、従者には屈強な者ばかり六十人を選んだ。

隆家は致光が用意した車や従者たちを一瞥すると、

「これでよい」

と満足そうに告げた。

翌日は朝から晴れ渡っていた。

空はどこまでも突き抜けるように青く、空気はひんやりとして頬に心地よい。鮮やかな色合いの直衣、指貫姿の隆家は、黄金作りの太刀を手に車に乗り込んだ。

致光は車の脇に徒で従っている。

「参るぞ――」

隆家が告げると、前後を六十人の従者で物々しく固めた牛車の車輪はぎぎっと音を立てて動き始めた。従者たちは前駆の声をあげる。

車に揺られながら、隆家は簾越しにあたりの景色に目を遣った。都大路は強い日差しに白く輝いていた。

花山院に近づくにつれ、日頃より商人、僧侶などひと通りが多いのに気づいた。さらには、道沿いに車がいつになく多く止まっている。

（さては、きょう、わしが花山院の前を通ると誰かが言い広めたな）

おそらく道長の仕業ではないか。花山院の門前を通れなければ、隆家は恥をかく。押し通れば通ったで、法皇への無礼を働いたことになる。いずれにしても道長には隆家を咎める口実ができるのだ。

隆家はあたりの見物人に気づいたが、車を止めようとはしなかった。

（せっかくの敵が待っているのだ。逃げるわけにはいかぬ）

胸の中で囁いているうち、車は花山院の門前にさしかかった。前方の従者たちが立ち止まり、牛も歩みをやめた。従者たちを押しのけて前に様子を見に行った致光が、あわてて戻ってきた。緊張した顔をして額に汗を浮かべている。

「どうした」

隆家が訊くと、致光は声を低めて言った。

「花山院の備えはただ事ではございません。戦備えをしておられます」

「なんだと——」

隆家は簾をあげて車から身を乗り出し、花山院の門前を見て眉をひそめた。

門前にはおよそ八十人ほどの法師がいた。

花山院に仕える従者たちは、法皇に倣って僧形をしている。しかも、〈兵仗〉と呼ばれる鉄環をはめた五尺の杖を手にしている。それに、それぞれ手に石を隠し持っているようだ。

法師たちは、胸に干からびた柑子（蜜柑）の実に紐を通して結んだ大きな数珠をぶら下げるという異様な姿をしていた。

その中に烏帽子をかぶった男がいる。

法師たちの中でひとりだけ頭が抜き出た六尺

を超える巨漢だった。

目が細い馬面で、胸が分厚く手足が長かった。

かぶっている烏帽子も見たことがないような大きなものだった。背が高い上にさらに大きな烏帽子をかぶっているため、男は化け物のように大きいものに見えた。

「あの烏帽子の男は何者だ」

隆家は振り返って致光に訊いた。

「花山院の従者に頼勢という大男がいると聞いたことがあります。異様に長い烏帽子をかぶっていることから〈高帽頼勢〉と仇名されておるそうでございます。おそらく、あの男が頼勢でしょう」

致光は油断なく太刀の柄に手をかけた。すると、頼勢が法師たちを掻きわけるように前に出てきた。

「その車の御方は東三条の中納言様ではございませぬか」

頼勢はくぐもった声で呼びかけた。致光が太刀の柄に手をかけたまま、

「下人の分際で中納言様に声をかけるとは無礼な」

と怒鳴った。頼勢は応えた様子もなく、どこ吹く風とうっすらと笑った。

「ここは法皇様の御門前でございます。どなたであれ、通り過ぎるのは無礼として咎めを受けますぞ」

頼勢の威嚇に構わず、隆家は黄金作りの太刀を手にしてあたりを見まわした。

「随分といるものだな。わしの往来を邪魔いたすつもりか」

「恐ろしくば、お退きになることでございます」

頼勢は侮る口調で声高に言う。

隆家の目が光った。従者たちに「進め」と命じようとした時、矢音が響いた。隆家はとっさに太刀で払った。二つに切られて落ちた矢は、一尺（約三十センチ）ほどの長さで鏃が鑿のように鋭く大きかった。

続いて射られた矢が隆家をかすめて轅に突き立った。さらに飛んできた矢を致光が斬り払った。

「中納言様——」

致光が振り向くと、隆家は叫んだ。

「退くぞ。あの法師どもの中に、この間会った鬼どもが紛れ込んでおる。このまま進めば奴らの矢の餌食になるだけだ」

従者たちがあわてて引き返し、牛車もゆっくりと方向を転じた。

「どうされました。〈さがな者〉と言われた隆家様がお逃げになるのですか」

頼勢が嘲ると、法師姿の従者たちがどっと笑った。

隆家は車の中から身を乗り出し、

「つまらぬ挑発にのって、大恥をかいたわ」

とからからと笑った。

その夜、東三条の邸に乙黒が音も無く現れた。広縁で月を眺めていた隆家は、背後に乙黒の気配を感じて、

「花山院門前での失態を見ておったか」

背を向けたまま低く訊いた。

「とんだ恥をかいたな」

「そういうことだが、危うく命拾いをしたとも言える」

「花山院に仕える鬼たちのことか」

「いずれ、奴らと戦わねばならぬ」

「そうであろうな」

「安倍晴明は奴らのことをといだと言った」

「そうか」

「乙黒、といとは何だ。知っておるなら、教えてくれ。晴明は、名は知っておるが、それ以上はわからぬと言ったのだ」

「晴明にわからぬことが、わしにわかるはずもない。だが、いままで夜の闇に潜んで

動いていた奴らが昼間動いたのだ。そのうち、お前の前に現れるだろう」

「そうか。その時はきょうの借りを返してやろう」

隆家がつぶやくように言うと、乙黒はふわりと宙に飛んだ。庭を駆け抜け蝙蝠のように身軽に土塀を越えて夜の闇に消えた。

紙燭を手に、隆家はついと庭に下りた。乙黒が庭に下り立った時、蛇のようなものが地面を這っているのが見えた気がした。

乙黒の足跡が残るあたりを照らしてみると、地面に黒い筋が浮かんでいた。文字のようだ。蛇が這ったと見えたのは、乙黒が一瞬の間に地面に書いた文字だったのだ。

隆家は目を凝らして、紙燭の灯りに浮かんだ文字を追った。

──刀伊

と書かれている。

（そうか、といとは刀伊と書くのか）

隆家は、その場に立ちつくして文字を見つめた。

五

夜の闇が濃い。燭台の火がじじっと燃えた。

「隆家め、せっかく痛い目を見せてやろうと思うたに、惜しいことをした」

灯りに黄色く照らされた花山院は、つぶやきながら盃を口に運んだ。

両脇にふたりの美しい女人を侍らせている。右側に控えた年かさの女人が瓶子を捧げ持ち、花山院が盃を干すと、すぐに酒を注いだ。花山院は左側に控えたうら若い女人の手をもてあそびつつ、

「いかがいたそうかのう、　瑠璃よ」

と前に座っている立烏帽子、白い直垂姿の女に声をかけた。

瑠璃は片手を板敷について瓶子を捧げる女人に顔を向けた。

「中納言は法皇様の御威光に恐れをなして逃げたのでございます。もはや放っておかれるのも一興と存じますが、いかが思われますか中務様──」

笑みを浮かべて瓶子を捧げる女人に顔を向けた。

「まこと、瑠璃の申す通りにございます」

中務と呼びかけられた女人は花山院を仰ぎ見た。

花山院は出家して後、一条摂政 藤原伊尹の娘を愛人としていた。それが中務だった。〈九の御方〉と呼んで通ううちに、仕える女房に手をつけてしまった。やがて寵愛は〈九の御方〉から中務に移った。

人と戯れる姿にも華やかさが残っている。僧形だが、まだ二十八歳だ。傍らの女

中務にはかつて若狭守 平祐忠という夫がいた。ふたりの間に平子という娘が生まれていた。花山院の左側に控えているうら若い女人が平子だ。中務を寵愛するうち、平子にも手をつけたというのだから花山院の艶福ぶりにも凄まじいものがある。

平子は手をもてあそばれるまま花山院にしなだれかかった。黒々とつややかな髪が重たげで細い目は心の内をうかがわせないが、わずかに開いた唇から甘やかな吐息が洩れるのが艶かしい。

いかに王朝貴族の時代といえども、母と娘を同時に愛人にするのは外聞を憚る破倫の行いであるが、花山院は平然としていた。世間ではかねてから、

──内劣りの外めでた

と花山院を噂していた。外見に似つかわしくない内面だというのである。また、日頃から奇矯な振舞いが多く、侍臣たちを悩ませてもいた。

ある夜、父君の冷泉院の邸が火事になった。冷泉院は車に乗り、二条大路と町尻小路の辻に避難していた。

報せを聞いて心配した花山院はすぐさま馬に乗って駆けつけた。だが、その姿は頃きに鏡を嵌めた笠を阿弥陀にかぶって馬にまたがるという異様なものだった。大路は火事を避けようとするひとびとでごった返している。馬の蹄にかけられるのを恐れて逃げ回るひとびとの中には悲鳴をあげる女もいたが、花山院はそれに構わず馬上から

行き逢うひとに、

「父上はどこにいらっしゃる」

と自ら声をかけて問うた。ようやく冷泉院の居場所にたどりついた花山院は、腕貫の紐に腕を通して鞭を持ち、袖を掻き合わせると冷泉院の車の前に跪いた。それまでの狂態とは裏腹の神妙な面持だったという。それを伝え聞いた源俊賢が、

「冷泉院のお狂いぶりよりは、花山院のお狂いぶりの方が始末が悪い」

とため息まじりに洩らし、これを耳にした藤原道長が、

「随分、不届きなことを申されるのだなあ」

と大笑いしたという。

しかし、花山院は性格が矯激なだけではなかった。和歌に堪能であり、美しいものに対しては深い観賞力を持っていた。花山院御所の造営にあたっては自らの好みを前面に押し出して指図した。

寝殿、対屋、渡殿をひと続きに造り、屋根もつなげて檜皮葺きにするという造作は花山院が初めて考えたことだった。それまで寝殿造は棟をそれぞれ別に造り、間に軒樋がかけられていたのである。

車庫の床板の奥側を高く張り、急な用がある時、車庫の戸を開ければ車がからからとひとりでに出てくるようにした。

身のまわりの品々には特に気を配り、硯箱は海辺をかたどった地模様に蓬莱山など
の金蒔絵をほどこして作らせた。漆の付け具合から蒔絵の塗り具合、縁金など細かく
指示した。

また、庭木を選ぶ際、「桜の花は優美だが、枝はごつごつとして無骨である。梢だ
けを見たい」として、中門より外側に植えさせた。さらに撫子の種を土塀の上に蒔く
ことを思いつき、御所のまわりに唐錦の帳をかけ渡したように花が咲いて、ひとびと
の目を楽しませたりもした。

趣向を凝らすことにかけては並はずれて優れたところが花山院にはあった。それだ
けに思い通りにならないことがあるとあからさまに不機嫌になる。

花山院は細々と気に病む質を顔に出して、

「わしは、兼家、道隆の血につながる者が憎い」

と言い放った。兼家は花山院を欺いて出家させ、天皇外戚の座を手に入れた。その
おかげで道隆は関白になり、栄えたのである。

道隆の死後、道兼が関白となったが《七日関白》で終わった。いまや伊周、隆家を
失脚させることが花山院の執念となっている。

そのためには道長と手を組むことも厭いはしない。道長は、兼家の子の中にあって
凡庸で目立たなかった。それに比べ道隆は美貌で知られ、一族は常に華やかで衆目を

集める存在だった。そのことが疎ましい。

――道長が関白になろうとも構わぬ。伊周、隆家こそ憎しや花山院の目にはおどろおどろしい青白い光があった。瑠璃は花山院の胸中を察したのか、

「中納言をいかようになされますか。彼の者たちにお訊きになられてはいかがでございましょうや」

とつぶやいて暗い中庭に目を遣った。

視線の先に庭石のような黒いふたつの影がうずくまっている。

「そうであった。わしには護法童子が仕えておったのう」

花山院は膝を叩いて立ち上がり、広縁の階に歩み出た。

黒い影が階の下までにじり寄る。獣の皮で作った袖無しの上着を腰のまわりに巻き付けた烏烈と、異様に高い烏帽子をかぶった頼勢だ。

比叡山延暦寺に籠った後、花山院は京に戻る前に詣でた熊野権現で瑠璃と烏烈、頼勢に出会った。比叡山での修行により法力を得たと信じた花山院は、目の前に現れた異形の三人を護法童子の化身だと思い込んだ。それで、仕えたいという三人の願いを聞き届けたのである。

「わしの望みは聞いたであろう。隆家らを懲らしめる策はないか」

花山院は何かに憑かれたような目をふたりに向けた。

低い声で烏烈が答えた。

「弟よりも兄を狙ってはいかがかと存じます」

「まず伊周をとな？」

花山院は首をかしげた。すかさず頼勢が口を開いた。

「まず、兄を捕らえて餌にすれば、弟は必ず出て参りましょう。そこで一気に成敗な

されてはいかがかと存じます」

「ふむ、兄弟を同時にのう。それは面白や。そやけど、伊周は隆家と違うて臆病な

危ういところには出て参らぬのと違うか」

烏烈は白い歯を見せて笑った。

「されば、女人こそ伊周を連れ出す餌になりましょう」

「何とな。女を餌にすると申すのか」

花山院の目が好色な光を放った。間髪を入れず、瑠璃が広縁に出てくる。篝の灯り

に白い顔が浮かび上がった。

「それならば、法皇様に縁の深い御方でちょうどよい女人がおりまする」

「わしに縁がある女だと？」

花山院が不審そうな顔をすると、瑠璃は妖艶な笑みを浮かべた。

この夜、伊周は鷹司小路の故一条太政大臣藤原為光の邸にいた。為光は、花山院が

その死を悲しむあまり出家を決意したほど寵愛した怟子の父である。

為光は三年前に亡くなっていたが、邸には三人の娘が残されている。伊周は三の君

と呼ばれる姫のもとに通っていた。三の君は父の為光が「女子はやはり見目形だな」

と満足していたと言われる美貌で「鷹司殿の上」などと世間で呼ばれていた。

平安貴族は女のもとに夜訪れて、翌朝、まだ明けやらぬうちに帰る。燭台のかすか

な灯りがあるだけの薄暗い中での逢瀬である。

父を失った娘にとって訪れる恋人が何よりの庇護者だった。前の関白の息子であり、

一条天皇の中宮定子の兄である伊周は頼るのに願ってもないひとなのだ。ととのった

顔立ちをしているうえに、和歌、漢籍の素養と機知にあふれた伊周の話しぶりは三の

君の胸をときめかせる。

やさしげに語りかけていた伊周の顔が不意に曇り、言葉が途切れた。

「どうかなさいましたか」

伊周の胸に顔をもたせかけていた三の君が訊ねた。

「いや、何でもないのだが、ふと嫌なものを感じてね」

「わたくしに何か──」

震えながら三の君は涙ぐんだ。

「いや、いや、気にしないでいい。そんなことがあるはずもないが、そうさな、物怪がどこぞにひそんでいるような気がして、ぞっとしたのだよ」

「そんな恐ろしいことをおっしゃらないでくださいませ」

「怖がることはない。ただ、そんな気がしただけなのだから」

ひしとすがりつく三の君の肩を伊周は抱いた。

「そう言えば、怟子様が亡くなられて、もう十年になるのか……」

「どうして怟子様のことなど、話されるのです」

三の君は驚いたような声を出した。怟子は、母親が違う三の君の姉だった。この時代、姉妹と言っても母親が違えばさほど親しい気持は持たない。

「なぜだろう。ふと思い出したのだよ」

物怪の気配を感じた時、伊周の胸に浮かんだのは若くして亡くなった怟子のことだった。伊周の祖父兼家に続いて父道隆が権勢の座に昇ったのは、怟子が亡くなったことにより花山天皇が退位し、一条天皇の御代になってからのことである。

一族は繁栄を極めてきたと思っていたが、それほど長い期間だったわけではないと気づき虚しさがこみあげた。道隆の死後、意外なことに東三条院詮子の後押しによって叔父の道長が台頭し、道隆の後を継ぐべき伊周を押しのけようとしている。

（馬鹿な、こんなおかしな話は聞いたことがない）

伊周は、道長の顔を思い浮かべると腹立ちがこみあげてくる。

天皇の外戚にならなければ朝廷で実力者にはなれない。一条天皇の中宮定子の実家を継いだのは自分なのだ。だから本来、自分が関白になるべきだ、と伊周は思っていた。定子が皇子を産めば、それによって伊周の地位は盤石なものになり、道長を蹴散らすことができる。そのために定子のもとに清少納言などはなやかで才気のある女房を配し、一条天皇の寵愛が深まるようにしているのだ。

「間もなくだ。遠いことではない」

伊周は、思わずつぶやいた。何事かに思いをめぐらせる伊周を三の君は怪訝そうな顔をしてうかがい見た。

四ヵ月が過ぎて、年が明けた。

長徳二年（九九六）正月十四日──

十八歳になった隆家は、藤原景斉の娘のもとに通うようになっていた。隆家は初めて恋をし、女人をいとおしむ楽しさを知った。それでも隆家の胸中に湧く敵を求めてやまない思いが鎮まったわけではない。早暁、女人のもとから車で引き揚げるおりには、心の奥底に虚しさを否応なく感じる自分がいた。女人と関わる時でも、生死を賭

けるかのように激しいものを求めてしまうらしい。

未明の都大路を帰る車の中で、

（兄上はこんな風ではないのだろうが）

と思って苦笑した。突然、車が止まった。

「いかがいたした」

　声をかけるが、応えはない。不審に思って簾をあげてみると、牛が足を止め、従者も凝然と立ち尽くしている。いつの間にか雪が降り出し、道を白く覆っていた。未明で薄暗くはあったが、雪の仄明かりにぼんやりと黒い影が浮かび上がった。

「乙黒か、ひさしぶりだな」

　隆家が声をかけると、乙黒はゆっくりと近づいてきた。牛や従者がなおも動かないのは乙黒に術をかけられているからなのか。乙黒の頭や衣服には雪が積もっていた。

「かようなところで何をいたしておる」

「お前を待っていたのだ」

　乙黒は白い歯を見せた。

「わしに会いたければ邸に来ればよいではないか」

「そうはいかぬ。お前の邸は見張られておる」

「見張られているだと——」

隆家は眉間にしわを寄せて考えこんだが、すぐにはっと気づいて訊いた。

「わしを見張る者とは、刀伊とか申す者たちか？」

「奴らは狙っておる。お前とお前の兄をな」

「なんだと」

「間もなくお前の兄に異変が起きるぞ。それを教えにきてやったのだ」

乙黒はくっくっと笑った。

「なぜ、わざわざわしに知らせるのだ」

「面白いではないか」

「面白い？」

——花山院の狂いが極まる時、この国は亡びる

去り際に言い残しつつ、乙黒は雪の上を滑るように走った。

乙黒の背を見送りつつ、国が亡びるとはどういうことだろうか、と隆家は思った。

以前、安倍晴明からも隆家が敵に勝たなければ国が亡びると告げられていた。

「いったい、どういうことだ」

隆家は白み始めた空から降る雪を眺めながら口の中でつぶやいた。

そのころ伊周も邸に戻ろうとしていた。

伊周の顔には三の君のもとで過ごしたという満ち足りた表情はなかった。伊周は、嫉妬と懊悩に苦しめられた一夜を過ごしていた。伊周はいつも通りに三の君の邸へ向かった。ところが邸の前には、すでに車が止まっていた。従者はやむを得ず邸を通り過ぎ、程ないところに車を止めて、

「どうしたことでございましょうか。様子をうかがって参ります」

と告げて邸に走った。三の君付きの女房に訪れているのは誰なのかをひそかに訊くつもりなのだろう。

（三の君のもとにわたしが通っていることは誰でも知っている。よもや邪魔をする者がいるはずはないが、いったい誰が……）

邸には三の君だけでなく四の君、五の君がいる。五の君は幼いが、四の君なら通う男がいてもおかしくはない。

伊周があれこれ考えている間に、従者が駆け戻ってきた。困惑した表情を浮かべている。

「まわりには車の従者らしき者がおりまして、邸に入ることができません」

「なんとも、味気ないことをするものだな」

伊周は眉をひそめた。通っている女の邸で男同士が出くわすというのは珍しいことではない。そんな時には相手に気づかぬ様子を装いながら、さりげなく遣り過ごすの

が遊びなれた公家（くげ）の心遣いである。

しかし、いま三の君の邸にいるのは、そんな気遣いを見せる男ではないらしい。伊周は腹が立ってきた。もし、そのような男が三の君に通っているのだとすれば許せない。

「車の主は誰か、突き止めて参れ」

伊周が厳しい口調で命じると、従者はうかがうように顔をあげた。

「従者がわかっておるなら、主は明らかではないか。何者なのだ、早く申せ」

問い詰められて、従者は口を開いた。

「従者の中にひときわ高い烏帽子（えぼし）をかぶった大男がおりました。あの男は高帽頼勢で

ございます」

高帽頼勢を知らない伊周は、首をかしげて訊いた。

「その者は誰の従者なのだ」

従者は唇を湿らせてから思い切ったように口にした。

「花山院様（の）でございます」

伊周は息を呑んだ。

——まさか

すでに出家した花山院が女のもとに通うことも信じられなかったが、何より三の君、

四の君はかつて花山院が寵愛した忯子の妹である。

花山院は忯子の死を悲しむあまり出家したのではなかったか。それなのに、僧形となりながら、かつて愛した女の妹のもとに通うなどあり得ないことだ。

「さようなことがあるはずはない。よく確かめて参れ」

伊周に命じられて従者がまた邸に向かおうとした時、松明の火が見えた。ゆっくりと近づいてくる。

「何だ、お前は――」

従者が声をあげた。松明を持っているのは頼勢だった。目の細い馬面がにやりと笑った。

「法皇様のお楽しみを妨げてはならぬのう」

「何を言うか」

従者たちが頼勢を取り巻いた。この夜、伊周の供をした従者は六人いた。いずれも屈強な選りすぐりの者たちだ。頼勢が巨漢でも恐れる者はいなかった。

「やれっ」

従者のひとりが叫ぶといっせいに飛びかかった。叩きのめすつもりで襲ったのだが、頼勢は松明を振り回した。悲鳴をあげて三人が倒れた。顔を松明で打たれていた。

頼勢は松明を投げ捨て、ふたりの従者の胸倉を摑んで高々と差し上げると同時に地

面に投げつけた。ふたりはうめいて気を失った。

残るひとりは頼勢の凄まじい力に恐れをなして尻餅をついた。頼勢は従者をじろり

と睨み据えながら悠然と車に近づいた。

「法皇様に近づくとためにならんことを教えてやろう」

怒鳴った頼勢は、伊周が乗った車の後ろの鴟の尾を掴んで徐々に持ち上げた。車が

斜めに持ち上がり、牛がもうと鳴いた。伊周は車から転げ落ちそうになった。必死で掴まる

が、頼勢はなおもゆさゆさと揺すり、やがて、どしん、と車を落とした。

「何をいたす。無礼者――」

伊周は悲鳴のような声をあげた。

「仕返しがしたくばいつでも来るがいい。法皇様は三日通われるからな」

頼勢は大声でからからと笑い声を残して去っていった。

平安貴族が女の家に通う場合、三日目の夜に〈三日夜の餅〉という結婚を祝う餅を

食べる。このため三日目の夜も通うのは、女のもとへ通い続けるという男の意思表示

でもあった。

（花山院様は、三の君のもとにこれからも通われるおつもりか

いや、通う相手は四の君なのかもしれないとも思われるが、花山院は中務、平子母

子を寵愛しているという噂から推しはかるならば、たとえ四の君のもとに通っていた

としても、同じ邸にいる三の君に食指を動かさないとは限らない。必ずそうなるに違いないという気がして、三の君と花山院が睦み合う姿が脳裏に浮かび、伊周は拳を握りしめて歯嚙みした。

すごすごと東三条の邸に帰った伊周はすぐに寝所に入ったが、口惜しさになかなか寝つくことができなかった。少しまどろんだ後、ここは隆家に相談するほかないと昼過ぎには起き上がって隆家を呼んだ。

間もなくやってきた隆家に、伊周は憔悴しきった顔を向けて、

「わしは花山院様に恨みを抱いた」

とぽつりと告げた。

「ほう――」

感情のこもらぬ声で応じた隆家は、微笑を浮かべただけで、それほど驚いた様子はない。

「わかっているのか。わしは花山院様に闘乱を仕掛けたいと思うのだ」

伊周は思いつめた表情で言う。何としても花山院に〈三日夜の餅〉を食べさせたくなかった。

床に入ってから、いまごろは三の君が花山院に組み敷かれているかもしれないとい

う妄想が次々に湧いてきて伊周を苦しめた。為光の娘の中で、三の君が最も美しいと言われている。ひょっとすると花山院がかつて寵愛した低子に似ているのではないだろうか。

懸念が伊周の胸中で渦巻いていた。

「わしはどうしても許せない」

吐き捨てるように言う伊周の顔を淡々と見ていた隆家は、

「どのような仔細があったのか知りませんが、花山院様が喧嘩を仕掛けてくるのではないか、とは思っていました。門前を通るのは避けたが、今度はどうやら避けられそうにない。ならば、わたしも共に参った方がよさそうだ」

と言って笑った。

この日も朝から雪日和だった。

　　　六

十六日の昼過ぎ——

内裏の登華殿で定子は物憂げに過ごしていた。

近ごろ定子には懐妊の兆しがあった。めでたいことなのだが、兄伊周と叔父道長の

確執が伝えられているだけに定子が皇子を産めば、また争いが起きるのではないかと憂えていた。そんなことを思うと胸がふさぐのは、身籠ったための気鬱なのかもしれない。定子は白い御衣を重ねて、紅の唐綾を表にしている。艶やかな黒髪が肩先から流れ、えも言われぬ美しい姿だった。

雪が降り続き、朝から冷え込んでいるだけに炭櫃に大仰なほど火が熾され、定子の傍らには梨絵がほどこされた火桶も置かれている。

次の間では長炭櫃に手をかざしながら、清少納言始め唐衣を着た女房たちが控えて文を取り次いだり、定子の話し相手になったりしているところに、先払いの声が高く聞こえてきた。

「どなたかお見えになるようですよ」

清少納言が言うと、女房たちは散らかっている絵などをあわてて片づけた。そこにやってきたのは伊周だった。直衣、指貫の紫の色が目に鮮やかだった。

「きょうは物忌で家に籠らねばならないのですが、こちらが気がかりになりまして」

伊周はほがらかな声で言うが、顔にはいつにない陰りがあった。

「道もなし、と思っていましたのにどうしてまた……」

定子は首をかしげた。

「あはれとでも思ってください」

伊周は微笑を浮かべた。〈道もなし〉と定子が口にしたのは、平兼盛の和歌、

——山里は雪降り積みて道もなし今日来む人をあはれとは見む

にちなんでいる。山里は雪が降り積もって道もうずもれているのに、こんな日に訪ねてくるひとは慕わしく思えるという意味だ。

伊周は、〈道もなし〉という言葉に和歌の意が籠められているのを察して、すぐさま〈あはれと〉と下の句を返したのだ。宮廷ならではの会話だった。

伊周はなおも〈猿楽言（冗談）〉を言って女房たちを笑わせたうえで、

「ところで、雪は風情がございますね。降り積もっている眺めはなかなかよいものでございますよ」

とつぶやいた。

「そうですか」

うなずいた定子は清少納言に顔を向けた。

「少納言よ、香炉峰の雪はどんな様子でしょうか」

定子に謎のような言葉をかけられた清少納言は、下仕えに御格子を上げさせてから、自らの手で御簾を高くかかげた。それを見て定子は嬉しげに微笑んだ。

白楽天の詩に、

——遺愛寺の鐘は枕を欹てて聴き

香炉峰の雪は簾を撥げて看る

とある。この日、格子を下ろしていて、見事な雪景色を見ずにいた定子は、伊周の言葉で雪を見たくなり、白楽天の詩に言寄せて雪が見たいと清少納言に告げたのだ。

瞬時に意を覚った清少納言の機知に富んだ振舞いは定子を満足させた。

登華殿の前庭は立蔀があって視野が狭められている。それでも一面の雪景色は際立っていた。

「ああ、こうして見ると、また格別ですね」

伊周は広縁にまで出てしばらく眺めていたが、その後ろ姿はなにやら物思わしげだった。

「何か気にかかることでもあるのでしょうか」

定子が問いかけると、伊周は振り向いて頭を振った。

「いえ、なにも……」

平静を装っていたが、その唇は青ざめている。寒さのためだけではないように定子には思えた。

この日の深更、鷹司小路の邸の前に伊周と隆家が乗った車が止められた。夜になって雪は止んだが、積もった雪で路上は白く覆われている。従者が十人、それに弓を携

えた平致光が騎馬で従っていた。

車の中で伊周は青い顔をして黙りこんでいた。傍らの隆家が、

「兄上、どうしてもおやりになるのですね」

と念を押した。

「やるとも。なに、夜中に顔も知らぬ者同士の〈闘乱〉が起きるだけのことだ」

伊周は自分に言い聞かせるように口にしたが、肩が震えていた。

花山院が通うのを力ずくで妨げるつもりだった。仮にも天子だったひとが女のもと

に通うのを邪魔するのは危険な行為だ。だが、従者同士の喧嘩なら言い訳は立つと伊

周は考えていた。

何より、昨晩も花山院が三の君のもとに通ったかもしれないと思うと、伊周の心は

惑乱しそうだった。花山院が求めれば三の君は拒むことができない。どのようなこと

が行われたのか、と想像するだけで伊周は波立つ気持を抑えることができなかった。

「来たようでございます」

致光が馬上から車の中のふたりに告げた。隆家は簾を上げて素早く地面に下りた。

黄金作りの太刀を手にしている。

前方の闇の中から松明が近づいてくる。大きな車に二十人ほど従者たちが従ってい

るようだ。目を凝らして花山院の車を見ていた致光が、

「これはどうしたことだ」

とうめくような声を上げた。前駆はひときわ高い烏帽子をかぶった頼勢だったが、車に従っているのは昨年、花山院の門前を固めた僧形の男たちだった。胸に柑子の数珠をぶら下げた姿で五尺の兵仗を手にしている。

「女のもとに通うのに戦支度でお出でになるとはのう」

隆家が苦笑いした。しかし、異様なことはそれだけではなかった。

——中納言様

鋭く声を発して、致光が反対側を指さした。獣の皮で作った袖無しを着た男たちが十人ほど松明を持って近づいてくる。それぞれ短い弓を持っていた。先頭に立っているのは烏烈だった。

隆家は両方に視線を走らせて、

「兄上、どうやら、囲まれたようです」

と車の中の伊周に告げた。

「どういうことだ」

車から伊周の上ずった声が返ってきた。

「花山院様はわれら兄弟を討ち取るおつもりとみえます」

「まさか、そのような」

「いや、花山院様のわが家へのお恨みは深いようです。そこまでしなければ気がおさまられぬと思われます」

隆家はひややかに言葉を継いだ。伊周はしばらく黙ったが、

「逃げよう。邸に戻るぞ」

とあえぐように言った。

「もはや、遅いようです」

隆家は黄金作りの太刀の柄に手をかけた。松明を持った頼勢が近寄り、口を開いた。

「これは、中納言様。かようなところで何をされておいでですか」

隆家はじろりと頼勢を睨んだ。

「わしは戯言は好かぬ。討ちかかるつもりなら、さっさといたせ」

「ほう、よろしゅうござるか」

頼勢は嘲笑を浮かべ、反対側にいる烏烈に目を向けた。烏烈はうなずいて片手をあげた。獣の皮の袖無しを着た男たちがいっせいに弓を構えた。

それを見て隆家が甲高い声をあげた。

「待て、弓で射れば、外れた矢が法皇様の御車に届くやもしれぬぞ。さようなことになってもよいのか」

烏烈たちの弓の腕前が確かなのは知っている。花山院に外れ矢が当たってもいいの

か、と脅すしか防ぐ手段がなかった。

烏烈はあげた片手をそのまま横にした。すると男たちは弓を下げた。烏烈は何事か

鋭い声で叫んだ。

隆家が聞いたことのない言葉だった。男たちの中から五人が走り出た。腰刀を抜い

て手にしている。怪鳥のような叫び声をあげて隆家たちに襲いかかった。これを防ご

うとした従者たちはたちまち斬られ、悲鳴をあげた。

「のけい――」

致光が馬を躍らせて男たちに向かった。

男のひとりは馬の蹄にかけられ、ふたりは馬上から致光の太刀で斬られた。

しかし、ふたりが致光の太刀をすり抜けて隆家に襲いかかった。男たちの持つ腰刀が

雪明かりに不気味に光る。

ひとりが飛び上がって隆家に斬りつけた。隆家の太刀がこれを弾き返す。小路に音

が響いた。もうひとりが斬りつけるのをかわして、隆家は男の頭上に斬りつけた。

男は地面に転がって太刀を避け、機敏に立ち上がった。ふたりの男は隆家の知らぬ

言葉を交わした。それが合図だったのか、同時に両脇から隆家に飛びかかる。瞬間、

隆家は踏み込んで男のひとりを肩先から斬り、さらにもうひとりの胴をないだ。

水際立った腕前だった。うめき声をあげてふたりは倒れた。

その様子を見た頼勢が、

「石だ――」

と怒鳴った。僧形の従者たちは、携えてきた拳ほどの大きさの石を懐から取り出した。頼勢がさらに、

「やれっ」

と叫ぶと、僧形の従者は隆家たちに向かっていっせいに石を投じた。車の屋根に石が当たって轟音が響き、従者たちの顔や肩にも石がぶつけられた。致光が馬を駆けさせようとするが、霰のように投げつけられる石に馬は怯えて後退りする。

隆家は袖で顔を覆い、太刀で飛んでくる石を叩き落とすが、それでも額や腹に石が当たった。

（このままでは投石で弱ったところを討ち取られてしまう）

隆家は致光に走り寄った。

「弓を寄こせ」

致光が差し出した弓を手にした隆家は、伊周が乗っている車の前板に上がった。車の陰になって烏烈たちの矢が届かない場所だ。

隆家は、花山院の車に向かって弓を満月のように引き絞った。頼勢が目を瞠って大声で叫んだ。

「法皇様に対し、何をする」

法皇に矢を射かける者がいるとは信じられなかったし、まさか、隆家がそれほどの乱暴をするとは予想だにしなかった。

隆家は不敵に笑った。

石はなおも飛んできて体に当たるが怯まない。

「覚悟いたされよ」

隆家の放った矢が花山院の車に向かって飛んだ。簾を突き抜けた矢は車の中にいた花山院の袖を射抜いた。

花山院は真っ青になって震えあがった。

「隆家はわしを殺すつもりだぞ。退け、退くのだ」

花山院はわめいた。頼勢はあわてて車の向きを変えさせた。僧形の従者たちもこれに従い、投石は止んだ。

隆家が車から降りて振り向くと、烏烈たちの姿もすでに消えていた。致光が馬から下りて近づき、片膝をついた。

「法皇様に矢を射かけられるとは思い切ったことをされましたな」

「あれぐらいしなければ殺されていた」

隆家は平然と言った。その時になって伊周が車から這うようにして出てきた。

「しかし、あのようなことをして、ただではすまぬのではないか」

「されど、花山院様も女のもとに通って〈闘乱〉を起こしたなど外聞の悪いことを表にはされますまい」

「そうであればよいが……」

伊周は青ざめた顔でつぶやいたが、路上に目を落として声にならない悲鳴をあげた。

隆家が何事かと思って伊周の指さした先を見ると、そこには隆家が斬り倒したふたりの男の死体が転がっていた。しかも、ふたつの死体には首が無い。

「奴ら、いつの間にかようなことを」

致光がうめいた。首の無い死体を見つめた隆家の目が光った。

「兄上、花山院様は今宵のことを世間に知られたくはないと思われますが、そうさせたくない者たちがおるのかもしれません」

「さような者がいるのか。何者だ」

「刀伊でございます」

隆家は静かに答えた。止んでいた雪がまた降り出していた。

――もおし、もおし

闇の中から声が聞こえた。

道長は不意に目覚めた。傍らでは妻の倫子がすこやかな寝息を立てて眠っている。

しかし、道長の耳元では囁くようにかすかな声がするのだ。誰かが呼ぶ声がするのだ。

声に引き寄せられるように道長は起き上がり、ふらふらと寝所を出た。気がついてみれば、広縁にいた。月明かりに雪が輝いている。

雪の上に異様なものが置かれていた。大きな石のようなものが二個、ごろんと転がっているのだ。よく見ると、長い髪があり、目が見開かれている。

（ひとの生首だ）

道長は息を呑み、手で口を押さえた。足の力が抜けて広縁に尻餅をついた。誰かを呼ぼうとするが、声が出ない。胸が苦しくなって吐き気がしてきた。這って逃げようとした時、柔らかな衣に触れてぎょっとした。そばに立烏帽子、白い直垂姿の瑠璃がいた。

「そ、そなたは、法皇様のお使いの――」

思わず言いかけると、瑠璃はさっと指を口に当てて、黙るよう仕草で示す。

「お静かになさいませ。今宵はお報せしたきことがあって参りました」

「あれは、そなたの仕業か」

道長は顔をそむけたまま庭を指さした。

「さようにございます。あの者たちは法皇様にお仕えしておりましたが、今宵、内大臣伊周様と弟君の隆家様に斬られました」

「何と申す。なぜ、そのようなことに」

道長は目を剝いて、瑠璃の顔をのぞきこんだ。

「伊周様が亡き一条太政大臣様の姫、三の君様のもとに通っておられるのはご存じでございましょう。法皇様は同じ邸の四の君様のもとに御通いなのです。ところが伊周様はこれを誤解なされ、法皇様に《闘乱》を仕掛けてしまわれました」

「それで、死人が出たのか」

道長は顔をしかめながらも、伊周が法皇と諍いを起こしたとあれば、内大臣の座から蹴落とすよい口実になる、と心の中でほくそ笑んだ。

瑠璃は、考えをめぐらしている道長の顔を見つめ、話を続けた。

「それだけではございません。あろうことか隆家様は法皇様の車に矢を射かけられました。その矢が法皇様の袖を射抜いたのでございます」

道長は驚いた。天子だったひとに向かって矢を射るなどありえない。

「まさか、そのような畏れ多いことを」

「しかし、あの《さがな者》の隆家ならやりかねない。あの男は不遜で世の中に怖いものなどないのだ。

「まことに、さようでございます。隆家様は恐れを知らぬ強い御方です。法皇様に矢を射ることを恐れぬのであれば、右大臣様にも矢を射るでありましょう」

瑠璃は、道長の考えを読み取っているかのようだ。

「それがまことならば恐ろしや、何とかいたさねば」

「伊周、隆家兄弟を葬りなさいませ」

道長の耳元で瑠璃が二言、三言囁いた。

「わかった。さようにいたす」

道長は額に汗を浮かべてうなずいた。瑠璃はにこりと笑い、さっと袖を翻した。道長はつられて庭に目を遣った。すると先ほどまであった生首が消えている。雪の上には血の跡も残っていない。清浄な白さのままである。

はっとして振り向くと、瑠璃の姿も消えていた。

（わしは夢でも見たのか）

道長は首をひねりつつも、瑠璃が告げたことは間違いの無い事実だろう、とは思っていた。

何より花山院に対して矢を射たとすれば前代未聞の不敬事件なのだ。これで、伊周と隆家を京から追放することができるだろう。

そう思うと、道長の顔には自然に笑みが浮かんでくる。伊周、隆家が実の甥である

ことなど念頭にない。道長にとって、自分が権勢を得ることを妨げる同族の者こそが不倶戴天の敵だった。

隆家と伊周が巻き込まれた、

──長徳の変──

について、古記録では、

──右府消息云、花山法皇、内大臣、中納言隆家相遇故一条太政大臣家、有闘乱之事、御童子二人殺害、取首持去云々

としている。右府すなわち道長が聞いたところによると、花山院と伊周、隆家が一条太政大臣家で遭遇し、〈闘乱〉が起きて花山院の従者である童子ふたりの首が持ち去られたという。童子と言っても子供のことではない。このころ髻を結っていない男は童子、童などと呼ばれたのである。この事件について、花山院は体面を気にしたのか沈黙を守っていた。しかし、なぜか道長の耳には入ったのだ。都を震撼させる事件の始まりだった。

──二月五日──

東三条の伊周、隆家の邸を異様な風体の者たちが取り囲んだ。ひしゃげたような烏帽子、すりきれた水干姿の男たちは手に五尺ほどの棒を持っている。

〈放免〉と呼ばれる者たちだ。いずれも、もとは盗賊など罪を犯した男たちだった。検非違使に捕らえられ、牢にいれられた後、許されてから検非違使の手先となったの

だ。

──えもいわぬもの

すなわち、言葉にもできない恐ろしい者として忌み嫌っていた。邸に踏み込まれるだけで汚されるような気がするのだ。

この日、検非違使源孝道は東三条邸と平致光、伊周の家司菅原董宣の宅を捜索した。

伊周が多くの兵を養っていると見て、これを捕らえようとしたのだ。

源孝道に率いられた放免たちが踏み込んだ時、伊周は蒼白になった。

「何ということだ。あのような者らがわが邸を荒らすとは」

「検非違使のやることです。止めるわけにもいきますまい。勝手にやらせておけばよいのです。何も出ては参りません」

「そうであろうか」

「鷹司小路で起きたことを証すものなどあるはずもございません」

「しかし、検非違使が動いた以上、ただではすむまい」

「その時はその時のことでございます」

平然と言い捨ててから、隆家は車を仕立て外出した。向かった先は陰陽師安倍晴明の邸だった。

花山院が伊周を陥れようとしていると告げた乙黒は、あの夜以来、姿を見せていな

い。何が起きているのか確かめるには晴明に訊くしかない。

土御門町口の晴明の邸に着くと、門前に晴明が立っている。

車から降りた隆家は、ほがらかな声で言った。晴明は頭を振った。

「わしが来るとよくわかったな」

「星を見ておりました」

「昼間でも星が見えるのか」

「見える時もございます。特に凶事の星は」

晴明は笑みを含んで答えた。

邸にあがって向かい合った隆家は、思い切って訊いた。

「わしら兄弟と花山院様のことは聞いておろう」

晴明は黙ってうなずいた。

「乙黒と申す法師が、わしら兄弟は刀伊から狙われておると言うのだ。そして花山院様のお狂いが極まる時、国が亡ぶとも言いおった。それは、どういうことだ」

「いずれも凶星であるとしか申し上げられませぬ。それ以上のことは、わたしもわからぬのです。ただ、中納言様にはこれからも凶事が続くかと存じます」

「なんと、まだ凶事があるというのか」

隆家は苦笑した。

「さようです。されど、中納言様が戦わねばならない敵とは比べられぬほど小さい凶事でございます」

言いつつ、晴明はあたりをうかがってから続けた。

「申し上げねばならぬことがございます」

「なんだ」

「陰陽師の中に右大臣様の命により呪詛を行おうとしている者がおります。東三条院の寝殿床下に厭物を埋めたと思われます」

厭物とは呪詛の際に使われる形代である。床下などに埋めておくと呪う相手に祟りがあるという。

「わしを呪詛するというのか」

「いえ、東三条院様を、でございます」

「なにを馬鹿な。　東三条院様は道長叔父にとって恩人だ。　さようなことをするはずはない」

東三条院とは、一条天皇の生母で道長の姉である詮子のことだ。　詮子の推挙があったればこそ、いまの道長の地位があるのだった。

「真の呪詛ではなく、見せかけの呪詛を行ったうえで、そのことを暴かれるおつもりです。その時、呪詛をした者として右大臣様が疑われることはありません」

「疑われるのはわしら兄弟か？」

「東三条院様を呪いそうな方は他にもいらっしゃいます」

　晴明はそれ以上、言おうとしなかったが、　隆家は誰のことなのか思い当たった。

　伊周と隆家の母貴子の父高階成忠である。

　成忠は道隆の死後、道長が権勢の座に就き、伊周をないがしろにしていることをかねてから憤っていた。そして、近ごろでは邸に陰陽師を住まわせ、何事か祈願させているという噂だった。

　定子が皇子を産むことを願っているとも、道長への呪詛ではないかとも言われていた。いずれにしても成忠にそのような動きがあれば、東三条院の床下から厭物が見つかった際に疑いをかけられることになるだろう。

（道長叔父め、巧妙なものだな）

　花山院へ矢を射たことは証拠があるわけではないだけに、それだけでは罪に落とし難いと見て別な事件を作りあげようと画策しているのだ。

「どうやら、わしら兄弟は進退極まることになりそうだな」

　隆家はあっさりと言った。もし、罪に問われることになれば、兵を率いて道長を討とうか、と考えた。

　晴明は微笑を浮かべて頭を振った。

「陰極まれば陽に転じます。すべては陽に向かうためのものとお考えください」

「そうか、陰に逆らえば陽は迎えられぬか」

「さようでございます。すべてはなるようになされませ。やがて陰が極まる時が見えて参りましょう」

晴明の言葉は不思議に隆家の胸に響いた。

この日の検非違使の捜索で東三条の邸からは何も発見されず、致光は姿を消していた。成果をあげられなかった検非違使は腹いせのように家司菅原董宣の宅にいた兵八人を引き立て、弓二本を押収した。

検非違使の捜査が進まぬ中、朝廷では公卿たちが伊周と隆家に下すべき処罰について協議したが、集まった公卿たちは首をひねるばかりで容易に結論は出なかった。

三月四日――

妊娠中の定子は、里邸の二条第に退出することになった。出産のため女御が内裏から下がるのは通常のことである。だが、清少納言たち女房の表情は暗かった。中宮の退出ともなれば多数の公卿が供奉するはずなのだ。ところが、公卿たちは伊周と隆家の一件があることから、

「障りがございまして」

「物忌でございます」

などと称して誰も出仕しようとはしなかった。その陰で道長が指図している気がする。公卿たちは道長の機嫌を損じることを恐れて供奉しようとしないのではないか。

清少納言は、腹立たしげに公卿たちが来ないことを告げた後、

「憎きものは、急いでいる時に来て長居しておしゃべりをするひと、酒を飲んでわめくひと、何にかぎらず、羨ましがり、わが身を嘆くひとなどと申しますが、かような大事のおりに頼みにならず、真心のないひとほど憎いものはありません」

と定子に申し上げた。定子は微笑んで、

「さように申さずとも、ひとはそれぞれの都合というものがありましょう」

と答えるだけだった。

「とは申しましても……」

なおも清少納言が言い募ろうとするのを定子はやわらかな視線で抑えて車へと向かった。身籠ったわが身を大事にすることだけを考えているのだろう。

そのような定子の落ち着いた様子には清らかな威厳があった。清少納言は定子への賛嘆と公卿らへの憤りを感じないではいられなかった。

やがて定子を乗せた車は供奉も少なく、淋しげに二条第へ向かった。供の車に乗っていた清少納言は、何とも味気なかった。

（中宮様の初めての御出産だというのに、このように淋しいことがあってよいものだ
ろうか）

清少納言は唇を嚙みしめた。

七

東三条院詮子は悪夢にうなされ続けていた。

闇の中に不気味な妖怪が蠢いている。よくよく見れば巨大な鬼だった。鬼は太刀を
握って、寝ている詮子を襲ってくる。太刀が詮子の首めがけて振り下ろされた。

詮子の首がすぱりと斬り落とされる。そこまで夢見て詮子は悲鳴をあげながら目を
覚ますことが数日続いた。

同じ夢があまりに繰り返されるので詮子は道長を呼んだ。

三月二十七日のことである。道長が土御門邸にあわただしく参上すると、詮子は不
機嫌そうに告げた。

「わたしを呪詛する者がいます。ただちに捕らえなさい」

すぐさま下人を使って調べさせたところ、寝殿の下から呪詛に使われたと見られる
厭物が出てきたという。道長は首をかしげてしばらく考えていたが、

「高階成忠が、近ごろ屋敷でなにやら怪しげな祈禱を行っているという噂があります。おそらく成忠の仕業でございましょう」

膝を叩いて、伊周と隆家の母である貴子の父高階成忠の名を出した。しかし詮子は、

「そなたのすることとは、まわりくどい」

と苦々しげにつぶやいた。道長は冷水を浴びせかけられたようにぞっとして下を向いた。

成忠に疑いが向けられるよう、陰陽師を使って土御門邸の床下に厭物を仕込ませたのは、道長である。詮子はそのことに気づいているのではないか。

「なぜ、いまだに伊周と隆家の罪は定まらぬのじゃ」

詮子は思いがけないことを訊いた。

「はあ、明法博士らに、急がせてはおるのですが」

煮え切らない返事をする道長をつめたく見据えた。

「それゆえ、わたしを呪詛した罪を成忠に負わせ、さらに伊周、隆家の罪状に加えようというのでしょうが、手ぬるい——」

道長は息を呑んだ。やはり、詮子は道長の策謀を見抜いているのだ。詮子は平然と言った。

「呪詛する者が誰であるにしろ、わたしを真に呪っている者は別にいます」

「そ、それは誰ですか」

道長は、恐る恐る訊いた。

「わからないのですか。道隆殿の霊です」

「兄上が——」

「道隆殿が亡くなられた後、わたしはあなたを推しました。道隆殿は伊周を関白にすることを望んでおられたが、わたしたちは、それを妨げたのです」

詮子は悪びれることなく、あからさまに言った。道長は顔をしかめたが、取り繕ってもしかたのないことだけに、

「さようですな」

とうなずいた。

「道隆殿はそれを恨んで祟ろうとしています。ですから早く伊周、隆家の罪を問われねばなりません」

「しかし、それでは却って祟りがあるのではありませんか」

道長がうかがうように言うと、詮子はゆっくりと頭を振った。

「この世で栄え、力を持った者は祟りを恐れることはありません。力の弱った者が祟られるのです」

「それで、ふたりの処分を急げと言われるのですか」

「そなたは道隆殿が関白の座にあった時は、目立たぬ月のようなものでした。日が沈んだからこそ、月であるそなたが輝いていられるのです。伊周と隆家が日の輝きを持つようになればどうします。いま中宮定子は懐妊しています。もし、皇子が生まれれば、ふたりの力は強くなり、そなたをしのぐことになるのですよ」

詮子に言われるまでもなく、道長もそのことはよくわかっていた。

道長は自分の血を分けた娘彰子を一刻も早く入内させたいと願っているが、彰子はまだ九歳と幼いだけにそれができない。その間に定子が皇子を産めば、伊周と隆家の力は一気に大きくなるのだ。

道長の額に汗が浮かんだ。詮子の言う通り、高階成忠の呪詛をでっちあげるなど、手間取ることをしている場合ではない。

「これは、急がねば——」

道長は頭を下げると、来た時同様、あわただしく出ていった。道長が去る足音を聞きながら詮子は、

「あれでは関白にまで昇れそうにもないが」

とため息まじりにつぶやいた。関白としての才能、器量は伊周や隆家の方が優っているのではないだろうか。詮子は、伊周と隆家の外戚である高階一族を嫌って道長を擁護してきたが、それは間違いだったのかもしれない、とふと思うことがあった。

（されど、もはや事は動き始めているのだ。　後戻りはできぬ）

詮子は後悔の念を胸中から消し去った。

四月一日、山科の法琳寺から朝廷に伊周の行いについての奏上があった。

伊周が大元帥法を修させたというのだ。

大元帥法は密教の修法で大元帥明王に鎮護国家を修するものである。　臣下が行うことが禁じられ、天皇の命によってのみ行うとされている。

伊周はおそらく定子が皇子を出産することを願って修させたのだろうが、道長はこのことを察知して、法琳寺に奏上させたのだ。　伊周、隆家を裁くため、さらに罪科を増やそうと企んだのである。

これによって、四月二十四日、ついに処分が下された。　伊周は大宰権帥、隆家は出雲権守に左遷されるという実質的な流罪だった。

このことを聞いて伊周は青くなった。

「なぜ、大宰権帥などになって、九州まで下らねばならんのだ。　わしは京にいたい」

隆家は笑って言った。

「ならば、京におりましょう」

「そのようなことができるのか」

「二条第に移りましょう。さすれば検非違使も手は出せませぬ。居座っている間に中宮が皇子をお産みになれば、大赦が行われ流罪も許されましょう」

隆家が不敵な面構えで言うと、伊周はほっとした表情になった。

「なるほど、その手があったか」

中宮定子が住む二条第は伊周、隆家の邸と接している。しかも定子がいる以上、中宮の邸として検非違使の捜索などは許されない。定子の二条第には伊周、隆家だけでなく母の貴子、伯父の高階信順、道順も入った。あたかも道長の専横に抗して前関白道隆の一族が立て籠ったかのごとくであった。

朝廷からの使者は定子を憚って、正門からは入らず、別の門から寝殿の北側に抜けて西の対まで来て、大宰権帥、出雲権守への配流を伝えた。だが、伊周と隆家は、

「病である」

として勅命に従おうとはしなかった。

この日、伊周たちがふだん住む東三条殿の周囲を早朝から近衛の兵が警戒し、内裏鳥曹司（内裏内で鷹を飼育していた部屋）には平維叙、源頼光ら有力な武家が控えるなど万全の態勢を取った。

では左右馬寮に馬が用意された。

伊周たちがただちに配流先に赴くものと思っていた道長はこの事態

勅命が下れば、伊周たちがただちに配流先に赴くものと思っていた道長はこの事態

に驚いた。

（花山院へ矢を射ただけでなく、勅命にも応じないとは何という兄弟だ）

伊周はともかく、隆家は武力を振るうことをためらわない。事態がこじれてしまえば、どんなことになるかわからない。やむを得ず一条天皇に二条第に踏み込む許しを願い出た。

しかし、一条天皇はすぐには許しを出さなかった。定子を寵愛しており、伊周と隆家への同情もあったからだ。花山院が矢を射かけられたのも、仏門に入りながら不行跡を行っていたことが原因ではないか。

（まして定子は懐妊している。さような邸に踏み込むなどとんでもないことだ）

道長は一条天皇が許しを与えないことに困惑したが、なおも粘り強く奏上を続けた。

四月三十日の夜──

昼過ぎから降り出した雨が夜になっても止まなかった。蒸し暑くて寝苦しい夜だった。寝付けずに、寝返りを打った隆家は、何気なく寝所の入口に目を遣った。一匹の黒猫がゆったりとした足取りで入ってきた。

（誰が飼っている猫だろう）

目で追ううち、黒猫は几帳の陰に隠れた。几帳の向こう側に人影が立った。

「なんだ。乙黒か」

隆家はあくびをしながら言った。

「せっかく、教えにきてやったのだ。なんだはなかろう」

燭台の灯りが乙黒の顔を照らした。

「何を教えるというのだ」

乙黒は隆家の前に座った。

「帝は道長の説得に屈したぞ」

「ほう、二条第に押し入るというのか」

隆家の目が鋭く光った。

「そうだ。しかも、お前たちを捕らえるためなら、邸内を壊してもかまわぬ、という許しまで出た」

「中宮様はどうするのだ」

「さすがに中宮をひと目にさらすわけにはいかぬから、中庭に車を入れ、検非違使が踏み込んでいる間は車に移すということだ」

「姑息なことをする。帝は中宮をさような目にあわせて平気なのか」

隆家の声に憤りが籠った。

「お前たちが中宮のもとに逃げ込んだゆえ、かようなことになったのだ。怒るいわれ

を極めてきた。さらに漢詩文の素養も深いだけに誇り高かった。後に藤原定家が撰ん

末流貴族の家に生まれた貴子は、関白道隆の妻であり、中宮定子の生母として栄華

貴子は青ざめて手をわなわなと震わせた。

「中宮様の邸に検非違使が入るなど許せません」

と話した。

間もなく隆家は伊周と貴子、定子を集めて、明日にでも検非違使が踏み込むだろう、

隆家は言い捨てると、寝殿に向かった。

「ありそうなことだと思っていたからな」

乙黒はにやりと笑った。

「わしの話を信じたか」

「明日にでも検非違使が踏み込むのなら、皆に話しておかねばなるまい」

「どうするつもりだ」

いた。

と言って笑った。そして立ち上がると身支度を始めた。乙黒は興味深げな表情で訊

「なるほど、確かにその通りだ」

乙黒が嘲るように言うと、隆家は、

「はあるまい」

だ。

『百人一首』には、〈儀同三司の母〉として貴子の和歌が採られている。前書きに、

　　──中関白かよひそめ侍りけるころ

とある。若き日の道隆が貴子のもとに通っていたころの和歌だ。

　わすれじの行末まではかたければ

　今日をかぎりの命ともがな

　あなたは忘れないと言ってくださるが、将来のことはわからない。いっそ、恋の幸せを得た今日を限りの命と思いたい、という意味の激しい恋心を詠っている。ちなみに〈儀同三司〉とは、後に復位した伊周が太政大臣、左大臣、右大臣と同じ格式を持つとして自称した号である。

　貴子は感情が豊かな女性だけに、息子たちが検非違使に捕縛されるという屈辱に耐えられなかった。

　検非違使が踏み込むということに恐れをなしたのは、貴子だけではない。伊周もまた、

「検非違使に引き立てられ、大宰府に行かされるなど、これほどの辱めはない」

と涙をこぼした。隆家は母と兄を励ますように言った。

「ならば、わたしが検非違使を引きとめますゆえ、母上と兄上はともにお逃げなさいませ。どこぞに潜んで中宮の御出産を待たれてはいかが」

伊周は顔をあげた。

「さようなことができるのか」

「夜中に動いては却って目立ちます。早朝におふたりで車で出るのがよいのでは」

貴子と伊周は顔を見合わせた。隆家の勧めに心が動いていた。すかさず、定子が口を開いた。

「それならば、隆家殿もともに参られよ。検非違使はわたしが引き留めましょう」

「いや、中宮様にさようなことはさせられません。それに──」

隆家は、どう言ったものかという顔をした。

「それにとは？」

貴子が続きをうながした。

「わたしは逃げるということが嫌いなのです」

隆家はからりと笑った。

　　五月一日未明──

二条第から伊周と貴子が乗った車がひそかに出た。平致光が武者を率いて護衛した。

検非違使が東三条の邸を捜索した際、致光は市中に潜んだが、隆家が呼び寄せていた。

伊周の車に付き添った致光は、隆家を振り向いて、

「きょうは、検非違使だけでなく、平維叙、源頼光らも警戒のため出て参りましょう。中宮様の御邸をさような者たちに取り巻かれては、われら御仕えいたす者の恥辱にございます。兵を集めて参りたいと思いますがいかがでしょうか」

と訊いた。隆家は表情も変えずに答えた。

「ならぬ。それでは兵乱になってしまう。わしの望むところではない」

「されど、乱を恐れる隆家様とも思えませぬが」

致光は言い募った。隆家はにやりと笑って頭を振った。

「乱は恐れぬが、中宮様の御身のことを考えれば、うかと動くわけにはいかぬ。めでたく皇子がお生まれになられても、兵乱を起こした家で生まれたと雑言されては帝になれぬではないか」

致光ははっとした。

「なるほど、さようでございますな。浅慮を申し上げました」

「もうよい。早く行け」

隆家に命じられて車は動き出し、裏門から未明の薄暗い路上に出ていった。

この日の朝方、邸の門前に〈放免〉をひしめくように引き連れた検非違使が現れた。

まず、中宮権大夫が定子を説得して、しばらくの間、定子の身を中庭の車に移し参らせたうえで、検非違使が踏み込むことになった。

待たされて痺れを切らした検非違使が門から押し入ろうとした時、門内から隆家が悠然と現れ、

——車を

と命じた。　検非違使たちが顔を見合わせた。　隆家の処分は出雲への配流である。　馬で行くものと思い、車は用意していなかった。

「馬で御出立くださいませ」

検非違使が頭を下げると、隆家は笑った。

「馬でなど行かぬ。車を持ってまいらねば、わしはどこへも行かぬ」

「急に申されてもご無理というものでございます」

隆家とのやり取りがある間、検非違使の中には邸内に入ろうとする者もいた。

「待て、わしの傍を通るなど無礼であろう」

隆家の咎め立てる声に検非違使の動きが止まった。　隆家は、伊周と貴子ができるだけ遠くに逃げられるよう時を稼ごうとしていた。

検非違使は官庁にひとを走らせるなどして協議していたが、やがて粗末な網代車を

用意してきた。

「やっと来たか。これで、わしも出雲に参ることができる」

隆家は囁くと表情も変えず、車に乗り込んだ。隆家が車に座すと同時に、検非違使がどっと邸内に踏み込んだ。

待たされ続けて苛立っていただけに、床を引きはがし、壁を打ち壊す凄まじい捜索を行ったが、伊周と貴子の姿はなかった。

「どこにもおわさぬ。逃げられたぞ」

検非違使は歯嚙みした。

　　　　　＊

検非違使の捜索が終わった後、定子は、

「髪を下ろします。支度を」

と清少納言に命じた。髪を切り仏門に入るというのだ。

清少納言は息を呑んだ。

「なんということを仰せになられますか」

「兄弟がかようなことになり、わたしの住まうところに検非違使が踏み込んだのです。もはや参内もかないますまい」

「されど、御出産を控えられた御身でございます。そのようなことは……」

うろたえる清少納言を定子は澄明な目で見据えた。

「わたしはそなたの所存を聞いているのではありません。もう決めたことです」

定子の言葉に清少納言は身をすくめて頭を下げた。

女房たちが用意をする間、定子は几帳の陰で静かに待った。

邸内は検非違使が捜索の際に荒らした物を片づける音で騒々しく、あわただしかった。隆家は伊周を逃がすため自ら捕まり、伊周は母とともに粗末な車に身を潜めて逃亡している。

これがかつて華やかに繁栄した関白家の一族の姿なのかと思うと、口惜しさに涙があふれそうになった。しかし、この嘆きを道長が知れば、してやったりと喜ぶだけだろう。

（そう思わせたくはない）

髪を下ろそうと決めたのは、道長と二条第への捜索を認めた一条天皇への抗議の気持を示すためだった。たとえ髪を下ろそうと、僧侶が立ち会わぬ私的な得度であれば、子を産み落とした後には一条天皇のもとに戻ることもかなうだろう。

天皇の寵愛（ちょうあい）を受けていることに定子は自信があった。

（髪を下ろしたわたしの姿をご覧になれば、帝（みかど）は悔いてくださるに違いない）

そうなれば、伊周と隆家がたとえ配流になったとしても赦免される日がくるはずだ。

まして皇子を産むことができれば、かつての関白家の繁栄が戻ってくるのではないか。

定子はそう信じていた。

やがて清少納言が、

「用意がととのいましてございます」

と言上すると、定子は立ち上がった。胸には悲しみと憤りが渦巻いていたが、表情には出さず、毅然としていた。

定子は角盥と受け箱が用意された場所に進むと剃刀を手にした。肩にかかる漆黒の髪に手をかけて自ら切り、《尼削ぎ》にした。

その様子を見守る女房たちの間からすすり泣きが洩れた。

（なぜ、このようなことになったのであろうか）

清少納言は、伏せた顔をしばらくあげることができなかった。

二条第から逃げた伊周らは、愛宕山に向かった。だが、追手の気配を感じると、父道隆の木幡の墓に参って心を休めた。さらにかつて大宰府に左遷されていた菅原道真を祀る北野社に詣でたりした。その間に匿ってくれる邸を探し続けたが、どこにも潜伏できるような場所はみつからなかった。

「もはや、逃げられないようです」

伊周は絶望した。貴子もまた、

「誰も助けてくれぬとは、何と薄情な」

と世間のつめたさを嘆いた。夫の関白道隆が生きていたころは、われ先にと貴子の機嫌を取り、頼みもしないことを懸命にしてくれたものだった。

だが、一家が悲運に落ちたいま、手を差し伸べてくれる者は誰もいなかった。追い討ちをかけるように、逃げるふたりの耳に定子が自ら髪を下ろしたという報せが伝わってきた。

「なんという、早まったことを」

貴子は嘆いたが、伊周は頭を振った。

「中宮様は、検非違使に邸に踏み込まれたことを憤られたのでしょう。これもわたしが引き起こしてしまったことなのです」

「だからと申して、御子を宿された身で」

「いえ、中宮様はすべてを諦めたわけではないと存じます。たとえお姿が変わられましょうとも、必ずや再び帝のもとへ戻られることでしょう」

定子にはそれだけの強さがある、と伊周は思っている。そして同じ強さを隆家も持っているのだ。かつて誇った関白家の栄華を失おうとも、あのふたりはひととしての威を兼ね備えている。

それに比べて自分は、権勢を失ったとうろたえ逃げ惑い、泣き暮らすばかりだ。ふたりのような強い生まれ性を持ち合わせなかったことを伊周は悲しんだ。

伊周が逃げ切れないと見て出頭したのは五月四日のことである。憔悴し切った伊周は隆家同様、網代車で大宰府に送られることになった。

出立の時、貴子は伊周に取りすがって、

「わたしもともに参ります」

と泣いて人々の涙を誘ったが、山崎までの同行が認められただけで別れねばならず、悲嘆に暮れた。しかし、出立した伊周は途中で病気を言い立てて播磨に留まった。隆家もまた、出雲への途次、但馬に長逗留していた。このことを聞いた道長は、

「まあ、よい。捨て置け」

と伊周を播磨に、隆家を但馬に留め置くことを認めた。伊周、隆家に対する苛烈な追及を緩めたかに見えたが、実はこのころ道長の妻倫子が出産間近だった。

「争いごとが長引いては生まれてくる子に障りがあるやもしれぬ」

道長はあくまで自らの利害打算に長けていた。

「そうか、隆家は、出雲に送られるのやな」

花山院は愉快そうに笑った。

「これで、気が休まられましたでしょうか」

瑠璃がうかがうような表情で花山院に顔を向けた。この日も中務と平子が花山院の傍らにいる。まだ日は高いが、花山院は上機嫌で中務に酒を注がせていた。

「ほんに、法皇様に逆ろうた罰にござりまするなあ」

中務が媚びるように言った。

「わしに矢を射かけるなど恐れを知らぬことをしたのや。かような目にあうのは当たり前や」

花山院はそう言って盃を口に運んだが、ふと真顔になった。

「まだ、足りぬなあ」

「足りませぬか」

「たとえ出雲に配流になろうが、中宮の兄弟や。いずれ大赦で京に戻るやもしれぬではないか。それでは、わしの気はすまぬのや」

「それではいかが遊ばしますか」

瑠璃はひややかな目を花山院に向けた。相手がどれほど酔っているかを冷静に見極めようとする目だった。

「隆家めに地獄を見させてやらねばのう」

花山院はそう言うと立ち上がって広縁に出た。

——烏烈（うれつ）

ひと声叫ぶと、烏烈がいずこからともなく現れ、中庭に跪（ひざまず）いた。

「隆家への仕返しはまだ足りぬ。中宮が皇子を産めばすべては元に戻ってしまうであろう。さようなことにならぬようにいたすのや。隆家めを出雲より生きて京に戻らせるでない」

花山院の声は甲高く響き渡った。

「承ってございます」

烏烈は低い声で言って、ゆらりと陽炎（かげろう）のように立ち上がった。広縁に立つ花山院は、くくっと笑った。

「面白や。わが思うことはすべて叶（かな）おうぞ」

嘯（うそぶ）く花山院の背を瑠璃はつめたく見つめていた。

八

六月に入って異変が起きた。八日の夜のことである。

定子の座所である二条北宮から突如、炎があがった。どこから出た火かわからなかったが、たちまち燃え広がり邸内は煙った。

「これは何としたこと」

女房たちが悲鳴をあげて騒ぐ中、清少納言はすぐに定子の寝所へと駆けつけた。

「火をご覧なさいませぬように」

妊婦が炎を見ると生まれてくる子に障りがあるという。清少納言の言葉に定子はうなずいて袖で顔を覆った。

「こちらへ」

炎のまわりは予想外に早い。清少納言は定子の手を引いて邸の外へ徒で逃げた。定子を車で避難させるつもりだった。

「何をしているのです。牛車を早く」

清少納言が叫ぶと、牛飼いの童が懸命な様子で車を引いてきた。定子を車に乗せながら、清少納言は炎に包まれた二条北宮を振り返った。

家臣や下僕たちが右往左往して火を消そうとしたり、物を持ち出そうとしたりしている。その中に下賤の風体の者たちが紛れ込んでいることに清少納言は気づいた。その男たちは影のように素早い動きをしている。

（盗賊が火事にまぎれて財物を盗んでいるのではないか。ひょっとしたら、盗みが目当てて火をつけたのかもしれない）

と思ってぞっとした。しかし、中宮の座する邸に放火するほど大胆な盗賊がいるだ

ろうか。このような狼藉を働くのは、いったい何者なのだろうか。確かめたいと思っ
たが、火の粉が降りかかってくる中、そんな余裕は無かった。

「急ぐのです」

清少納言は牛飼いの童を急き立てた。金砂のように火の粉が飛び散る路上を車は動
き出した。

近くの邸の大屋根に瑠璃と烏烈が立っていた。

「中宮は逃れるぞ。放っておいてよいのか」

烏烈が低い声で訊いた。二条第に火を放ったのは烏烈だった。さらに烏烈の配下が
邸の財物を奪っているところだ。

「よいのだ。花山院は中宮に皇子を産ませるな、と仰せであった。火事という不祥に
あったのだ。中宮の運気は落ちるであろう」

瑠璃は平然として燃える二条第に目をやった。

広大な邸にあがる炎は、前関白道隆一族の繁栄を焼き尽くすかのように燃え盛って
いる。火災という凶事は中宮定子と伊周、隆家兄弟の前途も塞ぐことだろう。

それが花山院の望みだった。二条第を焼いているのは、伊周、隆家の祖父兼家にだ
まされて出家した花山院の呪いの火なのだ。

「これで、隆家も京に戻れぬであろうな」

烏烈は物憂げにつぶやいた。

「それが不満か?」

瑠璃がひややかに訊いた。

「戻ってくれば、わしの弓で討ち取ることができる。それができぬのが残念なのだ」

「隆家を討ち取るのはわたしかもしれぬ」

炎に赤く照らされた瑠璃が言った。

「なんだと——」

烏烈はぎょっとして瑠璃を見た。

「長から、そう命じられた」

「お主、まさか——」

「定めのことは烏烈も知っておろう」

烏烈の目がぎらりと光った。

「やるつもりなのか」

「長の命じゃ。果たさねばならぬ」

平然と答える瑠璃の横顔を烏烈はじっと見つめていたが、その顔にはしだいに嫉妬の色が浮かんできた。

瑠璃は烏烈を見ようともしない。

定子は外祖父の高階成忠邸へいったん避難し、さらに伯父の高階明順邸へ移った。

突然の出火は、伊周と隆家の捕縛に抗議するかのように髪を下ろした定子への道長の嫌がらせではないか、と噂された。

七月二十日、朝廷は伊周、隆家配流後の人事を決めた。

左大臣　藤原道長

右大臣　藤原顕光

大納言　藤原公季

このほか、道長の縁戚を昇進させて態勢を固めた。

だが、ひとびとを驚かせたのは藤原顕光が娘を入内させたばかりであり、藤原公季も娘の入内が決まっていたことである。

入内させた娘が皇子を産めば、帝の外戚として権勢の座に就くことができる。ふたりの娘の入内を積極的に勧めたのは道長だという。自分の娘をまだ入内させないうちに、他家の娘の入内を認めた道長は、

「さすがに、鷹揚である」

との評判を得た。このことを聞いた道長の妻倫子は口惜しがった。倫子は六月に次

男を産んだばかりだ。

「姫はいまだ幼くはありますが、あと二、三年もすれば入内することができます。な
ぜ、いま他家の姫の入内を認められるのですか」

道長は顔をしかめて答えた。

「その二、三年が待てないのだ。中宮は十二月には出産されるであろう。もし皇子を
お産みになれば、わが家にとっては万事休すなのだ。だが、皇女であったとしても帝
の中宮への寵愛はいや増すに違いない。いまは帝のお気持を中宮から離しておかねば
ならない。そのためには危ういこともしなければならぬ」

定子が出産のため内裏から下がっている間に、一条天皇の寵愛を得る女人を増やし
ておこうというのが道長の考えだった。

一条天皇から定子を遠ざけることができれば、伊周、隆家が京に戻るのは難しくな
る。他の家の姫の入内を認めたのは、前関白道隆一族の復活を妨げるためだった。

倫子はため息をついた。

「ですが、入内した姫たちが身籠られ、皇子が生まれたら、いかがなさいますのか」

「わが家の運を信じるしかない」

道長は自分に言い聞かせるように言った。長兄道隆、次兄道兼の相次ぐ死と姉詮子
の思いがけない好意で権勢の座が転がり込んできた道長だけに、

（わしには運がある――）
と信じる気持は強かった。しかし、内心では薄氷の上を歩くような不安を抱えていたのである。

十月になった。
時雨模様の日が続いている。
隆家はいまだに但馬にいた。
隆家はいまだに但馬にいた。出雲に送られる途中、但馬にさしかかった時、隆家は受領（国司）の邸にずかずかと上がり込んだ。供の者があわてると、
「わしは病だ。しばし、ここに逗留する」
と告げた。隆家が強く言い張るのに誰も逆らうことができなかった。受領は驚きはしたが、京の貴公子が立ち寄ったことをひそかに喜んだ。
何といっても隆家は前関白の息子であり、ましてや中宮の弟なのだ。たとえ配流の身であろうともいずれ京に戻るに違いない。
滞在している間に娘を寝所に侍らせ、子ができれば思わぬ出世の機会をつかめるかもしれないのだ。だが、受領の思惑に反して隆家は女を近づけようとはしなかった。
「わしは独り寝がよい。構うな」
寝所に娘を待らせようと計らうが、隆家はにべも無かった。

夜になれば受領邸から望める但馬の海を眺めながら酒を飲み、笛を吹くだけだった。但馬は海岸が入り組んで奇岩が多く、月に照らされた夜の風景には凄愴な趣を感じて隆家は楽しんだ。

隆家が吹く笛は龍笛である。

高い音が響き、その音色は「舞い上がる龍の鳴き声」にたとえられる。その笛は夜空に凜冽な音色を響き渡らせた。

ある夜、いつものように隆家が広縁に座り酒と笛を楽しんでいると、隆家に和する笛の音が聞こえてきた。隆家は耳をそばだてた。

（高麗笛だ――）

高麗笛は龍笛より小ぶりで、さらに高い音が出る。隆家の龍笛に高麗笛は巧みに合わせ、さらに導くかのように音色を響かせてくる。

（かような邸にも嗜みのある者がいるのだな）

隆家は心に感応しつつ笛を吹いた。音が和し、重なりあう。青龍と白龍が絡みあいながら天を翔るかのようだった。

やがて笛の音が細くなり、中庭に立烏帽子、白い直垂姿の者が立った。

高麗笛を手にした瑠璃だった。

「そなたの顔は見たことがある。花山院に仕えておった女だな」

隆家は苦笑した。花山院に仕える異様な者たちを見た夜のことを思い出した。

「さようにございます」

「花山院が何の御用であろうか」

「お話があって参上いたしました。そちらへ参ってもようございましょうや」

瑠璃は頭を下げて問いかけた。

「酒の相手でもいたすがよい。わしも訊きたいことがある」

瑠璃が広縁にあがってくると、隆家は盃を渡して瓶子の酒を注いだ。瑠璃は押し

ただいてひと息に飲んだ。

「話したいこととは何だ」

「伊周様がいかが遊ばされているかご存じでございましょうか」

瑠璃はうかがうように隆家を見た。

酒の匂いも加わって馥郁とした香りが漂ってくる。

「播磨に留まっていると聞いたが」

「さにあらず。伊周様は母上様がお病気と聞かれ、京にひそかに戻られました」

「なに、母上はお病気なのか」

隆家は眉をひそめた。

貴子は悲嘆に暮れて過ごすうち、寝ついてしまった。このことを聞いた伊周はひそかに播磨を出て京に入った。定子の御座所に忍んでひさしぶりに貴子と対面した。

「伊周、よく戻ってくれました」

寝込んでいた貴子は身を起こした。伊周は涙ながらに言った。

「母上が病と聞き、居ても立ってもおられなくなりました。これからも京にいて母上の看病をいたします」

「それほどに、母を案じてくれますか」

貴子は涙にむせんだ。しかし、

「伊周が京に潜んでいる」

という密告が間もなく道長にもたらされた。すでに伊周の復権はないと見て道長に媚びる者が多くなっていた。

道長はすぐに伊周の捕縛を命じた。定子のもとに隠れていた伊周は再び捕らえられた。道長は、

「今度は容赦せぬ」

と、そのまま本来の配流地である大宰府に送ることを厳命した。

伊周は武勇の誉れ高い平維時に護送されて、泣く泣く九州へ向かった。ようやく会えた伊周と再び引き離された貴子の嘆きは深かった。

「母上様はかような歌を詠まれたそうにございます」

瑠璃は膝（ひざ）を正して和歌を口にした。

夜の鶴（つる）みやこのうちにはなたれて
子を恋ひつゝもなきあかすかな

とある。母が子を思う気持を表した「夜鶴」を詠み込んで、貴子は母の嘆きを訴えたのである。

白楽天の漢詩「五弦弾（ごげんだん）」に、

――夜鶴子を憶（おも）い籠中（ろうちゅう）に鳴く

貴子は子への愛情が深い。いまごろどのような思いでいるだろうか。止むに止まれず京に戻った兄の気持がわかる。

隆家は目を閉じて盃をあおった。

「兄上はおやさしい人柄だからな」

隆家はつぶやくように言った。

「隆家様はいかがでございますか」

「わしは兄上とは違う。母上のもとには戻らず、敵に向かうのみじゃ」

「敵とは？」

「さしずめ、わしらを陥れた花山院様か道長叔父であろうか」

「さにあらず」

「なんだと」

「われらこそ、隆家様の敵かと——」

瑠璃の言葉を聞いて、隆家は盃を置いた。

「そのことよ、そなたに訊きたかったのは。そなたらは、刀伊であると聞いた。刀伊とは何だ」

「お教えいたしましょう。ただし、今宵ではありません。きょうより七夜、隆家様のもとに通いまする。そして七夜目に刀伊の物語をいたします」

隆家は首をかしげた。

「わしのもとへ通うだと。何のためだ」

「わたしと契っていただきとうございます」

「馬鹿な、なぜ、わしがそなたと契らねばならぬのだ」

「われらの長にさようにいたせ、と命じられてございます」

「だから、何のためだと訊いておる」

隆家が睨むと、瑠璃は艶やかに笑った。

「国を統べるに足る高貴で猛き血が欲しいのでございます」

「わしとは関わりのないことだ」

隆家は立ち上がった。

「お逃げになりますか」

瑠璃がひややかに言うと、奥に行きかけた隆家は振り向いた。

「なぜ、逃げねばならぬ」

「われらはこの国の者にはあらず。それゆえ、この国の者と契った後は、その者を殺すことを定めといたしております」

「ほう、わしと契ったうえで殺すというのか」

隆家は笑みを浮かべた。

「隆家様が命を惜しゅう思われますなら、通いはいたしませぬ」

「ならば、通え。ただし、契るかどうかは、その時のわしの気持しだいだ。それでも七夜通った以上はわしを殺さねばならぬのが、そなたらの定めなのであろう」

「さようにございます。それでもよろしゅうございますか」

「面白や──」

瑠璃の目に妖艶な色が浮かんだ。

隆家は笑うと奥へ入っていった。ややためらったものの、瑠璃は隆家の後について

いく。

この夜、安倍晴明は邸の庭に出て天体を観測していた。目を凝らし、夜空を眺めて

いた晴明が不意につぶやいた。

「危うきかな。〈犯〉が起きている」

〈犯〉とは天体の異常接近のことである。〈食〉は日食、月食などのように天体が重

なり合うことだが、〈犯〉は星同士が近づくのだ。

「危ういのは、どの星だ」

晴明の背後で声がした。

「破軍──」

晴明は答えながら、振り向いた。乙黒法師が立っている。

「そうか、破軍星がな」

乙黒はうなずきながら、北天を見上げた。そこに柄杓の形をした北斗七星がある。

北斗の七星にはそれぞれ、

貪狼星

巨門星

禄存星
文曲星
廉貞星
武曲星
破軍星

という呼び名がある。破軍星は、北斗七星の一番端の星のことだ。柄杓で言えば柄の先端にあたる。

中国の三国時代、諸葛孔明は破軍星によって戦陣を占ったという。破軍星の方角に向かって戦いを挑めば負け、破軍星を背に戦えば勝つと吉凶を定めたのだ。しかし、陰陽道では、破軍星の指し示す方角は万事不吉としている。

「乙黒、そなたは宋に渡ったのではなかったか」

晴明は静かに訊いた。晴明は五年前、町中で乙黒と会ったことがある。その時、乙黒は辻で算木を投げて占いをしていた。通常、算木は机の上に置いて占うのだが、乙黒はひとの足下に無造作に投げるのだ。

晴明が通りかかると算木が飛ばされてきたが、地面に落ちるやいなや跳ね返って乙黒の手もとに戻った。

「これは、驚いた。算木を跳ね返すほどの霊力を持つ者は、陰陽師であろう。それも

ただの陰陽師ではないな。安倍晴明か」

乙黒が感嘆して言うと、晴明は黙って見据えた。その視線はしだいに鋭さを増し、乙黒のすべてを見抜くかのような鋭利さであった。

乙黒は手をあげて、制した。

「待て、わしは乙黒法師というが、この国を出て宋へ行きたいと願っている者だ。わしの宿命を見定めるのは勘弁してくれぬか」

「そうか。ならば、早く宋に渡るがよい。そなたがこの国におれば禍（わざわい）を呼ぶことになろう」

晴明はそう言い置いて立ち去ったのである。

乙黒はにやりと笑った。

「渡ろうと思ったが、面白い男に会ったゆえ、いまだにこの国にいるのだ」

「面白い男？」

「安倍晴明にはわかっているはずだ。いまもその男の持つ星を占っていたではないか」

「藤原隆家様──」

「そうだ。隆家が生まれた夜、破軍星に異変があったのを安倍晴明は見たはずだが」

乙黒の問いに答えず、晴明は問うた。

「隆家様に近づいて何をしようとしているのだ」

「わしが何かをするのではない。あの男が何かをするのだ。呼び寄せられたとでも言えようか。あの男の持つ破軍の星にな」

晴明は再び空を見上げた。

「危うきかな破軍星——」

冷え冷えと凍てついた空に冷たい光を放つ星がまたたいた。

奇妙な夜が続いていた。

最初の夜、瑠璃は隆家について寝所に入った。すると隆家は、

「笛でも聞かせろ」

と言って、すぐに横になった。瑠璃が笛を吹くと、いつの間にか隆家はすこやかな寝息を立てて寝てしまった。瑠璃はしばらく隆家の寝顔を燭台の明かりで見ていたが、やがて立烏帽子を取り、直垂を脱いで隆家の傍らに寝た。それでも隆家は目覚めず、身動きもしなかった。瑠璃は暗い天井を見上げたまま一夜を過ごし、明け方に姿を消した。

それから、夜毎、同じことが繰り返された。

二夜、三夜、そして四夜目も。

隆家は酒を飲み瑠璃に笛を吹かせると、それだけで満足したように寝てしまう。寝入った隆家の顔を見つめる瑠璃の表情に憤りがあった。

　五夜目――。

　瑠璃は寝ている隆家に体を寄せたが、撥ね除けられた。

「わしは気持が向かぬ女とは契らぬ」

　背を向けたまま隆家はひややかに言った。瑠璃は隆家の背を見つめて唇を嚙んだ。

　こんなことは初めてだった。

　花山院は中務、平子の母子を傍に侍らせながら、時に瑠璃にも欲望の目を向けてきた。

（それなのに、この男は――）

　隆家のような男に会ったことはいまだかつて無かった。

　六夜目――。

　瑠璃は一晩中、まんじりともせず、隆家を見つめ続けた。隆家は表情に何の感情も表さず、ある決意だけを浮かべていた。

　七夜目――。

　この日は珍しく隆家が笛を吹いた。瑠璃も笛の音を重ね合わせた。龍笛と高麗笛の音色が夜の静寂に流れていく。

「今宵が最後だな」

　笛を吹き終わった隆家がぽつりと言った。七夜を過ぎれば瑠璃は隆家を殺そうとするだろう。

「とうとう、契ってはくださいませんでしたな」

瑠璃の声にはわずかに怨ずる色が籠っている。

「通えば、同じことであろう。ひとは寝ている間に魂が彷徨うものだという。男と女が夜をともにすれば、肌はふれずとも魂は睦み合い、通うのではないか」

瑠璃ははっとして、

「されば夜をともにした間、わたくしたちの魂は睦み合っていた、と言われますのか」

と言い、隆家の顔をあおぎ見た。胸の奥が震えていた。

「そうだ。天上界でな。夜毎わしは天上界でそなたを抱いていた」

隆家は笑顔になった。瑠璃の顔に見る見る血の気が差した。

隆家という男がわかった気がする。

関白家に生まれながら、無頼の乱暴者と言われているが、隆家にはまぎれもないひととしての位の高さがある。

「そのことをお聞きして、ようございました」

瑠璃は懐に手を入れると、鮫皮黒漆 拵の短刀を取り出し、引き抜いて自分の喉に向けた。

「何をいたすつもりだ。その短刀はわしを刺すつもりで懐にしのばせておるのだ、と思うておったが」

隆家は平然と言った。

「わたくしにも意地がございます。まことに契ることなく、あなた様を討つなどできませぬ」

瑠璃はひと息に言い終え、喉に短刀を突き立てようとした。

「よさぬか」

隆家は飛びかかって、その腕を押さえた。

「なぜ、止められますか。われらはあなた様の敵でございますぞ」

必死に隆家の腕を振りほどこうとする瑠璃の髪が乱れた。

「わしが契ればそなたは死なぬのか」

隆家は瑠璃の目を見て語りかけた。

「そうなれば、あなた様を討たねばなりませぬ」

「ならば契ろう」

隆家は笑って、瑠璃の懐に手を差し入れた。あっと瑠璃の口から吐息が洩れた。短刀がことりと音をたてて床に落ちた。黒髪が薄縁に流れ、白い肌が燭台の淡い光に輝いた。

夜が明けるころ、隆家は寝床に横たわったまま傍らの瑠璃に訊いた。

「そなたは七日目に刀伊の物語をいたすと言うたな」

「申し上げました。いまこそ、お話しいたしましょう」

目に艶やかな光を宿して、瑠璃は隆家に顔を向けた。

「では、訊こう。刀伊とは何なのだ」

「といとは高麗の言葉にて北狄、すなわち北の蛮族のことを言い表します。われらは高麗の北に住む女真族——」

「その女真族がなぜこの国に来たのだ」

「われらの国は七十年前に亡びましたが、その昔、たびたびこの国に使者を送っておりました。この国からもわれらの国に使者が遣わされました。それゆえ、この国の言葉を知っております」

「そなたたちは何者なのだ」

隆家は起き上がって瑠璃の肩に手をかけた。瑠璃は隆家の背に手をまわして囁いた。

「われらは渤海国の末裔にございます」

——渤海国

聞いたこともない名が隆家の耳に響いた。

九

「渤海国とは何だ」

隆家が首をかしげると、瑠璃は艶然と微笑んだ。

「隆家様は、高句麗をご存じでございましょうか」

「知っておる。かつてわが国が朝鮮で戦った強国だ」

高句麗は北方騎馬民族の系譜を継ぐといわれ、朝鮮半島中南部から北の大陸まで広大な版図を持ち、日本ともしばしば熾烈な戦いを繰り広げた。

「その高句麗は唐によって亡ぼされましたが、唐は高句麗の復興を恐れて、王族を営州というところに流したそうです。しかし、高句麗滅亡から三十年の後、王族とこれに従う靺鞨族が反乱を起こし、高句麗の領土であった土地に戻って国を興しました。

それが渤海国の始まりでございます」

――震（振）

文武天皇二年（六九八）のことで、新たな国の名は、

といった。唐は幾度か震の制圧を試みたが、高句麗の領土の北半分を押さえるにいたった震は手強かった。このため唐は宥和策に転じて、震王を渤海王としてあらためて封じることにした。渤海とは、中国の山東半島と遼東半島に囲まれた海の名だという。

その後、渤海国は唐に留学生を派遣するなどして文化を取り入れ、二百三十年近く繁栄する。その間、日本にも三十数回にわたって使節を派遣し、日本からも十五回、

使者が赴いたという。

渤海国からの最初の使節が訪れたのは神亀四年（七二七）だった。毛皮を主な土産として船は北陸道に着いた。

唐の文化を取り入れた渤海国は第一級の教養人を日本に派遣した。日本側は鴻臚館で歓待し、饗宴では菅原道真らと漢詩のやり取りを行った。渤海国の文化は爛熟し、唐の記録にも、その繁栄ぶりは、

　　――海東の盛国

と記されている。だが、西に契丹が勃興すると、繁栄を謳歌していた渤海国はもろくも敗れ、日本の醍醐天皇の御代、延長四年（九二六）に滅亡したという。

「しかし、それほど頻繁に交流しながら、わたしたちが知らないとはどういうわけだ」

「渤海国の民は靺鞨族と申し、猟をもっぱらにする者たちでございましたから、渤海国の山野にとどまり、国を立てることはありませんでした。そのひとびとがやがて女真と呼ばれるようになったのでございます」

「そうか。その女真であるそなたたちが、なぜ、この国へ来たのだ」

「かつて高句麗が亡びた時、高句麗のひとびとはこの国へ渡り、高麗人と呼ばれたそうですが、われらが参ったのも同じことでございます」

「しかし、そなたらは土地を欲しがる様子もなく、住みつこうとしておらぬように見える。さらに、花山法皇に仕えて、何やら怪しい動きをしているようだが、何を企んでおるのだ」

隆家が睨み据えると、瑠璃はくっくっと笑った。

「渤海国が亡びた時、ひとりの使者がこの国へ参りました。名を裴璆と申します。その父裴頲は二度にわたって使節として訪れ、いずれの時も菅原道真公と詩文を交わしたひとだそうでございます」

裴頲は道真の詩才に感嘆しつつ、

——我家に千里の駒有り

と負けじと自慢した。息子の裴璆も道真に劣らぬ学識を持っているというのだ。裴頲は息子の学才に期待しており、いずれ、日本への使節となる日がくると思っていたのだろう。後に実際、裴璆もまた二度、使節となり、奇しくも応接役となった菅原道真の子淳茂らと詩文のやり取りを行ったのである。

親子二代にもわたる使節となった裴璆は、渤海国が亡びて三年後にも日本へ使節として訪れた。だが、この時は渤海国を亡ぼした契丹が建てた東丹国の使者としてだった。裴璆は亡国の遺臣でありながら、その学才を買われて東丹国に召し出されたのである。裴璆は面識があった応接役に会うと、ほっとしたように涙を浮かべた。

「いかがされました」

応接役が驚いて訊くと、裴璆は涙ながらに答えた。

「以前、この国をお訪ねした時とあまりに身の上が変わってしまったことが嘆かわしいのです。わたしは、戦乱で家族とは離れ離れになり、いまは憎むべき敵国に仕えることになりました」

不運を嘆き、訴える裴璆の話を聞きながら、応接役の顔はしだいに強張っていった。

息を詰めて裴璆の秀麗な顔をうかがい見た。

（裴璆は、このまま日本へ亡命しようとしているのではないだろうか）

もし、そうであるのなら、日本は新興の東丹国との間に厄介なもめ事を抱えることになる。

東丹国は当然、裴璆の引き渡しを求めるだろうし、窮鳥を懐に入れた日本はこれに応じるわけにはいかず、話がこじれれば武力衝突にもなりかねない。

応接役から裴璆の様子を聞いた朝廷では、ただちに追い返すべきだとの意見がまとまった。

裴璆に対し文書で、かつては渤海国の臣でありながら、降った後には敵国の臣となり、さらにはいま仕えている国を誹謗するのは怪しからぬと非難した。そのうえで、東丹国との国交を拒否して裴璆を追い返した。

厄介事にふれずにすませたのだ。

裴璆にしてみれば、馴染みのあった日本側との交流に期待したのだろうが、思いが

けない非情な対応を受けたのである。

「裴璆は東丹国の使節として使命が果たせなかったため、不遇のうちに亡くなったと聞いております」

「そなたは裴璆と関わりがあるのか」

瑠璃はにこりと笑った。

「わたくしのまことの名は裴瑠璃と申します。裴一族なのです。裴璆が戦乱で見失った家族はその後、靺鞨族とともに生き延びたのです」

「では、裴璆がつめたい仕打ちを受けた恨みを晴らしにこの国に参ったと」

隆家が問い質すと、瑠璃は、

「今宵はここまでといたしましょう。わたくしはまだ、通うて参りますゆえ、この続きははゆるりとお聞かせいたしましょう」

とたおやかな声で告げた。

「なに、出雲までついて参ると申すか」

「いえ。隆家様はいずれ、京に戻られます。そのおりに」

「わしが京に戻るのはいつのことかわからぬぞ」

のんびりと笑う隆家に、しかし、瑠璃は頭を振って笑みを返した。

「わたくしが、必ずや隆家様を京に呼び戻してご覧にいれます」

「いかようにいたすのだ?」

おもむろに隆家は瑠璃の顔をのぞきこんだ。但馬の受領邸にも難なく忍び込む瑠璃がどのようにして自分を京に呼び戻せるのか、興を覚えた。

「皇太后様に祟りまする。さすれば、隆家様、伊周様に恩赦の沙汰がありましょうほどに」

平然として瑠璃は答えた。

道長は伊周を失脚させるのに、詮子への呪詛を使った。同じように呪詛が行われ、詮子が病となれば、病気平癒のために恩赦を行うしかなくなるというのだ。

「なるほどな。だが、それでは花山法皇は面白く思わないのではないか」

隆家は首をかしげた。なぜ、瑠璃がそれほどまでに自分を京に呼び戻したがるのかよくわからない。

「法皇様を喜ばせたいと思うたことは、ただの一度もございませぬ」

ため息ともつかぬ甘やかな息を吐き、瑠璃はしなやかな腕を隆家の肩に巻きつかせた。

翌長徳三年（九九七）三月――

夜の闇が濃くなっていく。

東三条院詮子は、鬱々として気が晴れない日々を送っていた。

夜眠ることができなくなった。

食欲がなくなり、胸が苦しく日毎に苛立ちが募ってくる。何とはなしに激しやすく

なり、時に涙が止まらないほど泣くことがあった。

僧侶や陰陽師を召し出し、読経、加持祈禱を盛んにさせたが、効き目はなかった。

体はしだいに痩せていき、頬がこけ、豊かだった髪が、梳るたびに抜け落ちるのを目

にした詮子は、

　──このまま死ぬのではないか

と恐ろしくなった。わたくしがこれほどの恐怖を覚えるというのに道長は何もして

いない様子だ。誰のおかげで左大臣にまで昇ることができたか、よもや忘れてはおら

ぬであろうが。いよいよ食が喉を通らなくなった詮子は道長を呼んだ。あわてて駆け

つけた道長に、詮子はひと言だけ、

「恩赦をいたすように」

と告げた。

「恩赦を？」

「安倍晴明がそう申したのじゃ。恩赦によって功徳を施すしか、病から逃れる術はな

いとな」

道長はうなずきながらも困惑した表情を隠さない。

「恩赦ということになりますと、伊周と隆家を京に戻さねばなりませんが」

わかりきったことをおろおろと言う。

「決まっておろう。去年十月に貴子は亡くなった。詮子はじろりと道長を見た。しかし、いまだに伊周、隆家は配流地におる。そのことを貴子は恨みに思い、わたくしに祟っておるのじゃ」

「さようではございましょうが」

道長が逡巡（しゅんじゅん）するのも無理からぬものがあった。定子は昨年十二月に皇女（ひめみこ）を産んだものの、いまも宮中に戻らず、伯父高階明順の邸（やしき）〈小二条殿〉に住まったままだ。

伊周と隆家が赦免されて戻ってくれば、定子もまた宮中に戻るかもしれないのだ。そうなれば、定子は再び一条天皇の寵愛（ちょうあい）を得るであろうから、間もなく入内させようと考えている娘彰子（しょうし）の競争相手になるのではないか、と道長は恐れた。

あれこれ考えを巡らす道長を、詮子は容赦しなかった。

「早くいたさぬか。わたくしをこれ以上、苦しめるでない」

厳しく言われて道長は否応なく宮中に戻り、詮子の病気平癒のための恩赦を、一条天皇に奏上した。

「なに、隆家を京に呼び戻すやと」

この日、昼間から盃を傾けていた花山院は苦い顔をした。

「帝には恩赦の願いをすぐにお許しになられたそうでございます。やはり、中宮定子様を内裏に戻されたいのでありましょう」

瑠璃はひややかに言った。

「それにしても、わずかに一年ではないか。わしに矢を射かけた罪の重さを帝は何と心得おるか」

「されど、帝からお許しが出た以上、もはや事は覆らぬと存じまする」

「だからこそ、出雲におる間に命を縮めておけ、とあれほど申したではないか」

花山院は苛立った目を瑠璃に向けた。

「申し訳ござりませぬ。隆家は長く但馬に留まりましたゆえ、様子をうかがっており

ます間にかようなことになってしまいました」

瑠璃は勿体らしく頭を下げた。

「ならば、いまからでもよい。ただちに出雲へ走り、隆家を殺めよ」

激しく言い募る花山院の言葉を瑠璃は無表情に聞き流した。

「詮子の病気平癒を願っての恩赦である以上、これに逆らうことは穏当ではない、と花山院にもわかるはずだ。しばし黙った後、

「わしに矢を射かけた者がわずか一年で許されたとあれば、これからわしは軽んじられる

ことになりはせぬか」

とうなり声をあげて花山院は盃をあおった。　熟柿臭い息を吐きながら、ふらりと立ち上がる。

「いかがあそばしまするか」

瑠璃が手をついて訊ねると、花山院は鼻で嗤った。

「平子のもとへ参る。ほかにすることともないようや」

出ていきかけて、花山院はふと振り向いた。

「隆家のことや。京に戻れば必ず仕返しをしようとするやろなあ。さすがに、もう一度わしに手を出そうとは思わんやろから、狙われるのはそなたたちやな」

含み笑いしながら花山院は背を向けた。花山院の言う通り、隆家が京に戻れば、また波乱が起きるに違いない。

隆家は、あれほど手酷い攻撃を仕掛けた花山院に対し、何の報復もしないほど生ぬるい男ではない。矢を射かけたりはしないだろうが、花山院の面目を失墜させるようなことをするのではないか。

「隆家様が何をなされるか楽しみなことよ」

瑠璃は胸のうちでほくそ笑みながら、つぶやいた。

同じ日、市中の実家に引き籠っている清少納言のもとに定子からの手紙を長女（おさめ＝中宮職の下女）が持ってきた。

清少納言は、このころ定子に仕える女房たちの間であらぬ疑いをかけられ、出仕を控えていた。その疑いとは、

——左ノ大殿方の人知る筋にてあり（左大臣道長に通じている）

というものだった。

定子は皇女を産みながら、いまだに宮中に戻れずにいる不遇の身だった。そうしているうち、道長が才気煥発（さいきかんぱつ）な清少納言を娘彰子の女房にしたいと望んでいるという噂が立ったのだ。

清少納言にしてみれば、身に覚えがないだけにことさらな弁明もしなかったことが、女房たちの間に噂を定着させてしまっていた。

清少納言が局（つぼね）から出てくると、それまでにぎやかに噂話をしていた女房たちが、さっと黙った。のけ者にしていると明らかに見て取れ、勝気な清少納言は実家に戻ったのである。

その後、定子からは何度か「参上するように」との使いが来たが、女房たちとの軋轢（あつれき）が深まるばかりだろうと思って出仕しなかった。

だが、この日、長女が持ってきた手紙はどこか違っている気がした。

急いで開いてみると、何も文字は書かれていない。ただ、山吹の花びら一枚が包ま
れていただけである。その花びらに、

　──言はで思ふぞ

口には出さずに思っている、と書かれてあった。

定子の直筆であることは字を見てすぐにわかる。自ら出仕を控えたとはいえ、近頃
ではお呼び出しも絶えたと淋しく思っていただけに、定子の心遣いが嬉しかった。

衣服の山吹色は梔子を染料として染める。清少納言が周囲の中傷に対して、何も言
わず「口無し」でいることを定子は理解している、と伝えてくれたのだ。

ご返事を差し上げなければ、と筆をとったが、〈言はで思ふぞ〉の上の句が思い出
せない。

「わたしとしたことが、どうしたことだろう。古歌の中で誰もが覚えているはずの歌
なのに。もうここまで出ているのだけれど」

思わずつぶやくと、傍らにいた女童が賢しらに、

「〈下ゆく水〉と申すのではありませんか」

と口にした。途端に和歌がすらすらと浮かんだ。

　心には下ゆく水のわきかへり言はで思ふぞ言ふにまされる

心の内で水が湧き出づるようにあふれる思いを口に出さず、心で思っていること
そ言葉に勝っている、という歌である。

よく知っている歌なのに、どうして思い出せなかったのだろう。それほど、心が高
ぶっていたのか。しかも女童に教えられるとは、なんとあきれ返ることよ。そう思う
と滑稽で笑い出したくなったが、なぜか涙が出てくるのだった。

清少納言はご返事を差し上げ、しばらくしてから小二条殿に参上した。以前よりつ
つましい物腰で几帳に隠れるようにして控えていたところ、定子はすぐに気がついて、

「あれは今参り（新参）の者ですか」

とおかしげに微笑んだ。そのひと言で気が楽になった清少納言が進み出ると、

「そなたに贈った歌はあまり好ましくはないのですが、こういう時の気持をうまく言
い表していると思ったのですよ」

定子は以前と変わらぬ様子で話しかけた。清少納言は嬉しくなって、贈られた歌の
上の句がどうしても思い出せず女童に教えてもらった、と面白おかしく話した。

「そういうことはあるものですよ」

定子もうちとけて、近頃、女房たちと謎かけ話をした時の滑稽な話を聞かせてくだ
さる。まわりの女房たちも笑い崩れると、定子は清少納言を手で差し招いた。

傍らに寄った清少納言に、定子は扇で口元を隠し、ひそやかな声で、

「帝には恩赦をくだされまして、伊周殿と隆家殿を都にお呼び戻しになさるご意向な
のですよ」

と囁いた。清少納言の顔がぱっと明るくなった。

「それは、まことでございますか」

「帝はかねてから、去年のことは花山院様の不行跡によるものとお思いになり、伊周
殿と隆家殿の流罪についてご不満だったのです。それゆえ、このたび、皇太后様の病
平癒のため恩赦をされることになったのです」

「それはよろしゅうございました」

清少納言は袖で涙を押さえながら頭を下げた。

定子が皇女を産んだ身でありながら、いまも宮中に戻れずにいるのは、いったん髪
を下ろしたからでもあるが、何より兄弟の伊周、隆家が流罪となり、後ろ盾になる者
がいないためだった。

「帝は恩赦の後、わたしもお召し出しになるおつもりです。そうなれば、わたしの傍
に心強い者がいてもらわねばなりません。そなたに里にいられては困るのですよ」

定子の言葉に清少納言ははっとして顔をあげた。いまになって定子が宮中に戻った
としても、すでに藤原公季の娘義子、藤原顕光の娘元子が入内している。

また、道長が娘の彰子を入内させる機会をうかがっていることは誰もが知っていた。

道長の遠謀にとって最大の邪魔者が定子なのだ。

定子が再び入内することは、苦難の道を強いられることになるのは明らかだった。

しかし、定子はその道から逃げようとはしていない。

清少納言は膝を進めた。

「里に戻るなど、心得違いをいたしておりました。これからは何があろうとも、お傍を離れず、お仕えいたします」

「そなたの気持は、聞かずともわたしにはわかっていましたよ」

定子は美しい笑みを浮かべた。

　この日の夜、花山院の奥殿で頼勢が瑠璃を問い詰めていた。傍らには烏烈も控えている。

「どういうことでござる。隆家が恩赦になるとは」

頼勢が苦々しげに言った。

「花山院にも申し上げたが、帝の決められたことゆえ、われらにはどうにもできぬではないか」

「とぼけたことを申されるな。そなたが東三条院に忍び込み、床下に厭物を仕掛けた

ことは知っておる。皇太后に呪詛を仕掛けられる者はそなたしかおらぬ」

「そう思うなら、そう思っておればよい」

瑠璃は退屈そうに、そう言い返した。頼勢は当惑した顔になって、烏烈に目を遣った。

烏烈はにやりとして、

「隆家が戻ったところで、何か困ることでもあるのか」

「われらが法皇に仕えておるのは何のためだ。宮中に勢威を持つ藤原家を倒し、取って代わるためではないか。そのために、邪魔な隆家を出雲に追い払ったのだ。戻ってこられては面倒なことになる」

「隆家が戻ってくれば、わしが射殺してやる。それでよかろう」

烏烈はちらりと瑠璃を見た。

「よいな。わしは必ず隆家を殺すぞ」

瑠璃はゆっくりと烏烈に顔を向けた。

「そなたに殺せるであろうか」

「なんだと」

「言ったはずです。命を奪うのはわたしだと。まぎれもなくそなたは隆家に懸想しておる。隆家を殺す

「それは言い逃れであろう。命を奪うのはわたしだと」

などできるはずがない」

瑠璃は白い歯を見せて笑った。

「さように疑うであろうと思って、長を呼んでおいた」

「なに、長を？」

「わたしは、長の命によって隆家に近づいた。これからどうするかは長に決めてもらおう」

何かの気配を感じたのか、烏烈がふと顔をあげた。

「お見えになったようだ」

わずかに風が通り過ぎた。燭台の火が揺れて、ふっと消えた。

あたりは薄闇に覆われ、月明かりがわずかに差し込んでいる。誰も灯りを点そうとはしない。

黒い影が中庭に立ち、階からゆっくりと上ってきて、三人の前に袖を翻して座った。

「隆家が戻って参ります。いかがいたしましょうや」

瑠璃が手をつかえて訊いた。

「この国の強き者の血が欲しや。されど、血を得たならば、その後はいらぬ。邪魔になるだけであろうぞ」

黒い影はかすれた声で言った。

烏烈が顔を向けた。

「されば、瑠璃が通いし後なれば、殺してかまいませぬな」

「焦らずともよい。隆家が京に戻れば、必ず花山院への報復を企て、お前たちの前に現れるはずだ。だが、お前には隆家を殺せまい」

黒い影は含み笑いした。烏烈はむっとした。

「わたしには、殺せぬと言われますか」

「隆家を殺すのは瑠璃であろう。いや、ひょっとして瑠璃の子かもしれぬ――」

瑠璃は目を閉じて、つめたい表情のまま静かに聞いていた。隆家と通じて生まれる瑠璃の子が、隆家を殺すというのであろうか。部屋の奥へと徐々に差し込んでくる月の光が瑠璃を青白く照らした。

四月十六日――四月の二度目の酉の日である。

朝廷から賀茂別雷社（上賀茂社）、賀茂御祖社（下鴨社）に祭使を遣わす賀茂祭が行われた。この日、祭使の行列が一条大路を東に賀茂川に向かって進むと、沿道で見物の車やひとびとがひしめき合った。

夕刻になって喧騒が鎮まったころであった。花山院が邸で中務を傍らに侍らして酒を飲んでいたところ、中庭に頼勢が駆け込んできた。

「何事や――」

花山院は鬱陶しそうに声をあげた。頼勢は大きな声で、

「ただいま、使いから戻った下人が申しまするには、隆家様の車が近衛大路をこちらに向かって進んでおるとのことでございます」

「なんやと」

花山院は立ち上がって、階まで出てきた。

「隆家め、もはや京に戻ったとな」

すでに恩赦は発せられ、大宰府の伊周、出雲の隆家のもとに使者が遣わされている。

そろそろ戻っても不思議ではないが、それにしてもやや早いようだ。

日が暮れかかってはいても、まだ夕刻である。流罪となった身が都に戻るからには、浄闇の夜を選ぶべきだろう。しかも、花山院の門前を通り過ぎようとするのは、あまりに大胆な振舞いではないか。

花山院は激怒した。

「隆家をそのままに通してはならぬ。必ず、打ち懲らしめよ」

頼勢は頭を下げてただちに北門に向かった。そこには、鉄環をはめた五尺の杖〈兵仗〉を持った法師姿の従者たち四十人が並び立っていた。頼勢は〈兵仗〉を一本手に取り、

「参るぞ。容赦するな」

と声をかけ、北門から真っ先に飛び出した。近衛大路を牛車がゆっくりと進んでくるのが見えた。下人が、

「あの車にございます。隆家卿が乗っておわしますのは」

と告げた。頼勢はうなり声をあげて駆け出し、従者たちも続いた。

「花山院様の門前を通り過ぎることは許さぬ」

頼勢は叫んで、手を振り上げた。それを合図に法師姿の従者たちがいっせいに石を投げ始めた。拳ほどもある石が霰のように車を襲った。

牛飼いや従者たちが悲鳴をあげて逃げようとするのを、頼勢が〈兵仗〉で打ちすえる。法師姿の従者たちもこれに倣って、十人ほどの従者たちを追い散らした。

投石によって牛が傷だらけになり、血を流してうめいた。車の御簾は破れ、立板や格子が歪んで、轅が折れた。その凄まじい様子を横目に見ながら、頼勢は車に近寄り、御簾を引きちぎった。

「出ておいでなされ、隆家様」

大声でわめき、車の中をのぞき込んだ頼勢は、あっと息を呑んだ。車の中にいたのはふたりの若い貴公子で隆家ではなかった。貴公子たちは青ざめた顔で、

「なにゆえこのような乱暴をいたすのや」

「われらは、左大臣道長様の土御門の御邸をお訪ねして帰る途中じゃ。かようなこと

をされる覚えはないぞ」

と口ぐちに恐れおののいて言った。　車に乗っていたのは藤原公任と藤原斉信で、ふ

たりとも参議の身分だった。

（しまった。　間違えたか）

頼勢は愕然とした。しかし、下人が隆家とこのふたりの公家を間違えたとも思えな

い。隆家は実際に車で近くまで来ていたのではないか。

「罠にはまったか」

頼勢はうめいた。

花山院門前の騒動について藤原実資は、その日記『小右記』に、

――其の間の濫行は云うべからず

と記した。　花山院の乱暴は、その日のうちに朝廷に伝わったのである。

　　　　　十

この日の夜、　隆家は小二条殿に人知れず入った。

「京に戻ったことを朝廷に届ける前に、　なしたいことがあるのです」

隆家は、定子と清少納言の前でくつろぎながら話した。

「なされたいこととは何であろう」

おっとりと首をかしげて定子が訊いた。

「わたしたちが都を追い出されたのは、花山院様との喧嘩が源でございます。そのお

かげで、三条の邸に検非違使が踏み込むという恥辱を受けました。この辱めを晴らす

ためには、花山院様にもおなじ目にあっていただかねばなりません」

「それでは法皇様のお邸に検非違使を踏み込ませようというのですか」

定子は清少納言と顔を見合わせた。

「さようです。夕刻に近衛大路で花山院様の下人に車の中からわざとわたしの顔を見

せてやりました。花山院様は門前を通りかかった車をわたしの車と間違えて散々に乱

暴いたしたようでございます。このことが帝のお耳に届けば、おそらく放ってはおか

れぬでしょう」

隆家が白い歯を見せて笑うと、定子は扇で口を覆った。

「隆家殿は、出雲に行かれて、ひとが悪くなられましたね」

「いえいえ、花山院様との喧嘩騒ぎも、これぐらいでやめたいと思うております。そ

れよりも大きな敵がおるらしいのです」

清少納言が口を開いた。

「それは左大臣様のことでしょうか」

「いや、道長叔父ではない。もっと大きな敵なのです」

言葉を途切らせ、隆家は暗い中庭に目を遣った。初夏の気だるいような風が、時おり吹き抜けている。

「わたしは出雲にいる間、海を見つめておりました。そして海の向こうにある国のことを考えたのです。海の向こうから、この国へ交易に来る商人がおりますが、国を奪いに襲ってくる者もおるかもしれません」

「まさか、そのようなことが──」

定子は思いも寄らないという顔をした。隆家は頭を振った。

「さような者が法皇様の邸にはひそんでおります。その者たちを懲らしめておかねば後々、この国の障りになりましょう」

「隆家殿はさようなことを考えられるようになられましたか。さても、流罪も無駄ではなかったようですね」

定子が微笑むと、清少納言もうなずいた。

「まことにもって……」

貴顕の子に生まれ、挫けることを知らなかった隆家にとって、出雲への配流は思いがけない修養になったのかもしれない。

隆家のととのった顔立ちは伊周にも劣らない光を備え、物腰や話し方にも以前には

無かった落ち着きが見受けられる。

清少納言はそんな隆家を眩しいものを見るように目を細めた。

翌日——

この日は賀茂祭に遣わされた祭使の一行が賀茂社から戻る〈還立（かえりだち）〉の日だった。前日同様におびただしい見物人が出ていた。

〈還立〉の日は前日と違う道筋を通って、斎院の御所がある紫野に戻る。このため紫野には貴族の車を始め、武士、僧侶（そうりょ）から庶民までがつめかけ黒山の人だかりとなった。

その中に花山院の車もあった。

前日、門前を通った貴公子ふたりの乗った車に投石する乱暴を働いたばかりなのだ。慎んでいなければならないところを、

「何やら、気がくさくさするのや」

と言い出した花山院は、〈還立〉を見物に出てきたのである。しかも、蜜柑（みかん）を紐（ひも）でつないだ数珠を長々と車の御簾の外に御指貫（おゆびぬき）とともにたらすという異風な体裁をしていた。これを見たひとびとは、誰もが、

——法皇様のお車ぞ

と伸びあがって物見した。

その様子を面白いと思ったらしい花山院は、車をゆっくりと進ませた。車の傍らに弓を携えた烏烈が従い、後ろに頼勢始め法師姿の従者たちが〈兵伏〉を手にぞろぞろと練り歩いた。

その行列は祭使よりも余程目立っていた。ところが、花山院が得意になって車を進めるうち、藤原行成（ゆきなり）の使者が来て、

「検非違使が昨日、乱暴を働いた者どもを捕らえるため、出張って参ります。早くご帰還ください」

と告げた。

「なに、わしの従者を検非違使が捕まえるというのか」

花山院は目をむいた。

仮にも法皇の従者である。検非違使といえども指一本ふれることなど許されないはずだ。しかし、一条天皇は詮子の病平癒のためとはいえ、花山院に矢を射た伊周と隆家の流罪をわずか一年で許したのである。

（帝はわしに含むところがあるのかもしれない）

だとすると、賀茂祭の見物人が見ている前で従者を検非違使に捕らえさせ、花山院に恥をかかせるということもやりかねない。

「帰るぞ──」

花山院が御簾の外へ声をかけた時、見物人の間からどよめきとも悲鳴ともつかぬ声があがった。

「検非違使じゃ。検非違使が来たぞ」

ざわめきが波のように伝わってくる。車の傍らにいた烏烈が大声をあげた。

「検非違使め、われらを捕らえるつもりだぞ」

検非違使の配下である〈放免〉たちが恐ろしげな顔つきで車に駆け寄ってくる。その様を見た法師姿の従者たちは、たちまち〈兵仗〉を放り出し、蜘蛛の子を散らすように逃げ始めた。

「逃げるな。〈放免〉など、何を恐れることがあろうか。これを見よ」

烏烈は怒鳴って矢を放った。〈放免〉が三人、またたく間に倒れた。

「おうっ」

頼勢が雄叫びをあげ、〈兵仗〉を振りかざして〈放免〉に向かっていった。頼勢は風車のように〈兵仗〉を振りまわし、〈放免〉をなぎ倒した。数人が頭から血を流して倒れ、さらに十数人が手足の骨を折られて転げた。

烏烈は次々に矢を放って検非違使を射すくめた。検非違使たちがたまらずに退く。〈兵仗〉が振りまわされるたびに、頼勢は逃げ遅れた見物人も見境なく打ちすえた。荒れ狂う烏烈と頼勢は死人の山を築くかに見えた。ひとびとが血へどを吐いて倒れた。

恐れをなした検非違使たちが遠巻きにした時、

「もはや、それぐらいにいたしておけ」

見物のひとびとの間から、白馬に乗った隆家が現れて声を発した。指貫姿で黄金作りの太刀を腰に吊っている。　馬の口取りをしているのは、平致光だった。

「昨日はよくもだましましたな」

頼勢が吠えるように言った。

「何を言う。だましだまされるのは、おたがい様であろう。腹を立てるとは見苦しい」

「ならば、もう何も言うまい。この〈兵仗〉にてお命を戴きましょう」

頼勢は頭上で〈兵仗〉を回した。

烏烈が叫んだ。

「頼勢、用心いたせ。馬の蹄にかける気だぞ」

「なんのこれしきの事、馬など恐れはせん」

大声で答えた頼勢は走り出した。

「参れ──」

隆家は馬腹を蹴った。　白馬は嘶き疾駆した。　頼勢は馬上の隆家に向かって〈兵仗〉を打ち振った。　その瞬間、馬は跳躍して頼勢を飛び越えた。　頼勢の烏帽子がはね飛んだ。　棒立ちになった頼勢をそのままに、隆家を乗せた馬は

さらに駆け回る。烏烈は馬が眼前に迫るとあわてて矢を射た。かっ、と隆家は太刀で矢を斬り払い、馬上から烏烈に斬りつけた。血が奔った。烏烈は肩先を斬られて、地面に転倒した。馬上の隆家を凄まじい目で睨み付け、立ち上がるや否や群衆の中に駆けこんで逃げた。

隆家の馬も走り去り、その後を致光が追った。

あっという間の出来事に、頼勢が立ちつくしたまま呆然としているのを見て、遠巻きにしていた検非違使たちが恐る恐る近寄った。

頼勢はにやりと笑った。

検非違使たちは、頼勢の不気味な笑い顔を目にして悲鳴を上げていっせいに退いた。

その時、額からすーっと血を流し、頼勢はぐらりと揺れて仰向けに倒れた。

検非違使たちがあわてて駆け寄ってみると、目を開けたまま頼勢は事切れていた。

その様子を見た花山院は、怯えた声で、

「早う、早う。帰るのや」

と牛飼いを急き立てた。引き連れてきた従者たちは検非違使の姿を見るなり、花山院を見捨てて逃げていた。いまや花山院の車を守るのは数人のみである。

〈還立〉の見物人たちが、あまた眺める中、検非違使に追い立てられるようにわずかな供だけで車を急がせることは、花山院にとって恥辱だった。

さらには検非違使の〈放免〉たちが車を押し包むようにしてついてくるのだ。さな
がら地獄の鬼に送られる亡者の車の如き様相を呈していた。

車の中の花山院は青ざめ、額に汗を浮かべていた。何より恐ろしかったのは巨漢の
頼勢を馬上から一太刀で斬り捨て、烏烈の矢を物ともしなかった隆家の武勇だった。

（あの男は何も恐れぬ。誰であろうと相手構わず、気に入らねば斬り捨てるだろう）

たったいま見た光景が恐怖となって胸に重くのしかかってくる。やがて、邸に着い
た花山院は何事か口の中でつぶやきつつ、よろよろと奥へ入っていく。

この日、検非違使は警護と逃げた従者たちの捜索のためと称して、花山院の邸を取
り囲んだ。法皇の邸が検非違使によって囲まれるなど前代未聞の不祥事だった。その
ことはただちに貴族たちの間に知れ渡った。

花山院は生涯ぬぐえぬ、屈辱を味わったのだ。

隆家が朝廷に帰洛を届け出たのは、四月二十一日のことだった。伊周は、このころ
九州で流行っていた疫病がおさまるのを待っており、入京するのは十二月に入ってか
らである。

六月二十二日、定子は小二条殿から職御曹司に還御して、再入内した。職御曹司は中
宮職の建物ではあるが、内裏の東門（建春門）を出たところにあり、そのまま進めば

大内裏の陽明門に行きあたる。古びて馴染めない建物で、母屋には、

――鬼が住んでいる

などと言われている。母屋は締切りにして、定子の御座は南側に設えられた。南の廂間に御帳台（寝所）を置き、さらに外側の又廂を女房たちの詰所とした。

再入内とはいえ、内裏の内には入れず、しかも、鬼が住むという母屋の下屋の、参内するひとびとが足繁く通る場所で暮らすことになったのである。

「これは、また何ということでございましょうか」

清少納言が嘆くと、定子は泰然として、

「帝のお傍近くに戻れたのです。そのことを喜びましょう」

と言った。その言葉に清少納言も深くうなずいた。

定子の不屈の魂は女房たちの気持を明るくした。小二条殿にいたころから、女房たちは内裏に住まえなくとも裳、唐衣の模様なども季節を外さず、気をゆるめることなく仕えてきたのである。

職御曹司では、参内するひとびとが多く通り過ぎることから、その前駆の声を聞き分けた女房たちが、

「いまのは、あの方よ」

「いいえ、違います」

などと競い合っては打ち興じる声がにぎわしい。

さらに有明の月が美しいころ、定子は夜が明けぬうちに起き出し、女房たちと庭に出てまだ空にかかっている月を楽しんだ。

うっすらと夜が明け初めるころには、内裏の東門まで行き、朝早く参内するひとびとと行き合ううち、女房たちは、

「月を見ておりました」

などと殿上人たちと自然に言葉をかけあい、歌を交わすなどして親しくなった。やがて参内するひとびととは、しだいに定子のもとへ顔を出すようになっていった。

定子は中宮としての華やかさを自ずから取り戻しつつあった。それには、機知に富んだ会話では並ぶ者のない清少納言の働きも大いに役立っていたのである。

十月一日、朝廷では《孟冬の旬》という儀式が行われた。四月の《孟夏の旬》とともに年二回行われる年中行事で合わせて二孟の旬といい、帝が紫宸殿に臨み、群臣と宴を催す。四月には、臣下に扇が下賜されるが、十月は氷魚（稚鮎）を振る舞われる。

夜になって、一条天皇が御座所に戻られた後も宴が続けられていると、東門のあたりで騒がしい声がした。

何事かと宴席に並ぶひとびとが訝しんでいるところに、官人が庭に駆け入ってきて、

大宰府からの〈飛駅〉が到着したことを告げた。〈飛駅〉とは国家の重大事に派遣される急使である。

「何事じゃ」

道長が、酔った足取りで階まで出て解文（報告書）を受け取った。急ぎ開いて篝火にかざして読んだ後、青ざめた道長はよろけて、階を二、三段降りた。

「何事でございますか」

藤原顕光と公季があわてて階に駆け寄った。道長は酔いの醒めた顔で、

「外敵じゃ」

とうめくように言った。

「外敵ですと？」

顕光と公季は、いま聞いたことがまことだろうかと、確かめ合うように顔を見交わした。この夜の〈飛駅〉について、『百錬抄』では、長徳三年十月一日のこととして、

――大宰府飛駅到来。申高麗人虜掠鎮西之由

高麗が九州を襲い、ひとびとを捕虜としたという報せが入ったと記している。

この時、実際に襲ったのは高麗ではなく、〈南蛮〉と呼ばれた奄美の海賊だった。

海賊は壱岐、対馬から筑前、筑後、薩摩まで九州各地を荒らして男女三百人を連れ去ったのである。だが、このころ、

「高麗国が兵船五百隻を出して日本に向かっている」

という浮説があった。道長が恐れたのはこの浮説だった。海賊による九州地方の被害は、これまでにも何度かあった。高麗の使者と称する者がこの年、大宰府に来ていたが、使者がもたらした書状の内容が傲慢なことや、書状を携えてきたのが日本人であったことなどから、道長は偽使者だろうと決めつけて相手にしなかった。

（あれが本物だったとして、使者を相手にしなかったことを怒って高麗が軍船を送ってきたのであれば、大変なことになる）

自分はとんでもない失態を演じたのではないか、と道長は恐れた。しかし、解文の内容を知った他の公卿たちの顔には、却って安堵の色が浮かんだ。遠い九州での被害を真剣に考える者はいなかった。皆の怠惰な様子を見て、道長も気持が落ち着いてきたのであるが、同時に、

（このまま放っておいて、よいのだろうか）

と別な不安が頭をもたげてきた。

この国を外敵が襲うということはありえないことではない。その時にどうしたらよいのか、道長には皆目、見当がつかなかった。

取りあえず、一条天皇に大宰府からの報告を奏上しよう、と思った。時刻はすでに丑ノ二刻（午前一時ごろ）になっていたが、やむを得なかった。

一条天皇は道長の報告を聞くと眉を曇らせた。

「それは国家の大事である。　皆でよく話し合うように」

「さように仕りまする」

道長は御前を下がりながら、この時になって、体がひどく重いのに気づいた。宴が長引き、酒を飲み過ぎていたのだ。それでも、公卿たちと対策を話し合わねばならないのかと思うと気が重かった。宴の座に戻ってみると、どの公卿も皆、眠そうな顔をしている。中には寝入っている者までいた。一座は弛緩した空気に覆われ、とても外敵に備える話などできそうになかった。

道長はふと隆家の姿を探した。

（あの男なら、この難しい話ができるのではないか）

と思ったが、隆家の姿はここになかった。隆家は近々、兵部卿に任じられることになっているが、遠慮してこの場に出てこなかったのだろう。

道長は落胆するとともに、隆家を頼りにする気持が湧いたことを訝しく思った。道長にとって伊周、隆家兄弟はいまもなお警戒すべき政敵なのだ。

（しかし、もし外敵が襲ってきたら、ためらわずに戦う者は隆家だけとしか思えない）

道長には、この場にいない隆家の存在が重く大きく、光を帯びた存在に感じられるのだった。

この夜、隆家は三条の邸でひとり酒を飲んでいた。

いつの間にか目の前に乙黒が座り、自らの懐から盃を取り出して勝手に瓶子の酒を注いで飲んでいる。

「ひさしぶりであったな」

隆家は落ち着いた声で話しかけた。

「そうだな」

乙黒は無愛想に答えて、盃に口をつけた後、

「わしは宋に渡ることにした」

大きく息を吐いてつぶやいた。

「そうか、とうとう行くのか。うらやましいことだ」

「うらやましいか？」

「そうだ。四月以来、花山院様はおとなしゅうなられて、面白うない。わしの敵は海の向こうにおるように思えるが、海を渡ることができねば、ひたすら敵が来るのを待つしかないからな」

「ふむ、敵が海を渡ってくるとわかっているのか」

「なにやら、そんな気がする」

隆家は酒をごくりと飲み込み、不意にははっと笑い声をあげた。

「何がおかしい」

「お主の顔だ」

「わしの顔が？」

乙黒は怪訝な顔をした。

「ずっと気になっておったが、ようやくわかったぞ。お主は瑠璃に似ている。瑠璃と
は血縁か？」

隆家は鋭い目で乙黒を見据えた。但馬で瑠璃と会った時から感じていたことだった。
そう考えれば、事あるごとに乙黒がまつわりついてきたことや、〈刀伊〉について、
妙に知っていたことなども納得できる。

乙黒はにやりと笑った。

「わしの真の名は裴乙黒。渤海国の滅亡後、この国に憧れながら、追い返された裴一
族の長であり、瑠璃の実の兄だ」

「なるほど。それで、わしに近づいたのか」

驚きを隠して隆家は盃を口に運んだ。

「わしらは花山院の力を借りて、この国をわれらの物にしようと謀った。さらに、こ
の国を治めるに足る勇武にして高貴な血をわが一族に入れたいと思い、瑠璃をお前に

「そういうことであったか」

近づけたのだ」

隆家は表情を変えなかった。

「ところが、花山院は紫野で頼勢が討たれてからすっかり気力を失ってしまった。これからは仏にすがって生きていくであろうよ」

面白くなさそうな顔をして乙黒が言った。

「つまるところ、お主たちは行き場を失ったというわけだな」

「いかにもな。それゆえ、わしは宋に渡ることに決めたのだ」

「となると、この後瑠璃はわしのもとに通わぬのだろうか」

つぶやくように隆家が口にした。京に戻った隆家のもとに瑠璃は何度か訪れていた。顔を合わせるたびに思いが深まり、情が通いあう心持ちがしていた。

「瑠璃は烏烈とともに故郷の地へ帰った。彼の地にてお前の子を産む」

「瑠璃はわしの子を身籠ったと？」

「瑠璃はおそらく男子を産むであろう。破軍の星を持ち、戦って負けることの無い勇者となる子をな」

うんうんとうなずいて乙黒は嬉しげに言った。瑠璃が身籠ったと知った時、星を見て占ったのだという。

「その子をいかがいたすつもりだ」

「おとなになれば、わが一族の長となろう。そして女真を率いて、この国に攻め寄せるやもしれぬな。おそらく、その時、補佐するのは烏烈であろうか――」

乙黒の目はひややかな光を帯びている。

「それが、わしの敵か――」

「そうだ。面白いであろう。二十年後、お前と瓜ふたつの者がこの国を亡ぼしにやってくるのだぞ。それを迎え撃てる者はお前しかおるまい」

不気味な笑い声を立てて乙黒は立ち上がった。

「今宵はそのことを告げに来てやったのだ」

声はすれども、乙黒の姿は闇に滲んで溶けるように消えた。

いまのは幻だったのだろうかと訝しみつつ、隆家はしばらく黙したまま宙を見据えていた。

「瑠璃よ、もう会うことはかなうまいか。やはり、わしには戦いしかないようだな――その通りだ」

隆家のつぶやきに応じて乙黒の声が聞こえた気がした。雲間からのぞいた月が三条邸の庭を冴え冴えと照らしている。

第二部　風雲波濤篇

一

三年がたった。

長保二年（一〇〇〇）五月——

藤原隆家の前に縮れ毛の女が座っている。このころ、女の美しさは髪にあった。豊かな髪を持つことが美女の条件である。だから、この女も懸命に髪を梳って縮れを伸ばそうと努めたであろうが、生まれつきの髪の質を変えることなどできようはずもない。しかし、女は風体を気遣う様子もなく、伊周と隆家を相手に物語を読み聞かせている。

傍らには清少納言も控え、耳をそばだてていた。大内裏の職御曹司の母屋にある塗籠（四方を白壁で囲まれた部屋）に四人は籠っている。日頃塗籠は物置か寝所として使われることが多く、戸口からわずかに光が差すだけの薄暗い部屋だ。

古びた母屋は、鬼が住むなどと言われ、日頃は使っていない。ところが、この日、清少納言が隆家と伊周に会わせたい女がいるからと塗籠の錠を開けさせたのである。

ひと目を憚らねばならないのには理由がある。前年の長保元年十一月、道長の娘彰子が入内した。同じ月、中宮定子は敦康親王を出産している。伊周が失脚して後ろ盾を失った定子ではあったが、すでに脩子内親王を産んでおり、さらに皇子が生まれたことは大きかった。入内したといっても、彰子はまだ十二歳である。出産などとても期待できない年齢である。

これに焦った道長は、

——二后並立

という思い切った手を打ってきた。つまり、定子を皇后とし、彰子を中宮として立后させるという離れ業を使ったのである。もともと中宮とは皇后の別称である。天皇の正妻がふたり並び立つという未だかつてない異常な事態が生まれたのだ。朝廷内には疑問視する声もあがったが、道長は強引に押し切った。定子は一条院の北の対、彰子は清涼殿の藤壺に入った。

定子と彰子の間に緊張が漂う微妙な時期だけに、清少納言は誰の目にもふれない方がいいと思い塗籠を使うことにしたのである。

すでに夕刻になり、女は燭台の灯りを頼りによどみなく物語を読みあげていく。

光源氏という十七歳の貴公子が主人公の話だった。

五月雨（さみだれ）が降る一夜、源氏のもとに宮中の宿直（とのい）をしている若い廷臣たちが女性の品評に花を咲かせる「雨夜の品定め」から話は始まる。

女の容貌や才気、性格などを若い貴族たちが言い合うのを傍らで源氏は黙って聞いている。胸の内に昂る恋の思いを気取られぬよう用心するかのように。

翌日、源氏は紀伊守別邸（きのかみのべってい）を〈方違え（かたたがえ）〉のため訪れた。このころの貴族は他出する時、その方角が占いで悪いと出た場合、吉方位の邸に一泊して方角を変え、本来訪れようとしている邸に行くのである。

その家には、たまたま紀伊守の父の後妻である空蟬（うつせみ）が来合わせていた。恋の話を聞いたばかりの光源氏は、戸惑う空蟬に激しく迫って一夜を過ごす。空蟬は最後まで心を許そうとしなかった。

天性の美貌（びぼう）と高貴な身分に恵まれた源氏は、これまで女に拒まれたことがなかったがゆえに、却って頑（かたく）なに自分を守ろうとする空蟬に心惹かれるものを感じた。なおも思いを遂げようと訪う源氏を空蟬は二度と近づけない。空蟬の胸に源氏を慕わしいと思う気持はあるのだが、一夜の恋と定めておのれの分（ぶん）を守ろうとする。

夏の宵、空蟬が継娘（ままむすめ）と碁を打つ姿を垣間見（かいま）た源氏は、恋心を募らせてふたりが寝る部屋に忍び入る。気配を察した空蟬は生絹（すずし）の単衣（ひとえ）を着ただけで寝所を逃れ出た。

源氏は言い寄った女が空蟬ではないと気づいたが、そうとも言えず、やさしい言葉

をかけて継娘と情を通じる。

夜明けになって、源氏は、まるで蝉の脱け殻のようにも感じられる空蝉が脱ぎ捨てた薄衣を抱いて帰るのだった。

物語を聞きながら、しだいに頰を紅潮させた伊周は、女が空蝉の物語を語り終えると、遠くを見つめる眼差しをしてため息をついた。

「本当にそんな風になるのだよ。わたしにも覚えのあることだ」

うっとりとした声で言う。伊周にも人妻のもとへ通った覚えがあるらしく、父親譲りの美貌に雅な愁いを湛えて夢見心地の表情をしている。

隆家は苦笑して、女を見つめた。

女は藤原為時の娘である。為時は大学で学んで文章生となり、菅原文時の門で詩賦文学を学んだ学者だった。女は幼いころ、為時が女の兄に『史記』を口授するのを聞いて兄よりも早く暗唱した。このため為時が、

――この娘が男でないのは自分に幸が無いのだと惜しんだほどの才媛だという。この時代、中流以上の家の女子が、漢書、仏典、史書を読み、詩歌に親しむことは珍しくなかった。

女は、当時としてはやや遅い二十歳を過ぎて右衛門権佐 藤原宣孝と結婚し、昨年

一女を儲けたが、親子ほど年の離れた夫の体調が近頃優れないことを案じているという。そのため女官になることを望んでいるらしいのだ。

清少納言は引き合わせる前に女の内実を伊周と隆家にそっと伝えていた。女が女房勤めに向いているかどうか前もって試問した方がいいと思い、伊周、隆家に立ち会ってもらったのだ。なぜであるかと言えば、女は詩歌ではなく物語を書く才を披露したいと言い出し、書き溜めた物語を持参して職御曹司に来たからである。

物語の中で、人妻である空蟬のもとに貴公子が訪れ、その求愛を拒むという話には胸に秘められた女自身の夢が隠されているように感じられる。

学識があるだけに堅苦しい考えにとらわれて人づきあいもよくなさそうな女は、機知に富んで明るく社交上手な清少納言とは性格が真反対に見える。こんな風で果たして宮廷勤めができるであろうか、と隆家は考え込んだ。

「いかがでございましょうや」

清少納言が意見を求めると、伊周が笑って、

「かような物語を紡ぎだせる女房がお傍にあれば皇后様のお慰めになろう」

と答えた。それを聞いた清少納言がわずかに眉をひそめるのを見て、

「ただいまの物語は、兄上が身に覚えのある話ではなかろうかと思えるほど見事なものであったが、わしの物語があるとすればどのような話になるであろう」

隆家の試すような視線を女は平然と受けた。表情も変えずに、

「さようでございますね。ならばこのような話はいかがでございましょうや」

と応じて物語を語り始めた。

　源氏は病で臥せっていると聞いた乳母を見舞った。

乳母は年老いて尼となり、五条あたりに住んでい

て喜んだ。ところが、源氏は訪れた時から隣の家の

新しい檜垣をめぐらし、半蔀を四、五間上げて白い簾を

に女の姿がちらりと見えたのだ。板囲いには蔓草が伸び、夕顔の花が咲いている。源

氏は胸の内で女を夕顔と名づけた。興をそそられた源氏は、素性を隠したまま夕顔の

もとに通うようになる。

　夕顔は素直で人を疑うことを知らない。この時期、源氏は年上の女性、六条御息

所との関わりを心に重く感じており、夕顔といると心が安らいだ。

　源氏は夕顔を六条あたりの廃院に連れ出した。この邸は住むひともなく、渡殿に番

人の院守がいるばかりだ。荒れ果てた物寂しい廃院で夕顔をいとおしんだ源氏が、う

とうととまどろむうちに、美しい女が枕もとに立ち、

「なぜわたしのもとに来られず、かようにつまらぬ女とお過ごしになられているので

すか」

とうらめしげな顔で言い夕顔に手をかけて起こそうとした。源氏は悪霊に取りつか

れた気がして、はっと目覚めた。灯りが消えて真っ暗闇である。源氏はさっと刀を抜

いて供の者に、

「渡殿に行き、紙燭を持って参れ」

と命じた。だが、供の者は、

「こんなに暗いのに、どうして参れましょう」

と震えるだけで動こうとしない。

「子供のようなことを言う」

源氏は笑って手を叩いたが、山彦が答えるように気味悪く響くばかりだ。しかたな

く源氏は自ら闇の中を渡殿まで行った。宿直の者らに紙燭を持たせ、さらに魔除けの

ため弓の弦を鳴らさせつつ戻ってきてみれば、夕顔がうつぶせになって倒れ、その傍

らで供の者が震えている。源氏が手を当て、

「どうしてそのように怖がられるのですか。わたしがいるではありませんか」

と言いながら抱き起こすが、夕顔はぐったりとしたままだ。

どうしたのだろうと気になり夕顔の顔を見ようと紙燭を持ってこさせた時、夢で見

た美しい女の姿が、源氏の前にふっと現れ、すぐに消えた。不安になって夕顔の体を

ゆすったりするが、すでに冷たくなって息もしていない。夕顔は物の怪に襲われて急死していたのである。

「何とも恐ろしげな物語を披露されますね」

清少納言がひややかに遮った。女は興味深げな表情で清少納言の顔を見た。

「この物語のどこがいけないのでしょうか」

女は落ち着いた声で問うた。

清少納言は居丈高に言葉を続けた。

「いけませぬとも。皇后様は昨年皇子様をお産みになったばかりですよ。死人の話を忌むのは当たり前のことです。それをわきまえず、物の怪や妖しき死人の物語をいたすとは、いかなる所存ですか」

女はしばらく考えた後、頭を下げ、

「わたくしの考えがいたらず、申し訳ございませぬ」

と詫びたが、どこか首肯していないと感じさせる気配があった。隆家は笑って、

「悪いと思っておらぬなら、詫びることはない。それより、いまの物語はいかにもわしに起こりそうな話で大層面白かったが、そなた、いかようにして、かような物語を思いつくのであろうか」

と訊いた。すると、女は理知に富んだ目で隆家を見つめた。

「わたくしの父藤原為時が四年前、越前守に任じられたのはご存じでございましょうか」

伊周が皮肉な表情で口を挟んだ。

「おお、知っているとも。帝の温情であったそうな」

為時は若いころから学問に励み、長年式部丞を務めていたが、大国の越前守に任じられることを望んでいた。ところが長徳二年（九九六）の除目で任じられたのは小国の淡路守だった。落胆した為時は悲嘆を漢詩にした。その一節、

　　苦学ノ寒夜ハ紅涙巾ヲ盈シ

　　除目ノ春ノ朝ハ蒼天眼ニ在リ

を目にして同情を覚えた一条天皇は、為時を越前守に任じたのだ。

もっともこの時、為時を越前守に任じたのには、もうひとつの理由があった。

前年の長徳元年九月、朱仁聡ら七十余人の宋の商人が若狭国に来航して交易を求めた。朝廷では対応に困って宋人たちを越前国に移していた。

一条天皇には、宋の商人たちに日本の学者を会わせ、詩文を交換させたいとの考え

があった。為時は越前国に赴いて早々朱仁聡らと面談し、詩の素養がある羌世昌とい
う商人と詩を唱和して交流したのである。

「わたくしも父とともに越前に参り、宋の人々と会ったのでございます」

宋の商人の中には父を解する者もおり、さらには筆談でも意思の疎通をはかる
ことができた。女は傍らにいて、時には自ら訊きたいことなど父を介して問うたりし
た。

女の漢籍の素養は、筆談で宋人の話を解することができるほどであった。

「父親が受領に任じられようが、家の者は京に留まることができたであろうに、そな
たが越前までついていったのは宋人を目にしたかったからではないか」

隆家が訊くと、女は微笑してうなずいた。

「その通りにございます。いかに漢籍を読みましょうとも、唐土のひとから直に言葉
を聞かねば、まことにわかったとは言えませぬ」

女はちらりと清少納言に視線を走らせて言う。清少納言が日頃漢文の知識を誇って
いることをあてこするかのような物言いだ。だが、清少納言は素知らぬ顔をしたまま
眉ひとつ動かさない。女は落ち着いて話を続ける。

「そのおりわたくしは宋の商人たちより、隆家様のことを耳にいたしたのでございま
す」

「どのようなことを聞いたのだ？」

隆家は眉をひそめた。

「宋の商人たちは越前に参ってから後も、しばしば、若狭へ戻って役人たちを困らせておりました。若狭と但馬は近うございますゆえ、そのころ但馬におられた隆家様の消息をうかがい知ることができたのでございます。隆家様のもとに渤海国の末裔である女人が通っておられると宋人たちが噂いたしておりました」

隆家は、瑠璃が通っていたことが宋人の耳に入っていたとは、と驚いた。しかも女は瑠璃のことを〈渤海国の末裔〉と平然と口にした。女の博覧強記には恐るべきものがある。

「そなた、渤海国を存じておるのか。わしは知らなかったぞ」

「史書に書かれております」

「しかし、わしのもとにそのような女が通ったとして何か不都合でもあると言うのか」

隆家が訊くと、女は微笑した。

「仁和帝の故事を思い出しまして」

仁和帝とは光孝天皇のことである。光孝天皇は、さかのぼること百十六年前に即位した。

――少くして聡明、好みて経史を読む。容止閑雅、謙恭和潤、慈仁寛広、九族を親

愛す。性、風流多く、尤も人事に長ず

と評されたが、即位した時、五十五歳という異例の高齢だった。だが、渤海国の大

使が当時親王だった光孝天皇を見て、

「この方は尊い顔をしておられる。将来、皇位につかれるであろう」

と占ったという。

〈渤海国の末裔〉である女が通われたとは、まことにめでたきこと、と思ったので

ございます」

女の言葉に隆家は苦笑した。

「それはわしには関わりのない話だ」

「さようではございましょうが、わたくしが源氏の君の幼きころの話を思いめぐらし

ておりましたところ、ようよう思いつくことができましたのは、隆家様のもとに渤海

国の末裔が通ったと聞き及んだからでございます」

「それが、そなたの物語といかように関わるというのだ」

隆家は興味深げに女を見た。

「はい、源氏の君は七歳のみぎり鴻臚館に行かれ、高麗人の相人より将来を占われる

のでございます」

鴻臚館は古代より外交使節の接待を行うために設けられてきた館である。

筑紫、難

波などに造られ、平安京ではもっぱら渤海国の使者をもてなすために使われた。

女は目を閉じて続きを語る。

——国の祖と成て、帝王の上なき位に上るべき相おはします人の、そなたにて見れ
ば乱れ憂ふることやあらむ。おほやけのかためと成て、天下をたすくる方にて見れば、
又その相たがふべし

王朝を開き、帝となるべき相だが、そのようなひととして占うと治世が乱れ、憂慮
すべきことが起きるかもしれない。しかし、朝廷の柱石として天下を援ける方だとし
て見ればまた違ってくる、と相人は源氏の君に告げる。

「貴相ではあるが、帝に即位すれば、天下が乱れる。摂政関白ならば、違う運命を生
きるというのか」

深く考える様子で隆家は言った。

「さようにございます。隆家様もまさにそのような相かと存じます」

女は隆家に向かって恭しく頭を下げた。伊周が声を立てて笑った。

「ははっ、隆家がそのような貴相であるとすれば、めでたいことではあるな」

つられて清少納言が忍び笑いを洩らすと伊周は眉をひそめた。

「これ、清少納言、はしたない」

「いえ、この女子はめでたきことを申しておるようでございます」

末を申しておるのでございます」

「なんだと」

伊周のととのった顔が曇った。

「仁和帝には、臣籍に降られた源光というご兄弟がおわしましたことを、ご存じでおられましょうか」

「源光……光源氏か？」

「まさしくさようでございます。されど、源光様は鷹狩をなされたおり、斬塚の泥沼に落ちてお亡くなりになられ、ご遺骸も見つからぬとか。源光様は菅原道真様を妬むあまり、陥れられたゆえ、怨霊となられた道真様の祟りだと世人は噂したそうでございます」

清少納言の言葉に女が身じろぎした。

「源氏の君は物語の中におわします。源光様のことではございませぬ」

「さようか。なれど、仁和帝の故事を物語に用いるからには、さよう思われてもいたしかたありますまい」

清少納言の物言いは鋭かった。女は意に介しないという表情で清少納言を見返す。

「どうやらあなた様は、わたくしを嫌っておられるようですね」

「さようなことはございませぬ。そなたの才識、まさに恐るべしと思うております。

かほどの者が女子にもいたと知り、嬉しくさえあります。されど──」

清少納言は、うかがうようにじっと女を見つめた後、口を開いた。

「そなたは皇后様のお傍にお仕えしたいと願うておられるのではないでしょう。ご自

分の物語を書くため宮中に近づき、見聞を広めたいと思うておられるだけではないので

すか。それでは皇后様に近づけるわけには参りませぬ」

驚いたように目を丸くして女はつぶやいた。

「さすがは才気すぐれた清少納言様。わかりました。皇后様にお仕えいたすことは諦

めまするが、おっしゃった中でひとつだけ違うところがありますゆえ、申し上げます」

とんでもないことを言い出す女だ、と清少納言はきっと睨み据えた。

「わたくしが書きたいと存じましたのは、宮中のことではなく、中関白家の方々の物

語でございます」

言い置いて女は頭を下げ、静かに塗籠から出ていった。

女が去ると、隆家は笑った。

「なるほど、清少納言の申す通りだ。女子にもあのような者がおるのだな。しかし、

あれほど才ある者がお傍にあれば、皇后様の御身の回りもより華やぐであろうに」

「さようでしょうか。あの女子にふさわしい場所は別にございましょう」

「彰子中宮のところか」

隆家が面白がった顔で訊くと、清少納言は黙ってうなずいた。

だが、本心からそう思っているわけではなかった。実は定子はまた懐妊していて、

間もなく出産のために退出しなければならないのである。

定子は敦康親王を産む際、本来、中宮を迎えるだけの身分ではなかった。生昌は裕福ではあった

が中級の官僚であり、中宮大進平生昌の邸に入った。生昌は裕福ではあった

このため定子の輿が入る門を格式に沿った〈四足門〉に建て替えたが、清少納言ら

女房たちが入る北門までは手がまわらなかった。

北門からは車が入らず、清少納言たちは歩いて邸に入るというみじめな思いをした

のだ。しかも、道長は同じ日に宇治の別業（別荘）に出かけることにしたため公卿た

ちは皆道長に従って宇治に行き、定子に供奉する公卿がおらず、急きょ手配しなけれ

ばならなくなった。ことあるごとに道長から意地の悪い仕打ちをされ、定子は苦渋を

味わわされていた。

そのことを最も憤っていたのが清少納言だった。

定子はまた平生昌の邸に入らなければならないが、今回もみじめな思いをさせられ

るに違いない。

（そんなところをあの女子には見せたくない）

定子はどのような逆境にもめげず、弱音を吐くこともなく愚痴をこぼしもしない。

それだけに清少納言は定子を守りたいという気持が募るのだ。

もしもあの女が定子の身近に仕えることになれば、すべてを物語として書いてしまうだろう。定子の気高さだけならまだしも、その悲しみや不幸をも、あの女は筆にするに違いない。それは美しい物語となるであろうが、ひとびとから定子が憐れまれるなど清少納言には堪え難いことだ。

（そんなことは断じてさせぬ。定子様の美しさや華やかさ、そして匂やかなお幸せに包まれた姿こそ伝えねばならない）

あの女が物語を紡ぐならば、清少納言も負けじと定子や中関白家のひとびとの繁栄を筆にするつもりだった。しかし、女が読み上げた物語に不吉な暗示が潜んでいたことに不安を覚えた。何かが起きるのではないか。清少納言はひそかに怯えた。

　この年の八月、定子は出産準備のため内裏を退出し、平生昌邸に入った。年も暮れた十二月十五日の夜、定子は皇女を出産した。ことのほか安産で、三人目の子を産めたことに定子はほっと安堵する思いがした。

　敦康親王に続いての出産はさすがに不安が大きかったのだ。赤子の泣き声を聞いた

定子は、産後のぼんやりとした頭でなぜか、藤原為時の娘が女房になることを望んだという話を思い出した。

伊周が聞かせてくれた女が作ったという物語は哀れを催す美しさが感じられて読んでみたい気がする。

（清少納言はどうして断ってしまったのだろう）

勝気な清少納言は才識に優れた女に出会って思わず張り合ってしまったのではないか、と思っておかしかった。それだけではない、ということもわかっている。清少納言は皇后であるわたしを大切な宝玉のように思ってくれている。誰にも汚されたくないのだろう。

（その心底は嬉しいけれど、誰もがするようにわたしも泣いたり、笑ったり、美しいものに心を動かしたりしたいのですよ）

定子は胸の中で清少納言に呼びかけ、微笑んだ。その時、下腹部に激痛が走った。思わず眉をひそめ、声をあげそうになったが堪えた。苦しみに耐えねばならない。いつもそうしているのだから。

しかし、その間にも体は冷えてくる。手足の先がつめたくなっていくように感じる。

（わたしの体が何だかおかしい。どうしたことだろう）

そう思った時、不意に胸の奥深く悲しみにとらわれた。別れねばならないのだ。三

人のわが子と。そして伊周や隆家、清少納言とも。

清少納言の泣き伏す姿が脳裏に浮かんだ。

「そのように泣くものではありませんよ」

定子は細い声でつぶやいた。

伊周は産所の隣室に詰めていたが、ふと定子の声を耳にした。異常を感じて産室をのぞくと灯りが消えている。暗がりの中で燭台に火を点し定子の顔をのぞき込んだ伊周は声にならない悲鳴をあげた。定子の息はすでに絶えている。中関白家を守ってきた定子は、想いを遺したままこの世を去ったのである。

伊周は号泣して定子の亡骸に取りすがった。

　　　二

「兄上、どうしてもやるつもりか」

「やらねば、敦康親王様の身が危ういのだ」

伊周は血走った目を隆家に向けた。

寛弘四年（一〇〇七）七月のことである。定子の死から七年がたっていた。伊周は

三十四歳、隆家は二十九歳になっている。殺気だった伊周が企てているのは、

——道長暗殺

だった。隆家は伊周の顔を見つめながら、

（ここまで兄が思い込むのも無理のないことかもしれぬ）

と胸中でつぶやいた。

定子の没後、一条天皇は伊周を復権させていた。一条天皇にとって第一皇子の敦康
親王の伯父であることを慮ったのである。

長年道長をかばい続けた東三条院詮子は、定子皇后が亡くなった一年後の長保三年
閏十二月にこの世を去っていた。

一条天皇にとっては頭上の重石がとれたかのように気がつまることがなくなった。

二年前の寛弘二年三月、天皇と敦康親王の対面式に次いで脩子内親王の着裳の儀が
行われると伊周は宮中の席次を〈大臣下大納言上〉として以前のように昇殿を許され
た。一方、隆家も長保四年（一〇〇二）には権中納言に任じられ、翌年、侍従を兼ね
ると従三位から正三位に昇叙された。

敦康親王はいま彰子中宮に引き取られ、藤壺で育てられている。彰子は愛情を持っ
て接しているようだが、道長は心中穏やかでない。

彰子が男子を産めば、その皇子を皇太子にする腹づもりで、常にひややかな視線を

敦康親王に向けているのだ。そんな道長が近頃、思い立ったのが、御岳詣でだった。

御岳詣でとは、吉野の山奥にある金峯山寺に詣でることである。

金峯山寺は伝説的に語られる役行者が創建したといわれる蔵王権現を本尊は役行者が、金峯山に千日の間籠って修行した際に感得したといわれる蔵王権現である。

蔵王権現の像は頭髪が逆立ち、目は吊り上がり、口を大きく開いて忿怒の相を表している。さらに火焰を背負って右足を高く上げ虚空を踏むという異形の姿だ。

御岳詣でを行うには役行者にならい少なくとも三七日（二十一日）、多ければ千日の精進潔斎をしなければならないとされていた。さらにその間は毎日、夜明けに金峯山の方角に向かって百度の礼拝をするのである。

粗衣粗食、禁欲に耐え、さらに荒行めいた礼拝まで行うのは難事だった。安逸な暮らしに慣れた貴族にとって、道長は八月に詣でるため、この年閏五月から室町の源高雅の邸で百日の精進に入っていた。それほどまでして御岳詣でをするのは、彰子の懐妊を祈願してのことだ、とまわりでは見ていた。だが伊周は、

「それだけではないはずだ」

と言い出したのである。

「左府があれほど御岳詣でをしようとするのは、敦康親王様を調伏し、お命を縮め参らせるつもりがあるのだ」

伊周は思いつめた顔で言う。確かに、彰子の懐妊を祈るためというには御岳詣では大げさに過ぎるように感ずる。

蔵王権現は魔障降伏の相を示している。打ち鎮めたい魔や障害が道長にはあるらしい。だとすると、それは道長にとって最も邪魔な敦康親王といえようか。

伊周の憶測にも一理はある。

道長が御岳詣でをする八月が近づくにつれ、伊周は疑惑を募らせ、昔から中関白家に仕える平致光の父致頼に相談を持ちかけた。

この当時、武士は貴族を襲うことにさほどのためらいを感じることはなかった。かつて源頼信は仕えていた藤原道兼を関白にするため、伊周たちの父道隆の暗殺を企てたことがある。これを知った頼信の兄頼光が、

「そのようなことをしても、仕えている主人がまた誰かに殺されるだけのことだ」

と強く押し止めたため、ようやく思いとどまったという。

致頼は長徳四年（九九八）、平維衡と伊勢で合戦を繰り広げ、朝廷に咎められたが、非を認めず、過状（詫び状）も出さなかった。このため隠岐に流罪となったが、二年後の長保三年（一〇〇二）にようやく許され、京へ戻った。

それだけに朝廷一の権力者道長に対して不満を抱いていた。致頼は源満仲、頼光らとともに〈天下之一物〉と称えられる勇猛な武将だけに、伊周が道長暗殺の話を持ち

かけると、
「それは面白きことでござる」
と乗り気になったのである。
伊周から道長暗殺の企みを聞いた隆家は、
（これは止めても無駄だ）
と思い、伊周と致頼、致光に同行することにした。

八月二日のことである。

この日、道長は丑の刻（午前二時）に高雅の邸を出発して、賀茂川から船で下り、奈良で一泊した後、吉野へ向かった。

金峯山寺に奉納するため、法華経、阿弥陀経、弥勒経、般若心経を金泥で書写しており、これらを入れた経筒を大事に携えていた。

九日には山の麓に着き、雨の中を山頂目指して登り始めた。道長は輿に乗ったが、供の者たちは徒でぬかるむ山道に難渋した。

三十人の兵を率いた致頼と伊周、隆家は山の中腹にある宝塔院で待ち伏せていた。

黒々とした雲が山頂を覆い、雨が降りしきる。時おり、狼の遠吠えが聞こえた。

紀伊半島の熊野から吉野にいたる長大な山系は大峰山と呼ばれ、修験道の修行の場だが狼が生息していた。やがて、致光が山道を駆けあがってきて、

「左府の行列は間もなく近づいて参りますぞ」
と告げた。すでに頭に白髪を置いているが、六尺を超す屈強な体つきで眼光の鋭い
致頼が、

「行列の供はどれほどだ」
と訊くと、致光は即座に答えた。

「およそ、七十人ほどかと」

「そうか。ならば、わが手勢で左府を討ち取るのはたやすいな」
致頼はこともなげに言う。道長の供の人数が自らが率いる兵の倍だと聞いても恐れ
る気配はなかった。伊周は興奮した面持ちで、

「よし、きょうこそ、積年の恨みを晴らしてやるぞ」
と口走った。

隆家は首をかしげて、狼の遠吠えに耳をすましていたが、不意に、

「兄上、左府を討つのはたやすかろうが、それがわかっただけで、もうよいのではな
いか。この山は神域ゆえ、争い事を持ちこんでは畏れ多かろう」
と口にした。伊周は驚いて振り向いた。

「隆家、何をいまさら言い出すのだ。そなたらしくもない」
致頼も大柄な体を身じろぎさせた。

「隆家様ともあろう御方が臆されましたか」

「黙れ。わしに考えあってのことだ」

隆家は致頼を一喝してから、伊周に向かい、

「左府が敦康親王様を呪詛するのを妨げればよいのでござろう。わしにおまかせあれ」

と言うと、致光に「ついて参れ」と命じてそのままどしゃ降りの中、山道を駆け下りていった。伊周は呆然として見送るばかりだった。

道長の行列がゆっくりと上がってきた。輿の中で道長は蒸し暑さと息苦しさに閉口して、簾を上げさせた。雨はすでに小降りになっており、輿の中までは降り込まない。

「やれやれ。御岳詣でとはこれほどの難行苦行だったとはのう」

道長は思わずつぶやいた。精進したため豊かだった頬がこけ、目の下にもくまができている。これほどの思いをして金峯山寺に詣でるのは、彰子の懐妊、皇子誕生と邪魔になる敦康親王の調伏という悲願を果たすためだった。

（わしがこれほどの苦労をいたすのや。願いが聞き届けられぬわけがない）

道長はそう信じているが、亡くなった定子のことを思うと少し不安を覚えるのも無理からぬものがある。道長のために苦しんだ定子の怨霊が彰子の前途に暗雲を投げかけているような気がして、いても立ってもいられなくなる。

彰子には定子のような生涯をたどらせたくないという思いから、道長は御岳詣でを思い立ったのだ。道長があれこれ物思いにふけっていると、供の者が輿の傍に来て、

「左大臣様、前方に怪しげなる方がおられます」

と困惑した声で告げた。

道長が面倒臭そうに訊くと、供の者は声をひそめた。

「怪しい奴とは、何者じゃ」

「それが権中納言藤原隆家様にございます」

「なんだと――」

道長は輿から身を乗り出した。すると山道の脇に烏帽子、狩衣姿で腰に黄金造りの太刀を佩いた隆家が立っているのが見えた。傍らに武士が控え、その足元に茶色い獣が横たわっている。

「御岳詣でに供奉されるためお見えになったのでしょうか」

供の者は前方の隆家に目を遣った。道長はあわてて言った。

「さようなことを隆家がするわけがない。あの男は名うての乱暴者で何をしでかすかわからん。決して声をかけるでない。知らぬ顔をして通り過ぎよ」

道長の言いつけはすぐに先駆けの者に伝えられた。供の者たちは皆怯えたように目を伏せ、息を凝らして隆家の前を通り過ぎた。道長は簾を下ろし、素知らぬ顔で前を

向いたままだ。輿がすぐ傍まで近づいた時、隆家はにこりと笑い、振り向いて致光に声をかけた。

「用意いたしたものを投げよ」

致光は足元の獣をかつぎあげると、道長の輿の上に向かって放り投げた。供の者たちは恐れをなして立ち止まる。

致光が投げたのは狼の死体だった。先ほど、隆家は狼を餌でおびき出して仕留めていたのだ。輿の上で音がしたのに驚いた道長が簾をかき上げた瞬間、隆家は跳躍して刀を振るった。ばさり、と音がして狼の首と胴が両断され、道長の輿に血を降り注ぎながら地面に落ちていった。

道長は、ひいっ、と悲鳴のような声を洩らした。簾を上げた時、血しぶきが道長の顔に飛び散った気がしてあわててぬぐうと手が赤く染まった。

「ああ、これではせっかくの精進が無駄になる」

道長が手を見て恨めしげに嘆息した時には隆家と致光は姿を消していた。

道長は間もなく宝塔院に着いたが、伊周と致頼は輿が血に汚されているのを見ると、襲わずに引き揚げた。いかに道長が精進潔斎して詣でようが、不浄の血を浴びてしまっては蔵王権現の霊験を得られることはない、と考えたからである。

伊周と隆家が道長の暗殺を企てたという噂は間もなく都に広がった。朝廷では、十

三日に道長の安否を確かめるため頭中将源頼定を勅使として派遣した。だが、ひとびとの心配をよそに道長は京に戻ってきた。

ひどく不機嫌な様子だったが、山道で隆家に不埒な振舞いを働かれたことは口にしなかった。

道長はあの後、何事もなかったかのように山頂の金峯山寺に詣でた。法要を行い、経筒を埋め、金銅の灯籠を立てて帰ってきたのである。だが、詣でる途中で狼の血に汚されていただけに、御利益があるとは、とても思えなかった。

「わしの願いは到底かなわぬであろうな」

道長は妻の倫子に洩らして、ひそかに嘆いた。ところが、道長には強運があった。敦康親王に祟りの兆候は表れなかったものの、彰子は間もなく懐妊したのである。

翌寛弘五年九月、彰子は出産のため土御門の里邸にいた。十日の夜がほのぼのと明け初めるころに、御座所に白木の御帳台が設えられた。

道長始め、女房たちがあわただしく動いて御帳台に垂絹を掛けたり、次々と寝具類を持ち運んだりした。

女房たちの中に藤原為時の娘である女もいた。女は道長に物語を書く才を認められ、三年前の寛弘二年から彰子に仕えている。

女房勤めの傍ら、光源氏の物語を書き続け、彰子や一条天皇に献じてきた。女の書く『源氏物語』は宮中のひとびとから人気を博した。

一条天皇は史書に詳しい女をたわむれに〈日本紀の局〉と呼んだ。彰子づきの女房たちの間では、女の父親が長く式部丞を務めたことから藤式部、あるいは源氏物語の登場人物にあやかって、

―― 紫　式部

と呼ばれている。

御帳台の東面の間には紫式部始め、主上付きの女房たちが次々に伺候した。西面の間では、几帳を立て、修験者たちが祈禱の声をあげ、南面の間では僧正や僧都たちが並んで読経し、安産を祈願した。女房たちは、襖障子と御帳台との間に四十人余り詰め、ひしめいて身動きできないことから、のぼせる者もいた。

十一日の明け方には道長も訪れて、僧たちとともに読経する声が響き渡ると、感極まった女房たちは皆涙を堪えることができなかった。

詰めているのは、大納言の君、宮の内侍、弁の内侍、中務の君、大輔の命婦など長年彰子に仕えてきた女房たちばかりで、いかにも気がかりそうに心配している様子だった。

やがて昼過ぎに無事、皇子が生まれると、広い邸のあちこちで読経の声が高まり、

喜びの声が湧いた。日頃、美しく化粧が行き届いている女房たちも泣き腫らして、涙で化粧がくずれた顔を見合わせて笑った。

紫式部もまた興奮の中にいたが、ふと、

（ここにいるひとたちは誰も定子皇后のことなど思い出しもしないのだ）

と思うと心がひえる気がした。皆が喜んでいるのは仕える主人が皇子誕生によって、さらに栄えることが約束されたからだ。自分たちにとっても得になることだから心から喜べるのではないだろうか。

そんな思いは、出産を遂げた彰子が内裏へ還御するころにまた浮かんできた。

彰子は、還御する際、『源氏物語』を冊子にいたしたものを帝にお見せしたい」と言い出した。このため女房たちは手分けして大わらわで冊子を作らねばならなかった。

夜が明けるとすぐに伺候して、色とりどりの紙を選びととのえ、それに物語の元本を添えて、あちこちに清書を依頼する手紙を書いて送った。その一方で、清書された物語を綴じ合わせて製本するのだ。

紫式部も上等の薄様の紙や筆、墨、硯（すずり）などを与えられて清書に励んだ。そんなおり、不意に清少納言を思い出すことがあった。

紫式部は清少納言が好きではなかった。

——清少納言こそ、したり顔にいみじう侍（は）りける人。さばかりさかしだち真名書き

ちらりして侍るほどもいとたらぬこと多かり

清少納言は漢籍の知識をしたり顔でひけらかすが、たいしたことはない、と日記に

も痛烈に悪口を書いた。だが、定子の没後、里に帰った清少納言が記した『枕草子』

はひとびとの評判になり、読み継がれている。

それには、清少納言の機知と観察眼きらめく文章が記されているが、加えて伊周、

隆家も登場して中関白家の栄華が描かれ、何より定子が理想の女人として称えられて

いるのだ。

『枕草子』は、定子の在りし日の姿を世に遺そうと清少納言が世に問うた書なのかも

しれない。一方で、彰子が皇子を産んで誇らかに還御する際に美しく製本されようと

している『源氏物語』は、彰子の勝利を寿ぐ凱歌の書であるとも言えようか。

「しかし、わたしが清少納言に勝ったわけではない」

紫式部は冷静に胸の内でつぶやいた。

『枕草子』は定子への思いに貫かれた親愛の書だが、『源氏物語』の主人公光源氏は、

義母藤壺と密通しさらに女人の愛を求めて彷徨い、政治的に失脚して失意を味わう。

政界に返り咲き栄華を極めるものの、藤壺との間に生まれた子が帝になるという罪

の重さに人知れず懊悩を深める。

言わば、不信と裏切り、愛欲に満ちた光源氏の生涯が描かれ、同時に主人公に振り

まわされる女たちを描いた物語でもある。どのように華やかに見えようとも、『源氏物語』の底に流れるのは女たちの悲しみの声だ。

そんなことを考えているのは女たちの悲しみの声だ。

そんなことを考えているのは、我にもあらず、気がふさぎ込み思いが乱れる。長年、所在無いままに物思いし、花の色を楽しみ鳥のさえずりに耳を傾けたりしてきたが、いまは季節が移るたびに変わる空や月の光、霜や雪を見ても、季節の訪れを知る程度で、わが身はどうなるのだろうかという不安に苛まれている。行く末の心細さはいかばかりかわかりはしない。

紫式部は美しく製本された『源氏物語』を手に取って眺めた。

かつてのように面白く読むことができない。それがなぜなのかはわかっていた。

この年七月に彰子が土御門の里邸に戻っていたころのある夜、紫式部が寝ていた渡殿の戸をほとほとと叩く者があった。

道長だとわかっていたが、開けなかった。翌朝、道長から戸を開けなかったことを恨む歌が届き、その後忍んできた道長を紫式部は拒めなかった。夫の藤原宣孝はすでに亡くなっている。権力者の道長に抗うことなど許されるものではない。だが、その心映えは光源氏のように美しさを持っていない。そのことを紫式部は口惜しく残念に思った。

道長は現世で光源氏のような栄華の中にいる。

だからこそ書き綴った『源氏物語』は、せめて光源氏のやさしさに心を癒されたい

と願う紫式部の夢物語でもあった。

（そんな殿方はいるのだろうか。いや、いて欲しいものだけれど）

伊周の美しさと優しさ、そして隆家の毅然とした強さを兼ね備えた男こそが光源氏

そのひとではないか。中関白家の物語を書くことができるのであれば、描きたいと思

うのは、隆家の清々しい生き方の他にない。

『源氏物語』には、〈桐壺〉、〈空蟬〉、〈若菜〉などの章があるが、もうひとつだけ、

未だに書いていない章がある。できるならば隆家のことを書きたいと思って想を練っ

ているところだ。それは、

──輝く日の宮

の章である。

紫式部はため息とともに『源氏物語』を置いた。

彰子に皇子が生まれたからには、道長の繁栄はこれからも続くに違いない。中関白

家を書くことは許されないのだ、とわかっていた。

紫式部が彰子のもとを辞したのは、三年後の寛弘八年のことである。

同じ年、海をへだてた大陸の沿海州、女真族の地でひとりの少年が母のもとから巣

立とうとしていた。

「どうしても行くのですか」

布で作られた女真の衣服を着た母は少年に言った。

女真族の住居は、塚状の穴居式で梯子を使って家の中に下りる。少年は犬の皮で作られた衣服を着て家の前に立ち、母親と向かい合っていた。

手に弓を持ち、背に矢筒を負っている。女真族の弓は三尺ほどの長さで鏃は石を使う。鏃には毒を塗っており、刺さった者は助からない。

「女真は国を持たない。他の国を攻め取り、財宝とひとを得て国を立てるしかない」

少年はきっぱりと言った。

「戦をして国を奪えば、ひとの怨みを買いますよ」

母親が諭すと、少年はむきになって言い返した。

「そんな風だから、いままで女真は荒れ地に豚と犬を飼って暮らしてきたのです。しかし、このままでは駄目だとわたしは思う。女真にかつての渤海国の華やぎをもたらしたいのです」

母親は眉をひそめた。

「烏烈がそのようなことを教えたのですね」

「そうです。烏烈はわたしに弓と国を立てる希望を教えてくれました。烏烈はいま部族をまとめ、わたしを長にすると言っています。わたしが行けば部族はまとまり、戦

「烏烈が望んでいるのは、国を立てることではありません。ひとりの男を殺したいだけです」

一陣の風が吹きつけ、荒野に土煙があがった。すでに日が傾き始めている。

少年は勢い込んでうなずいた。

「烏烈が殺したいと思っている男とは、海の向こうの国にいるという、わたしの父親ですか」

母親、瑠璃は静かにうなずいた。瑠璃は日本から女真の地に戻ると男児を産んで、

――烏雅

と名づけた。烏雅はこの年、十四歳である。色白で小柄だが、敏捷で弓矢や馬術で性格も豪胆で、すでに部族同士の争いに出ては周囲を驚かす手柄を立てていた。部族のひとびとは烏雅が異国の貴族の血を引くということに神秘を感じ、

「烏雅は破軍の星のもとに生まれた」

という烏烈の言葉を信じていた。

「あなたは、烏烈とともに父親を殺すつもりですか」

瑠璃は哀しげに訊いた。烏雅は頭を振った。

は部族の大人たちをしのぐ腕前だった。

「わかりません。しかし、あの強い烏烈が、父には負けたそうです。それほど強い父になら会って腕を競ってみたいのです」

烏雅が戦に出たいと願うのは、本当のわけは父に会いたいという思いなのかもしれない。

「では、どうあっても行くのですね」

「はい。何年かかるかわかりませんが、いつか海を越えて父に会います。ですが、もし父がわたしの思っているような勇者でなかったとしたら、わたしの弓で射殺すかもしれません」

真剣な表情で烏雅は瑠璃に告げた。瑠璃は微笑んだ。

「その前に父の矢があなたの胸を射抜いていることでしょう。自分の前に立ちはだかる敵には容赦しない方ですから」

「まことですか」

瑠璃の言葉に烏雅の顔は輝いた。それほどの剛の者が父だとすれば、どうしても会ってみたいと思ったのだ。

その時、馬蹄の音が響いてきた。烏雅はさっと振り向いた。夕日に赤く染まった荒野を二頭の馬が土煙をあげて疾駆してくる。

騎上のふたりが烏雅たちと対立している部族の者だということはすぐに見て取れた。

烏雅は走って家の前につないでいた馬に飛び乗った。

「先日の争いでわたしにやられた奴らです。仕返しに来たのでしょう」

烏雅は馬の手綱を取りながら、

「隠れていてください。すぐに仕留めます」

と母親に言い置き、馬をあおって二頭の騎馬に向かって走らせた。瑠璃は隠れよう

とはせず、じっと立ちつくして烏雅の後ろ姿を見つめた。

二頭の馬に乗った男たちは、烏雅が迫ってくるのを見て弓に矢をつがえた。

騎射に手慣れているだけに馬上での姿勢も崩れない。右の男が先に矢を放ち、左の

男がひと呼吸ずらして射た。

烏雅は弓を構えながら、疾駆する馬上で大きく体を傾けた。右側に伏せて馬首に隠

れて矢を放ち、すぐさま左側に体を伏せる。相手が射た矢を避けると同時に、ふたり

の男に向かって、矢継ぎ早に矢を射ていた。

烏雅の馬が二頭の間を駆け抜けた時、ふたりの男がどっと落馬した。胸板に矢が突

き立って地面に転がっている。

烏雅は手綱を取って馬の興奮を静めながら弓を頭上に大きく掲げ、瑠璃に向かって

振って見せた。白い歯を見せて笑っている。その姿は、かつて瑠璃が見た隆家の姿そ

のままだった。

三

寛弘八年（一〇一一）六月——

前年より病床についていた一条天皇は、東宮（皇太子）の居貞親王に譲位し、三条天皇が即位した。

三条天皇は一条天皇の従兄で四歳上の三十六歳。遅すぎる即位だった。その容貌は左大臣道長の父であり、三条天皇にとっては外祖父にあたる藤原兼家によく似ていると言われていた。

即位後の十一月、大嘗祭が行われたが、この時、朝廷のひとびとの関心は、藤原隆家が出てくるであろうか、ということにあった。

大嘗祭の儀式は早朝から夜を徹して厳かに行われる。その後に節会という参列の臣下を交えた祝賀の儀式がある。節会は、大饗とも言われ、新天皇が臣下に酒食を振る舞い、祝いの舞や歌が披露される。この席に朝臣はこぞって出席するが、隆家が出てくるかどうかひとびとは危ぶんだ。

前年の正月、隆家の兄伊周は病でこの世を去っていた。寛弘六年に彰子中宮と敦成親王に対する呪詛事件が発覚した際、伊周は共謀の疑いをかけられ、朝参を停止され

た。その後、朝参は許されたが、失意の中で亡くなった。享年三十七歳。

さらに一条天皇も退位後、半月もたたない六月二十二日に崩御した。隆家は一条天皇が退位するにあたって、定子が産んだ敦康親王を三条天皇の東宮として指名することを願っていた。それが亡き定子や伊周の望みだったからだ。だが、病床にあった一条天皇は、伺候した隆家に、

「それはかなわぬようだ」

とため息まじりに言った。一条天皇にしても第一皇子の敦康親王を三条天皇の東宮として、いずれ帝位につかせたいとの思し召しであったが、道長が承知しないことは目に見えていた。

道長の反対を押し切って敦康親王を東宮に立てたりすれば、道長は嫌がらせを繰り返すに違いない。一条天皇が没すれば、里方の力が弱い敦康親王は追い詰められ、不幸な境遇になるのは明らかだった。

一条天皇が東宮として指名したのは、道長の娘彰子が産んだ敦成親王だった。敦康親王が東宮に指名されないことを知った隆家が、

「なんというふがいない人非人か」

と謗ったと噂になった。天皇に対して「人非人」とはあまりに畏れを知らない暴言であると囁かれたが、無論、隆家が罵ったのは一条天皇ではなく、道長であることは

誰もが知っていた。

敦康親王が東宮となる望みを断たれたことで、中関白家がかつての栄華を取り戻す願いは砕かれた。定子、伊周亡き後、中関白家の誇りを守って生きている隆家は、傷心のあまり大嘗祭にも姿を見せないのではないか、と朝廷のひとびとは思ったのである。

ところが、道長始め朝臣が居並ぶ前に姿を見せた隆家は、けざやかな掻練襲を着ていた。〈掻練〉は練った絹であり、掻練襲は表裏とも砧で打って光沢を出した紅綾の下襲 したがさね である。

通常、節会や行幸 ぎょうこう に供奉 ぐぶ する際に掻練襲は用いないことになっているし、冬から春にかけての色目である。だが、隆家はあえて用い、しかも、その下に青の単衣 ひとえ を着ていた。このため秋に用いることが多い、表は紅、裏は青の〈紅葉襲 もみじがさね 〉のように見えた。

さらに袴 はかま は竜胆 りんどう の二重織物という目もさめるような盛装である。

隆家はこの年、三十三歳。匂い立つような華やかな姿だった。その様子を御簾 みす の陰から見た三条天皇はにこやかにうなずいた。

実は、三条天皇は道長とそりが合わず、即位して早々、軋轢 あつれき が生じていた。しかし、いまの朝廷で道長に追従しない者は数少ない。隆家の傍若無人な気骨が三条天皇には頼もしく思えたのである。

一方で道長は隆家の姿を苦々しく見つめていた。

（隆家め、伊周が死んだ後も、気力を失っておらぬな。いずれ帝に味方してわしに歯

向かうのではないか）

道長と三条天皇の反目は立后問題にあった。東宮として過ごした時期が長かった三

条天皇には道長の二女姸子始め、妻と呼ぶべき女人が数人いた。

中でも寵愛が深かったのは、故大納言藤原済時の娘娍子だった。だが、権勢を誇る

道長を父に持つ姸子と十六年前に父済時が亡くなっている娍子では、その勢力に大き

なへだたりがあった。すでに姸子が中宮となることは決まっている。しかし、三条天

皇は娍子もまた皇后に立てたいと思っていた。

道長自身がかつて彰子のために強引に行った。

——二后並立

である。道長は自らがかつて行ったことだけに、表向きこれを了承していたが、腹

の底では不満に思っていた。その態度がしばしば垣間見られるだけに、三条天皇もま

た道長への反発を強めていたのだ。

道長にしてみれば、朝廷の百官、ことごとく自分になびくと思っていたところ、た

だひとり毅然としてへつらおうとしない隆家だけが目ざわりだった。

（あ奴をどうしたものか）

　道長は、艶やかに、光り輝くような隆家の姿を眺めながら考えるのだった。

　翌寛弘九年二月、妍子は中宮に立った。これに遅れて二ヵ月後の四月、娍子が皇后に立てられることになった。定子と彰子の時のように一帝に二后が立つのである。

　中宮に立って後、東三条の里邸に下がっていた妍子が参内する日取りを、道長は四月二十七日とした。

　この日は娍子の立后の日と定められていた。明らかに道長の嫌がらせである。

　朝臣たちは妍子の参内の供をするために東三条邸に馳せ参じ、娍子の立后の儀式には出ようとしなかった。これによって本来は大臣が主宰する儀式は、道長にかつて媚びたことがない硬骨の公卿として知られる藤原実資が行うよう命じられた。実資は公卿たちを呼び戻そうと使いの者を東三条邸に出した。ところが東三条邸に集まった公卿たちは使者の口上を聞いて嘲笑するだけで動こうとはしなかった。

　結局、立后の儀式はわずかな公卿の出席だけで行われることになったが、その時、敢然と姿を見せたのは隆家だった。この外、さびしい立后の儀式になっただけに、隆家が出たことは三条天皇を喜ばせた。

「隆家、頼みに思っておるぞ」

　三条天皇の言葉は実資を通じて伝えられたが、隆家は微笑しただけで、何も言わな

かった。三条天皇の即位と敦成親王の東宮決定によって、中関白家復権の望みを断たれた隆家は、三条天皇に対して何の思い入れもなかった。ただ、道長の横暴が腹にすえかねて立后式に出ただけのことである。しかし、三条天皇は隆家に期待するところが大きかったらしく、従二位中納言、按察使だった隆家を皇后宮大夫に任じた。

隆家は苦笑しつつこれを受けたが、翌長和二年（一〇一三）二月になって、目の病を理由に皇后宮大夫を辞した。

道長に抗してはいるが、道長と反目する三条天皇につくわけでもない隆家が何を考えているのか、宮中のひとびとには謎めいて見えた。

この年の八月、道長は土御門邸で開いた酒宴に隆家を招いた。最初、隆家は応じようとしなかったが、何度も使者を送ると、ようやく重い腰をあげて土御門邸にやってきた。

すでに宴はたけなわで、公卿たちは酔い痴れて衣の紐も解き、しどけない様子で酒を酌み交わしていた。ところが隆家が広間に入ってくるなり、あわてて居住まいを正すのだ。その様子を見た道長は眉をひそめた。

（なんということだ。皆、隆家の威を恐れておるやに見える）

道長は声を大きくして、

「早くお召し物の紐を解きなされ。そのように堅苦しくしていては、せっかくの興が

醒（さ）めてしまいますぞ」

と隆家に呼びかけた。しかし、隆家は冷然と座ったままで姿勢を崩そうともしない。

皇后宮大夫を辞めるにあたっては、目の病を称していたが、病んでいるようには見え

ない澄んだ目をしている。

まわりの弛緩（しかん）した空気が隆家の気合によって撥ね除けられたかのようにぴりりと引

き締まった。場のなりゆきに反発したのか、酔った公卿のひとりが、

「どれ、わたしが紐をお解きいたしましょう」

とふらふらと隆家の傍に寄り、衣の紐に手をかけようとした。すると、隆家はその

手を払いのけ、

「この隆家はそなたのような酔いどれに、かような真似をされる身ではない」

と荒々しく言い放った。手を払われた公卿ははずみで尻餅をつき、怯えた表情にな

った。一座の公卿たちは青ざめて凍りついた。

道長の酒宴でこれほど傍若無人に振る舞ってはただではすまないだろう、とその場

に居合わせた者は皆思った。自分たちもとばっちりを受けては大変だと思っているの

がありありと顔に浮かんでいる。

座がしんと静まり返った時、道長の甲高い笑い声が響いた。

「まあまあ、そのような冗談はなしにいたそうではないか。さあ、その紐はわたしが

「解きましょうぞ」

呂律の回らぬ物言いをして道長は酔った足取りで隆家に近づき、胡坐をかいて手を伸ばした。宮中第一の権力者である道長が手ずから紐を解こうというのである。

隆家は苦笑した。

「なるほど、かようにまでしてもらってはやむを得ませんな」

道長が紐を解くのにまかせ、自らは目の前の盃を取って口に運んだ。道長の様子は主人に仕える家僕のようだ。

しかし、そんなことは気にした素振りも見せず、道長は隆家の耳に口を寄せて、

「かつてそなたが出雲に流されたのは、わたしが奏請したのだと世間では噂しておりますが、それは違いますぞ。すべては帝の思し召しだったのじゃ。このこと、神仏にかけて嘘偽りはございません」

と囁いた。道長は隆家を屈服させるのを諦め、その心を得ようというつもりらしい。

隆家はじろりと道長を見たが、何も言わなかった。ただ、再び盃を口に運んだ時、

「兄上もかようなひとに振りまわされ、お気の毒であった」

とつぶやいた。せっかく甘言を弄したのに効き目が無かったと知った道長は、鼻白んだ顔をするばかりだった。すると、隆家は道長に顔を向けて、囁き返した。

「実は、わたしは鎮西の大宰府に参りたいのです」

道長は目を瞠った。

「大宰権帥になりたいと言われるのか？　なにゆえまた急にそんなことを思い立たれた」

道長は声をひそめて訊いた。大宰権帥は収入も多く、なることを希望する者が多い官職である。だが、隆家がいまさら富のために大宰府に赴くとは思えない。

「眼病の薬を得るためです。大宰府には宋人の腕のいい医者がおるそうです」

「さて──」

道長は疑わしげに隆家のきらきらとよく光る目を見た。とても眼病には見えないと思って黙っていると、隆家は白い歯を見せて笑った。

「叔父上は長徳三年に大宰府から飛駅が来たことを覚えておいでか」

長徳三年（九九七）と言えば、隆家と伊周が流罪を許され、京に戻った年である。確かにあの年、〈南蛮〉が九州を襲い、ひとびとを捕虜としたという報せが大宰府から入った。

〈南蛮〉と呼ばれたのは奄美の海賊であり、壱岐、対馬から筑前、筑後、薩摩まで九州各地を荒らして男女三百人を連れ去ったのだ。

「覚えておる。あのころ、高麗が兵船五百隻を出して日本に向かっているという噂もあったてな」

道長は酔いが醒めた顔で答えた。

当時、この国を外敵が襲ってくるということはありえた。その時にはどうしたらよいものか、と考えたことも思い出した。

隆家はうなずいた。

「わたしのもとに、異国の者が大挙して九州を襲うかもしれぬと申してきた者がおります。その話がまこととならば、わたしが自ら迎え討ちたいと思ったのです。都でちまちまと争い事をしているのはわたしの性に合いません。強い敵と弓矢を持って命がけの戦いがしてみたいのです」

隆家は鋭い目で道長を見つめた。

「そうか——」

道長はごくりと唾を飲み込んだ。

隆家は幼少のころから、

「どこかに強い敵はおらぬか」

と言うのが口癖だったのは道長も聞いていた。花山院と熾烈な争いをすることになったのも、ひとつには隆家の並はずれた闘争心のためだったのではないか。

その隆家が外敵に備えるため九州に赴きたいのであれば、道長としては思わぬ厄介払いができるというものだ。たったいま、騒動を避けたいがため、隆家の紐を自分の

手で解くという屈辱的なことをしたばかりだけに、物怪の幸いというものだ。

隆家が京にいなければ、その間に三条天皇を抑え込んで、外孫の敦成親王に譲位させることができる。そうなれば、念願の摂政、さらには太政大臣となることができるのだ。しかし、どうも話がうまくできすぎているような気がして道長は不安を覚えた。

なにより気がかりなのは、隆家が言うように外敵が襲来するという事態になった時の対応策だ。

これまで、朝廷で権勢の座に昇ることだけに腐心してきた道長には、そのような異常事態に対処する心構えはなかった。もし、外敵が攻めてきて、京にまで押し寄せることになったらどうすればよいものか。

（まさか、そんなことが起きるはずがない）

道長はあわてて頭を振って不吉な妄想をはらった。外敵が襲ってくるなど考えたくもない。災害や不運に見舞われないよう願うのと同様に、そんなことは起きないでくれと胸の中で強く念じるだけだった。

心を落ち着けてから、隆家を見つめ返して、

「異国の者が襲ってくるというのは浮説に過ぎぬとわしは思う。さようなことは決してないであろうが、中納言殿が大宰府に赴かれるのはよいことではあるまいか」

と道長は微笑を浮かべて口にした。

「ならば、お許しいただけますか」

隆家は口辺に笑みを浮かべた。

「大宰大弐の平親信が来年には辞めたいと申してきておる。その後任ということでどうであろうか」

ゆったりとした表情で道長が応えると、隆家は軽く頭を下げて、

「ならば、さようにお取り計らい願います」

と言い残して、すっと立ち上がった。道長が解いたはずの紐は、いつの間にかしっかりと結ばれていた。

隆家はそのまま辞して車に乗り、土御門邸から出ていった。隆家が去った宴席は何とはなしに大きな存在に去られてしまったかのような空虚感が漂った。道長は手を叩いて、

「いかがいたしたのだ。皆々、湿っぽくなっては困るぞ」

と声をかけ、ひときわ大きな笑い声をあげた。すると他の公卿たちも口々に冗談を言い合い、にぎわしさが戻ってきた。

道長は座に戻って、盃を口に運びながら胸の中でつぶやいた。

（そうか、隆家め、大宰権帥になりたいがゆえに、今宵、わしのもとに来おったのか）

そうとわかっておれば、もっと横柄な態度で接してやったものを、と口惜しかった。

それにしても隆家が言った異国の敵とは、とまたぞろ考え始めて、急いでその考えを打ち消した。

そんな心配はこの道長がせずともよいことだ、と無理やり不安を押し込めるうちに、和歌が口をついて出た。

此の世をば我世とぞ思ふ望月の欠けたることもなしと思へば

これを聞いた公卿たちが、やんやと拍手喝采した。そうだ、隆家が京からいなくなれば、自分の権勢をさらに大きくすることができる。満月のように欠けることのない力を握れるのだ。思うと同時にはっと思い至った。

（満ちた月はやがて欠けていく――）

だとすると、いま口ずさんだ歌は、権勢がやがて失われていくと予兆してしまったことになるのではないか。いや、それより、外敵の侵入によって、満ちている月が欠けさせられるのではないか、と不安はさらに広がっていくのだった。

隆家は間もなく三条の邸に戻った。寝殿の居室に燭台が灯り、明かりの下で男が床に紙を広げて見入っている。頭巾を

かぶり、袖の長い宋人の衣服を着た男だ。

「乙黒か──」

声をかけつつ隆家は男の傍に座った。

「久方ぶりだな。きょうは何用で参ったのだ。そなたが申し越した通り、わしを大宰権帥にするよう左大臣に頼んだぞ」

「それはよかった。ところで、わしは名を変えた。宋の医者恵情と呼ばれておる」

乙黒はむくりと顔をあげた。

「そうか。ならば、そう呼べばよい」

「宋に行ったからといって、ひとが変わるものではあるまい。いま何と名のっていようが、わしにとってお前は乙黒であることに変わりはない」

乙黒はにやりと笑うと、再びうつむいた。膝元に硯を置いている。指に墨をつけ、紙の上をなでた。細い線がすーっと引かれる。

指がゆったり動くにつれ、くねくねと曲がった黒い線が紙の上に描かれた。ひと呼吸置いて乙黒は紙面の左下に、

──宋

と書いた。続いて紙の右半分に描かれた波打つ線の真ん中に、

──高麗

と記した。

「いま、女真は高麗の港を襲って財物やひとを奪っておる」

と言うと、さらに紙面の上の方に、

——契丹

と書き加えた。乙黒が書いたのは、宋から高麗、さらに宋に迫る北方騎馬民族の国

を示す地図だった。隆家は興味深げに目を光らせてのぞきこんだ。

「われらの祖、渤海国をすでに得ておる。さらに九年前には宋に侵攻した。宋はこれを
南下して燕雲十六州をすでに得ておる。さらに九年前には宋に侵攻した。宋はこれを
恐れて和睦を求め、〈澶淵の盟〉を結んで契丹に毎年絹二十万匹、銀十万両を贈るこ
とを約した」

乙黒の説明に隆家は皮肉な笑みを浮かべた。

「つまり、宋は契丹に屈したのだな」

「宋には財貨がある。金でもって、戦も、領土を割譲することもしなくてすむのなら
安いと思ったのであろう」

「金で和平を買うか。この国でもやりそうなことだな」

「そうだ。だが、それを繰り返していれば、しだいに国は亡びていくことになる。金
を得た契丹にしても、何もせずに年毎に、富が転がり込んでくれば、しだいに武力は

「弱くなろう」

「ならば、女真は契丹を討つのか」

隆家はきらりと目を光らせた。

「わしはそうしたいと思っておる。渤海国を亡ぼした契丹を倒してこそ、われら女真の国を建てることができるのだからな」

「だが、女真、いや高麗では刀伊と呼ばれるそなたの一族は、わが国に攻め寄せてくるとお主は言ったではないか」

「契丹はまだ強い。契丹と戦うより、高麗からさらに南下して押し寄せる方が国を奪えるかもしれぬ」

乙黒はまた紙の上をなで、高麗という字を囲んだ波線の下にいびつな円を描き、その下に、

——九州

と書いた。乙黒の描く地図をじっと見つめていた隆家が口を開いた。

「しかし、高麗を攻め取った方が容易いのではないか」

「渤海国はもともと高句麗の遺民が靺鞨族に君臨してできた国であった。高句麗遺民は唐に学んで詩文に長じ、靺鞨族は狩猟で暮らしを立てたがゆえ、武勇に優れていた」

「ほう、そうなのか」

「渤海国滅亡後、渤海王族の末裔の中には高麗に仕えて契丹と戦った者も多い。わし
の祖は高句麗遺民であったが高麗には行かず、靺鞨族に身を投じたのだ。それゆえ、
港を襲い財物を奪うのはかまわぬが、高麗を攻め取ろうとは思わぬ」

いかめしい顔つきで言う乙黒に、隆家はくっ、くっと喉の奥で笑った。

「それで、わが国を狙ったのであろう。いささか勝手に過ぎるのではないか」

「戦などというものは、もとより勝手なものだ」

乙黒はおもむろに墨を指につけ、

――大宰府

と書いてにやりと笑った。

「お前が大宰府に行けば、いずれ瑠璃とお前の子である烏雅と戦うことになるが、そ
の覚悟はあるのか」

と言いながら乙黒は酷薄な目を隆家に向けた。

「それが、天の定めならばやむを得まい。わしは目の前に立ちはだかる敵は、たとえ
わが子であっても討ち果たす」

隆家がきっぱり答えると、乙黒はわが意を得たりとでも言うようにうなずいた。

「よし。それでこそ、わしがわざわざ伝えに来た甲斐があったというものだ。大宰府
へ行き、刀伊の襲来に備えよ」

「待て、その前に聞いておこう。刀伊が来ることをなぜわしに報せたのだ？」

隆家は乙黒を睨みつけた。

「言ったはずだ。女真は契丹を討つべきだとわしは思っているとな。だが、烏雅はわしの言うことを聞かぬ。それゆえ、烏雅にとって、最も手強い敵を用意したのだ。烏雅がお前に勝てるなら、この国を奪うことができるであろう。勝てなければ、女真が向かう先は契丹しかないと知ることになる」

「それを知る時にはわしの矢がその烏雅という若者の胸を射ておるかもしれぬぞ」

隆家はひややかに言った。

「そうとは限るまい。烏雅もお前と同じ破軍の星を持っているのだからな」

肩を揺らして哄笑する乙黒に、

「そうか──」

ひと言言い置いて立ち上がり、隆家は部屋の隅に立ててある几帳に近づいた。几帳に隠すように黄金作りの太刀が置かれている。

隆家は几帳の陰で太刀の柄に手をかけると、振り向きざま跳躍して乙黒に斬りかかった。乙黒の顔を真っ二つに割ったと思った瞬間、太刀は空を斬った。

乙黒の姿はすでになく、床に残された紙が風になびいてふわりと浮きあがった。そのまま中庭まで漂っていって不意に炎を発して燃え上がった。

「隆家よ。九州で待っておるぞ」

乙黒の声が闇の彼方から響いてきた。

隆家は翌長和三年十一月、大宰権帥に任じられたが、実際大宰府に出立したのは、

さらに翌年の長和四年四月二十一日のことである。

隆家はこの日、参内して大宰府への赴任を奏上し、正二位に叙せられてから出発し

た。ちなみに、この時、大宰府で隆家の指揮下に入ることになったのは、かねてから

中関白家に仕えていた平致光のほか、〈藤原純友の乱〉の際に活躍した大蔵春実の孫、

　――大蔵種材

〈平将門の乱〉で将門を討った平貞盛の弟繁盛の孫、

　――平為賢

のほかに武芸者との名が高い、

　――藤原蔵規

　――藤原明範

ら不思議に武勇に長けた者がそろっていた。隆家は馬で進みながら、騎馬で従う致

光に声をかけた。

「九州は武勇の者が多いと聞くが、まことか」

「昔より、武者の多い地だと聞き及びます」

致光は笑顔で答えた。

「そうか。ならば、随分と役に立つ侍も多いであろう。楽しみなことよ」

「さりながら、さぞや荒馬の如き者たちぞろいでございましょうゆえ、乗りこなすの

は並大抵ではないと存じまする」

「なに、荒馬ぶりでは、わしも負けはせぬ」

隆家はからりと笑った。

このころ、京では三条天皇が眼病を患い、執務もできないほど病が重くなっていた。

道長はこれにつけ込み、念願の外戚の座を手に入れるため、なりふり構わず東宮敦成

親王への譲位を三条天皇に迫っていた。

隆家はそんな権力争いに明け暮れる京に留まるより、刀伊を迎え討つため、九州に

赴くことの方がはるかに爽快だと思っていた。

　　　　四

このころ、契丹は高麗への侵攻を繰り返していた。

日本の寛弘七年（一〇一〇）、契丹の聖宗は四十万の大軍を率いて高麗に侵入した。

このため高麗朝廷は一時、南方へ避難し、都を契丹に占領される事態になった。その後、高麗は必死に抗戦したため、契丹は退かざるを得なかったが、諦めることなく、たびたび数十万の兵を送って侵攻を繰り返していたのだ。

隆家が大宰府に赴いた長和四年にも契丹は高麗に攻め入り、北部を荒らしていた。

そのころ契丹の防戦に迫われる高麗の港に女真の船が現れた。財物を奪い、ひとを拉致し、朝鮮半島の東海岸を荒らすとともに鬱陵島に上陸して壊滅的な被害を与えていた。

女真の船は長さ八尋（約十二メートル）から十二尋（約十八メートル）もあり、三、四十の櫂で漕ぎ、海上をすべるように速く進むことができた。

一隻に五、六十人が乗り組み、陸に上っては百人が一隊となる。皆、楯を持ち、二、三十人が鉾や太刀をきらめかせて進み、これに弓矢を持った七、八十人が従うという戦法だった。

突如、押し寄せた女真の海賊は十から二十隊が上陸して家々を焼き討ちして暴れまわった。女真の放つ矢は楯を突き抜け、ひとをも貫いた。その動きは敏捷で隼のように岸壁を上下し、狼のように山野を跋渉した。

三十人が鉾や太刀を馬や牛を斬って食い、犬を屠り、さらに老人や子供を斬殺し、壮年の男女は農奴とするため拉致して船に監禁した。強壮な者は使役したが、不用になれば海に投げ捨て

る残虐さだった。

　──刀伊が来た

との報せが入ると、家財道具を抱えて逃げ惑っていたのである。

財物を奪って引き揚げる船上から烏雅は港を眺めた。すでに十八歳になり、色白の

ととのった顔立ちは変わらないが、筋骨はたくましい青年の風貌を備えている。

舷側に立った烏雅の視線の先にある港では、まだ、家々から黒煙が立ち昇っていた。

十数隻の船が烏雅の乗った船に続き、それぞれの船からは、さらわれた高麗の民たち

の悲痛な泣き声が聞こえてくる。

「かようなことをいつまでやっても埒が明くまい」

烏雅は眉をひそめて、傍らの烏烈に言った。烏烈は潮焼けした浅黒い顔を烏雅に向

けた。頰に大きな刀傷が残る凄まじい顔だ。

「なんの。まだまだ財物もひとも足りぬ。これではわれらに従う女真の者も集まらぬ」

「いまの人数で十分ではないか。早くあの国に攻め入ろうぞ」

烏烈はゆっくりと首を横に振った。

「いや、やるからには、備えをしっかりしておかねば、しくじるだけだ」

「それほど、わしの父を恐れるのか」

嘲（あざけ）るような烏雅の言葉に、烏烈の顔は怒りに震えて、どす黒くなった。

「あの男を侮ってはならぬ」

烏烈が鋭い目で見据えると烏雅は、くっくっと笑った。

「そうか。ならば、みくびるのはやめよう。だが、われらも兵がこれだけ増えたのだ。そろそろ毒矢を使うのはやめたらどうか」

烏烈は目を剝いた。

「なに、毒矢をやめるだと」

「そうだ。われらの志は渤海国の復興にあるのではないか。であるならば、いつまでも山野の獣を狩るように、ひとに毒矢を使っていては、われらになびく民はおるまい」

烏雅の声が聞こえたのか、物陰にいた髭面（ひげづら）の大男がむくりと立ち上がった。熊の毛皮を着て、手には大きな弓を持っている。腰に吊るした革の矢筒から一本の矢を取り出し、ゆっくりと弓の弦（つる）につがえて、烏雅に向けた。

「烏烈様がかばわれるゆえ、いままで我慢してきたが、毒矢を使うなとは何事だ」

烏雅は大男が自分に矢を向けるのを見ても顔色ひとつ変えない。

「わしは思ったことを言ったまでだ」

「何を言うか。わしらが焼き討ちに出ている間、船を降りようともしない貴様がさようなことを言うのは許さん」

大男は顔を赤くして怒鳴った。矢はぴたりと烏雅に狙いがつけられている。まわりの者たちは固唾を呑んで見守った。港を荒らし、何人も殺戮した後だからか、大男はことさらに気が荒れていた。たとえ頭目に対してであろうと、些細なことででも喧嘩をふっかけると皆知っていたのだ。

烏烈は冷淡な眼差しを烏雅に向けて何も言わない。一触即発の空気の中で、烏雅は口を開いた。

「わしは強い敵と戦うために家を出てきた。弱い民をなぶり殺しにするのは、わしの性に合わん」

「なにを生意気な」

大男は血走った目で烏雅を睨みつけ、

——死ねッ

とわめくと同時に、矢を放った。胸元を射抜かれたかに見えた瞬間、烏雅はくるりと身を翻した。すぐさま袖に突き刺さった矢を引き抜いて、烏雅は素早く大男に向かって投じた。

一瞬の早業だった。大男の胸に自らが射た矢が突き立っている。毒がたっぷりと塗られた矢だ。大男は甲高い悲鳴をあげて仰向けに倒れた。胸に突き刺さった矢がぶるぶると震える。大男はすぐに動かなくなり、顔は土気色になった。

烏雅は大男の傍らに立って無表情に見下ろした。顔を上げた時には堅固な意志を面に出して、

「よいか。今後、毒矢を使う者はこの男と同じ目にあうぞ。覚悟いたせ」

と毅然として叫んだ。まわりの女真たちは、あわててうなずき、

——おおう

と声を上げた。若き烏雅を自分たちの指導者として認めたのである。その様子を烏烈は淡々と眺めているだけだった。

　隆家は、大宰府政庁内の館の広間で昼寝をしていた。薄衣を体の上に一枚かけ、烏帽子をかぶったまま横になってまどろんだ。

　西海道九カ国を統括し、〈遠の朝廷〉とも呼ばれる大宰府の政庁は広大で、蔵司、税司、薬司、客館、兵馬所、警固所などの建物があり、多くの官人が詰めているが、奥殿までひとの騒めきは届かない。

　隆家は夢を見ていた。

　夜半の海に浮かぶ船の上にいる夢だった。遠くに見える陸地では真っ赤な炎が燃え盛っている。その炎にひとの姿が浮き上がって見えた。

　まだ若い伊周がひっそりと佇んでいる。

かつて中関白家が華やいでいたころの伊周の姿がそこにあった。だが、伊周の表情には愁いがある。それがなぜなのか、隆家にはわかっていた。

伊周にとって晩年に当たるころ、身に覚えのない濡れ衣だったのだが、彰子中宮と敦成親王に対する呪詛事件に連座して朝参停止となった。

朝参停止は間もなく解かれたが、このことは伊周にひどく応えた。いつのころからか痩せて咳き込むようになり、そのまま寝ついてしまった。病平癒のため祈禱師が呼ばれたにも拘わらず、伊周はしだいに衰えていき、やがて蠟燭が燃え尽きるかのように亡くなってしまった。

今わの際に、伊周は大納言源重光の娘との間に生まれたふたりの姫を呼んだ。枕元に座った姫たちに、

「こんな情け無い死に方をしなければならないとは、まことに悲しいことです。わたしが死んだら、あなた方はどうなってしまうかと思うと死んでも死に切れません。こんな思いをするくらいなら、あなた方がわたしより先に亡くなるよう神仏に願った方がよかったのかもしれない」

と泣く泣く伊周は語ったという。

そのことを思い出して隆家は胸が痛んだ。

（あのような亡くなり方をなさるはずのひとではなかった）

ぼんやりとかすんでゆく伊周の姿を見つつ、兄の無念を思いやった。道長と同様に華やかな生き方が似合うひとなのだ。それにしても定子もまた、なぜ、あのようにさびしい境遇に陥らねばならなかったのだろうか。そんなことを思うにつけ、隆家には京の都が虚しく思えてならなくなった。

（わしは、京のひとびとのように生きたくはない）

夢の中で隆家は伊周にそう呼びかけた。伊周は悲しげな顔を向けたが、やがてにこりと微笑んだ。

――そうだ、隆家。そんな生き方がお前には似合う

伊周の声が聞こえた。

はっと目覚めた隆家があたりを見回すが、人の気配はない。その時、広縁の向こうから、燦々とした夏の日差しが広縁を照らしているばかりである。その時、広縁の向こうから、

「権帥様、お目覚めに候や」

と男の声がした。隆家がゆるりと立ち上がって広縁に出ると、白髪だが血色のいい武士が中庭に控えていた。傍らに平致光もいる。

武士は大蔵種材だった。すでに六十歳を過ぎているはずだが、壮者をしのぐ頑健な体格をしており、脂ぎった頬に白い虎髭を生やしている。種材は、

――純友を討ちたりし者の筋

として、《承平天慶の乱》の際、博多湾に来襲して大宰府政庁を炎上させた藤原純友を、祖父が追討したことを日頃から誇りとしていた。それだけに勇ましいことが好きで、殿上人でありながら勇武の評判がある隆家に興味を持っているようだ。

「地の者ら、お目通りを願っております。いかがなされますか」

種材は大声で言上した。

「会おう」

隆家はあっさりと答えた。

大宰府の長官は大宰帥で親王が任命されるが、実際には赴任しないため政務は権帥が行う。権帥である隆家の権力は絶大で、《遠の朝廷》での帝であるとも言える。

だが、武士たちの態度にはどことなく不遜なところがある。種材は平伏したが、じろりと隆家を見上げて、

「さりながら、地の者らに調練のことを申し聞かせましたところ、不満を洩らす者もおりまする。いかがいたしましょうや」

隆家は、刀伊の来襲に備えて兵の調練を行うと通達していたが、武士たちはそのことに不満を抱いているらしい。殿上人の隆家が武技に口出すのを疎んじているのだろう。

種材もまた腹の中ではそう思っているかもしれない。

「わしから直に言い聞かせよう」

隆家は皮肉な笑みを浮かべて言った。

　やがて、武士たちが次々に中庭に入ってきて控えた。前肥前介源知、筑前志摩郡住人文屋忠光、筑前怡土郡住人多治久明ら十数人の在地武士たちだ。どの男も日焼けして勇猛そうな面構えである。隆家は武士たちを見回すだけで言葉はかけず、致光に顔を向けて、

「用意をいたせ」

と命じた。致光はすぐさま鎧をふたつくくりつけた棒を中庭に立てるよう下人たちに申し付け、さらに五人がかりで弓に弦を張らせた。弓をしならせ、弦を張るのに五人の力を必要とする強弓だった。

　見ていた武士たちの目の色が変わった。

　五人張りの弓を引ける武者はめったにいない。みしみしと弓をたわめ、五人で張った弦から放たれる矢はどれほどの威力を持つだろうか、と興味深げに見守っている。

　隆家は下人から弓を受け取り、きりきりと満月のように引き絞った。そのまま無造作に射ると、矢は凄まじい音を立てて鎧に突き刺さった。

　種材が駆け寄って矢が鎧を貫き通しているのを確かめ、

「お見事でございます。鎧がふたつとも射抜かれておりますぞ」

と驚嘆の声をあげた。

おおっ、とため息まじりの声が武士たちの間から洩れた。隆家は平然として、

「驚くことはない。刀伊はこれ以上の力で矢を射るぞ。それほどの敵が襲ってくるのだ。あらかじめ調練をせぬわけにはいくまい」

と告げた。武士たちは顔を見合わせていたが、ほどなく、長老と見受けられる武士が言葉を発した。

「仰せのことはわかりましてございます。されど、その刀伊なる敵はいつ押し寄せて参るのでございましょうや」

「さて、たったいまかもしれぬが、三年先、五年先、あるいは十年先かもしれぬ」

隆家の言葉に武士たちの顔に困惑の色が広がった。

先ほどの武士が身を乗り出した。

「兵たちは、日頃は田畑を作らねばなりませぬ。さように先のことのために調練させておっては、田が荒れまする」

「農事は農事として行いながら調練を行き届かせるのが、武士たる者の心構えであろうぞ」

隆家は穏やかに武士たちを見まわした。だが、武士たちの中には目を伏せる者も多かった。すると、その中からひとりの若い武士が声を発した。

「対馬判官代長岑諸近と申しまする。おうかがいしてよろしゅうございましょうや」

隆家はうなずいた。

「何なりと問え」

「刀伊なる賊が押し寄せるとの仰せでござりまするが、まずはわが対馬に真っ先に来るのではありますまいか。われら対馬の者は、調練に加わることもできませぬ。刀伊が襲ってきた時はいかがいたせばよろしゅうございまするか」

「船を用意いたし、まず老人、女子供を逃がせ。そのほかの男は戦うのだ。それしか道はない」

隆家がきっぱりと答えると、諸近は納得した表情でうなずいた。隆家は武士たちの前に進み出た。

「外敵との戦は酷いものよ。出会うた者が戦うしかないのだ。しかも恩賞は無いものと心得よ」

隆家の意外な言葉に武士たちは動揺した。

「戦をして恩賞が無いとはどういうことであろう」

「馬鹿な。さようなことがあるはずがない」

「命がけで国を守るのではないか。恩賞も無くて戦えようか」

そんな言葉が囁き交わされた。隆家はしばらく武士たちが言い騒ぐのを黙って聞い

た後、口を開いた。

「刀伊が参った時、戦をいたす許しの伺いを京の朝廷に出す暇はあるまい。されば、われらは京の許しなく敵と戦うことになるであろう。それゆえ、朝廷は恩賞を出し渋るはずだ。京はさようなところだ」

ううむ、と武士たちのうなり声が満ち、中には隆家に憤った目を向ける者もいた。

隆家は落ち着いて話を続けた。

「京の許しを得てから戦おうとするなら、許しを待つ間にこの地は荒らされ、女子供は殺され、財物は奪われ、家は焼かれよう。それでよいと思う者は京からの許しを待て。だが、わしは待たぬ。わが前に敵が現れれば立ち向かうのみだ」

「それは、われらとて同じでござる。されど、恩賞も無しに、兵たちを死なせるわけには参りませぬ」

長老の武士がたまりかねたように言った。

「朝廷のために戦うのであればそうであろう。だが外敵が襲ってきた時、戦うのは、わが土地を、妻子や父母を守るためである。それはお前たちが最も大切にいたしておるものではないのか。それともお前たちは命を惜しんで、大切なものを守るために戦うと言わぬのか。それでも武士か」

隆家が一喝すると、中庭に控えた武士たちは静まり返った。しばらくして諸近が必

死の面持で声をあげた。

「それがしは、おのれのために戦いまする」

隆家の言うことを理解し、異国の敵を防ぐことを決意したという表情をしている。

すると、種材が気が昂ったように顔を赤くして立ち上がり、

「面白や。かつての天慶の乱以上の戦ができそうであるな。長生きはするものぞ」

と怒鳴って、呵々大笑した。武士たちにも、その興奮は伝わり、次々に、おう、おう、と応じる声を発した。

隆家は莞爾として笑った。

「刀伊が押し寄せてくるならば、わしが真っ先駆けて敵に向かおうぞ。その時は皆、わが後に続け――」

「いかにも、つかまつろう」

種材が声をあげると、武士たちはそろって立ち上がり、鬨の声を上げた。大宰府政庁に男たちの雄叫びが木霊するのだった。

四年がたった。

このころ道長はわが世の春を迎えていた。長和五年、それまで道長に抗い続けていた三条天皇が遂に東宮敦成親王に譲位した。

後一条天皇の即位とともに道長は摂政となり、そして一年余りの後、摂政の座を長男の内大臣頼通に譲って一家の権勢を確かなものにしたのだ。

権力を握った道長に逆らう者は無くなり、三条天皇の皇子で東宮だった敦明親王は突如、東宮を辞すると自ら申し出た。これを受けて道長は後一条天皇の弟であり、外孫にあたる敦良親王を東宮に立てることができた。

寛仁元年（一〇一七）十二月、太政大臣に任じられた道長は翌年にはこれを辞し、おのれの権勢を完璧なものにするための工作に取りかかった。

寛仁二年に娘の威子を入内させ、後一条天皇の中宮としたのである。

時に後一条天皇は十一歳、威子は九歳年上の二十歳で、しかも血のつながった甥と叔母という婚姻を結ぶにはふさわしくない間柄であったにも拘わらず、道長は躊躇せずに押し切った。

威子の立后によって外孫を天皇、東宮に、娘を太皇太后、皇太后、中宮とした道長は、天皇の外戚となることを目指した歴代の藤原一族の中にあって、完全無欠に権力を掌握した。

威子の立后の儀式は十月十六日に行われた。この日、土御門邸では祝宴が行われたが、大臣ら公卿の大半が出席する盛会となった。

にぎやかに盃がまわされ、宴もたけなわになったころ、道長はふと、藤原実資を招

き寄せ、

「わたしの歌に返歌を寄せてもらえまいか」

と前置きして、かつて作った「此の世をば我世とぞ思ふ――」という和歌を披露した。

（この歌を詠んだ当時は、わしの地位はまだ盤石ではなかった。だが、いまは違う。誰も脅かすことができないほど、わしは昇りつめたのだ）

昂揚した気分で、道長は会する公卿たちを見まわした。日頃、道長にへつらわない実資が気圧された様子で、

「これほどの名歌に返歌は無用でございましょう。一同で御歌を味わいとう存じます」

と言って頭を下げた。この言葉に応じて、公卿たちは声をそろえ、

――此の世をば我世とぞ思ふ望月の欠けたることもなしと思へば

と吟詠した。まさに頂点を極めた道長の権勢を称える唱和の声だった。

野望を達成し、満月のように満ち足りた道長は、翌寛仁三年三月に出家入道した。

道長が充足した思いにひたっていた四月十七日――。

朝廷で小除目が行われていた時、建春門の左衛門陣に、大宰府からの飛駅使が駆けこんできた。公卿たちが驚いて解文を読むと、そこには、

――刀伊国の賊徒五十余艘来襲し壱岐守藤原理忠を殺し人民を略奪し筑前の恰土郡

を侵した

とあった。

三月二十八日、突然五十艘の賊船が来襲し、壱岐島民三十六人が殺され、三百八十

二人が捕らえられ、家四十五軒が焼かれたという。

《刀伊入寇》が起こったのである。

このことが大宰府政庁に報じられた四月七日には、すでに賊船は博多湾に侵入し、

九州本土を脅かしたという。

公卿たちはうろたえて立ち騒いだ。賊が九州を制すれば、海路、瀬戸内海を抜けて

難波津を襲い、さらに京にまで攻め寄せるかもしれないのだ。

朝廷ではただちに要所の警護、賊の追討などを命じた。さらに、種々の祈禱を行わ

せることにしたほか、山陰、山陽、南海、北陸道も警戒するよう命を下した。飛駅

使の解文とは別に、実資のもとにも隆家から報せが届いていたからである。道長は実

資の報告を聞いて思わず息を呑んだ。

隆家が言った通り、まことに異国の敵が押し寄せたのだ、と信じられぬ思いだった。

しかも、この世はすべてわが物だ、と思えるほどに昇りつめることができたいまこの

時になって襲ってくるとは何ということなのだろうか。

（満ちた月はやはり欠けるしかないのだろうか）

青ざめた道長が震える声で、

「隆家はどうしているのや」

と訊いた。実資は畏れ入って、

——自ら軍を率い、合戦すべし

と隆家は告げてきていると答えた。

「何ということや」

道長は大きく息を吐いて嘆いた。

大宰権帥が自ら兵を率いて戦うなど聞いたこともなかった。無謀な戦をして〈遠の朝廷〉である大宰府が崩壊すれば、朝廷は西国の支配力を一気に失うのである。道長は恐る恐る訊いた。

「隆家は勝てるやろうか」

実資は首をかしげてから率直に言った。

「わかりませぬ」

道長は苦い顔になった。いまや、この国の命運は隆家にかかっていることを認めざるを得なかった。

隆家は賊の侵攻を知ると、京からの官符の到着を待たず、ただちに武士たちを招集して那珂郡に来た賊を防ぐことを命じ、自ら馬を疾駆させた。

従う者は大蔵種材、平為賢、平為忠、藤原明範、藤原助高、大蔵光弘、藤原友近などである。

五

刀伊が対馬の国府に来襲したのは、三月末日のことだ。春の日差しが暖かい日だった。

紺碧の海面に時おり白波が立ち、国府の海岸に打ち寄せていた。漁民が朝の漁から戻ったころ、沖に忽然と船団が姿を現した。これを見た漁民が叫び声をあげ、聞きつけた百姓たちが近くの丘にあがって、

「あれは何だ」

「高麗の船か」

「海賊ではないか」

と言い合ううちに、五十隻あまりの船団は次々に湾内に侵入してきた。国府のひとびとが呆然と見つめる中、船から降りてきたのは、毛皮の帽子をかぶり、長衣を着て、

腰に矢筒を吊り、弓を手にした見慣れぬ異様な姿の男たちだった。中のひとりが鋭い声を上げると、先頭に楯と鋒や太刀を持った二、三十人が立ち、その後ろに弓矢を持った七、八十人が続いた。

百人ほどが一隊をつくり、そのような隊列が十数列もできた。再び、甲高い声が響くと同時に、それぞれの隊が港から村に向かって進み始めた。野獣のように敏捷な動きだった。しかも、その人数は千を超えている。

ひとびとは驚いて逃げ惑った。その報せはすぐに国司の館に届いた。報せを聞くや否や、国司は血相を変えた。

「えらいことや。ただちに大宰府に報告いたさねばならん」

と言いたてて、船を用意するよう下役人に命じた。それを聞いて、判官代の長岑諸近があわてて駆け寄った。大鎧をつけ、兜をかぶっている。

「しばらくお待ちください。かねてから船を用意しておりましたのは、賊が襲ってきた際、まず年寄りや女子供を逃がすためでございますぞ」

諸近が声を励まして言い募る。国司は目をきょときょとさせて言い募る。

「何を言うのや。まずは急いで京に報せるのが先や。そのために、わしは何を措いても大宰府に行かねばならんのや。それが何より大事や」

かねてから諸近は刀伊来襲への備えを説いていたのだが、国司は耳を貸そうともし

なかった。それなのに、諸近が緊急のためにと用意していた船に乗って真っ先に逃げ出そうとしているのだ。

──非情な

刀伊に襲われれば、領民はどのような目にあうかわからない。だが、国司はそれを見捨てようとしていた。国司は諸近が止めるのも構わず、わずかな供回りだけを連れて船に向かった。

やむを得ず、諸近はわずかな兵を集めて刀伊が上陸した浜へと馬に乗って向かった。従う者は四、五十人だけである。館近くの村では、すでに家に火が放たれたらしく黒煙が上っている。女子供の悲鳴が遠く聞こえもする。

刀伊の襲来による惨禍が広がっていた。この時、対馬の銀鉱も刀伊によって焼かれた。対馬の銀鉱については、天武天皇三年（六七四）に銀が産出したと『日本書紀』にも記されている。

「急げ──」

怒鳴りつつ馬を走らせ、灌木の茂みを縫うように坂を駆け降りる途中で刀伊の一隊と行き合った。

とっさに諸近が馬上で自ら矢を射ると、先頭にいた刀伊はさっと楯を並べた。諸近と従者の放った矢が次々と楯に刺さる。間髪を入れず楯の脇から白刃を振りかざした

刀伊が駆け寄ってきた。

「射よ、射よ——」

　諸近は大声で従者に命じて、さらに弓を引くが、楯の後方にいる刀伊が矢を射始め凄（すさ）まじい勢いで続いて飛んでくる。これを楯で防ごうとするが、刀伊の矢は楯さえ貫いた。楯を構えながらも矢が刺さった従者たちはうめき声をあげて次々に倒れた。そこへ白刃をかかげた刀伊が雪崩を打って斬り込んでくる。

「おのれ」

　やおら諸近は弓を捨てて腰の刀を抜いて馬をあおり、立ち向かった。馬上から刀伊に向かって斬りつける。がっ、がっと金属を打ち鳴らす音が響き、火花が散った。刀伊のひとりは馬の蹄（ひづめ）にかかって倒れた。幾度となく刀伊の剣を弾き返しはするが、刀伊の群れは際限なく押し寄せてくる。そのうち諸近は鎧の草摺（くさずり）を摑まれて引きずり下ろされた。たまらず諸近は馬から落ちた。地面に転ぶと同時に、くるりと向きを変えてひとりの胴をないだ。刀伊が悲鳴をあげて倒れた。

　三人の刀伊が一度に斬りかかってくるのを見た諸近は、刀を振りまわしながら、ひとりの腕を摑んで投げ飛ばし、もうひとりの胸を刺した。

　すると、三人目の刀伊が体当たりしてきた。弾みで坂になった灌木の茂みにごろごろと転げ落ちた際、紐（ひも）が切れて兜が脱げた諸近は石で頭を打ってしばらく起き上がれ

なかった。

ようやく灌木の間を這い上がって見た光景に目を疑った。四、五十人の従者たちがことごとく血塗れになって倒れているのだ。しかも、すでに刀伊は国司館へと向かっている。

「いかん、皆が危ない」

諸近は、ざんばら髪を振り乱して走り出した。国司館には諸近の老母や妻子たちが避難している。必死に駆けて、国司館が見えるところまでたどりついた時、炎上しているのが目に入って絶望的な気持になった。

黒煙が上る国司館の門に駆け寄ると、不気味な甲高い声がわき上がり、門内からばらばらと刀伊が出てきた。斬りかかってくる刀伊と刀を交えて三人を倒した時、庭の隅に大勢の女子供や年寄りが捕らわれているのが見えた。刀伊の頭目らしい顔に刀傷のある男が出てきた。

烏烈である。

「刀を捨てろ。さもなくば捕らえた女子供を殺すぞ」

頭目は残忍な目をして言った。諸近は刀伊が自分の国の言葉を話したことに驚いた。

「貴様、言葉がわかるのか」

「昔、この国に来たことがある」

頭目はうるさげに言うと、目で配下の刀伊に合図した。配下が捕らわれた年寄りに向かって剣を振り上げた。

「待ってくれ。刀は捨てる」

諸近は無念そうにうめき声をあげ、刀を捨てて地面に跪いて怯えていたのは諸近の老母だった。

かって諸近を引き据え、大鎧を脱がせて縄で縛りあげた。

「貴様は役に立ちそうだ。船に来てもらおうか」

頭目はにやりと笑うと歩き出した。やむなく諸近は引き立てられるまま従った。見ると、村から捕らえられた男女や子供も引き連れられてくる。取り囲まれながら、刀伊に殺された者たちの死骸が横たわる浜辺へ出た。そこには十数隻の小舟が待っていた。

沖に浮かぶ大船へ小舟で連れていくつもりのようだ。

一隻の小舟の舳先に立つ刀伊の若者に目を留めた瞬間、諸近はあっと息を呑んだ。

——隆家様

若者は、目の鋭さや面差しが隆家に瓜二つだった。

（どういうことだ）

諸近は、小舟に近づいてまじまじと若者を見つめた。

若者は諸近の視線に気づいて笑った。

「貴様は、わしの顔に見覚えがあるようだな。だとすると、どうやらわが父は、さほ

ど遠くないところにおるということらしい」

「なに、いま何と言った」

　諸近が問い質そうと詰め寄った瞬間、若者は跳んで浜辺に降り立った。　腰の剣に手をかけたかと思うと、いきなり抜き放った。

　諸近を縛っていた縄が切られて砂の上に落ちた。諸近は呆然とした。

「わが父は、藤原隆家である。　瑠璃が産んだ息子烏雅が、手合わせに参ったと伝えい」

　烏雅と名のる若者は凜然と言い放った。その声が、青く澄み渡った空に吸い込まれていく。

　同じころ刀伊の船は壱岐も襲っていた。壱岐の片苗湾に侵入した船から刀伊は続々と上陸した。湾にほど近い丘の上に館を構えていた国司の壱岐守藤原理忠は、賊徒が襲来したという報せを聞くと、

「兵を集めよ」

　と役人に指示した。　駆けつけた兵百三十七人を率いた理忠は、館を出て刀伊を退けようとした。だが、丘から湾内を見下ろして息が止まりそうになった。異様な衣服を身にまとった刀伊の人数は千を超え、まさに雲霞の如き兵だった。それでも、理忠は怯まず、弓を手に矢を射た。　兵たちも続いて矢を放ち、刀伊を射すくめた後、

「駆けよ」

と理忠は兵に命じた。湾から上陸してくる刀伊の真っ只中に理忠は兵とともに突っ込んだ。しかし、刀伊の猛威は凄まじかった。兵が構えた楯は刀伊の矢に突き破られ、たちまち剣や鋒を振りかざした刀伊が理忠を襲った。

理忠は弓を射、さらに太刀を抜いて戦ったが、飢えた狼のように襲いかかる刀伊の剣は容赦なく理忠の首筋を刺し貫いた。理忠が仰向けに倒れ、これを助けようとした兵は次々に刀伊に討たれた。

刀伊は島内へと疾駆していく。その道筋には、討たれた武士や殺された島民の屍が累々と残されていった。

刀伊はさらに壱岐島分寺をも襲った。寺では、講師常覚が指揮して、住民とともに僧侶たちが刀伊に抗し、三度にわたって退けた。だが寺に押し寄せる刀伊は数百におよび、常覚は大宰府に急報するため、ひとり寺を脱出した。

常覚が大宰府に着いて事態を告げたのは、四月七日のことだった。

この時、対馬国司も船で逃れて大宰府に着いていた。常覚が去った後、寺は陥落して焼かれ、僧たちは全滅した。壱岐島では、四百人の島民が殺されるか捕らえられるかして、残った者は三十五人に過ぎなかった。

常覚と対馬国司の急報を聞いた隆家は、ただちに京へ飛駅使を出して解文を送ると

ともに博多へと向かったのである。

隆家が博多の警固所に入ったのは、四月八日だった。

警固所は、古代から外国の訪問使を接待する鴻臚館に付属して造られている。江戸

時代に福岡城が築かれたあたりだ。

緋縅の大鎧を着け、烏帽子をかぶった隆家が警固所に入ると同時に、志摩郡の文屋

忠光から、七日に刀伊が筑前怡土郡に侵入して海岸線を荒らし、志摩、早良郡で人畜

を奪ったうえ民家を焼いたとの報せが来た。このため忠光が在地武士とともに出動し、

数人討ち取ると、たまらず引き揚げたという。

刀伊を撃退したという報に隆家のまわりの武士たちは、おおっ、と歓声をあげた。

だが、隆家は冷静だった。

「せっかく、攻め寄せてきたのだ。よもや、それだけで退きはしまい。逃げ帰ったの

は奴らの物見であろう。主な賊徒はどこにおるのだ」

隆家に問われて、使者はごくりと唾を飲み込んだ。

「そ、それが奴らはわれらの前から退くと博多にて、略奪を行ったあげく、博多湾の

能古島に本陣を構えた模様でございます。いまもなお壱岐、対馬から残りの船が能古

島に参っておるようでございます」

「どれほどの人数だ」

「船は五十隻、賊徒の数は四、五千かと思われます」

兵数の多さを聞いて武士たちは目を剝いた。警固所に駆けつけた在地武士たちがそれぞれ率いる兵は多く見積もっても二、三百である。総数では刀伊に劣らないが、兵といっても日頃は田畑で働く農民なのだ。隆家が大宰府に赴任して以来、外敵に備えて鍛錬してきたが、実戦となると、どれほどの力が発揮できるか疑問だった。

「それほど多くの賊徒が押し寄せたのか」

「容易ならぬ敵じゃ」

どの顔にも緊張が走った。皆を見回して、

「賊徒がいくら多かろうとも、所詮は海賊ぞ。兵糧も無く、武器も少なかろう。島に籠れば立ち枯れするばかりじゃ。恐れるには及ばぬ」

と言う隆家の言葉に、平致光が膝を打った。

「さればこそ、賊徒どもは戦を急いで参ると存じます」

「そうじゃ。いますぐにでも押し寄せて参るであろう。それでこそ、わしも博多まで参った甲斐があるというものじゃ」

隆家は不敵な笑い声をあげた。その時、門から走り込んできた兵が、

「賊徒どもが博多の津に押し寄せ、筥崎宮を焼き討ちいたそうとしております」

と大声で告げた。

筥崎宮は延喜二十一年（九二一）、醍醐天皇が博多湾傍に壮麗な社殿を建立し、延長元年（九二三）に筑前大分宮より遷座した。博多にとっての守護神であり、応神天皇を主祭神として、神功皇后を祀っている。賊徒に侵されるわけにはいかない。隆家は、

「弓を持て」

と命じるや否や、門へ向かって駆け出した。従者があわてて弓矢を携え、馬を引いてくる。武士たちも馬を用意するよう供の者に告げた。

隆家は弓を手に馬に乗ると、ひと声、

「賊徒討つべし」

と叫んで馬に鞭を入れた。致光始め大蔵種材、平為賢、平為忠、藤原明範、藤原助高、大蔵光弘、藤原友近が隆家に続いて馬を駆った。従う者、およそ三百騎。

海岸沿いに馬を走らせるうちに、やがて焼き討ちをかけられて黒煙を上げている社殿に近い家々が見えてきた。数百の刀伊が民家を襲っている。

「射よ——」

隆家は叫ぶなり、馬上で弓をきりきりと引き絞った。馬を駆けさせつつ放った矢は、おりから松明を掲げ社殿に火を放とうとしていた刀伊の背に突き立った。それを見た

種材が、大声で、

「お見事なり」

と褒め称えながら、自らも矢を放った。隆家の手勢から放たれた矢は、次々と刀伊を倒していった。その様子を見た刀伊が鋭い叫び声を上げ、それを合図に刀伊たちがそろって矢をつがえた。

「楯を持て」

隆家が命じると、従者たちが騎馬の前に五尺の大きな楯を連ねた。厚さ三寸の鉄鋲が打たれた楯だ。刀伊の矢を防ぐため隆家がかねて作らせていた物だ。

さすがの刀伊の矢も、この楯を貫くことはできなかった。いっせいに刀伊が射た矢が楯に突き立つと、隆家は、

「進めっ」

と怒号して、楯を持った従者を先頭に馬を進め、さらに馬上から群れいる刀伊に向かって矢を射た。射すくめられた刀伊は弓を引くことを諦め、地を走って剣を振りかざし、押し寄せてきた。

隆家の手勢と刀伊は正面からぶつかり、白兵戦となった。

隆家は大胆にも刀伊の群れの中に馬を乗り入れ、太刀を振るった。

「隆家様を討たすな」

　危ぶんだ致光たちの騎馬が凄まじい勢いで刀伊を蹴散らし、隆家のまわりを固めた。そのまま刀伊を海辺へと押していく。じりじりと後退していた刀伊は浜辺へ出ると背を向けて小舟へ向かって逃げ始めた。

「ひとりも逃がすな」

　馬から飛び降りた隆家は、逃げる刀伊に追いすがり、片端から斬って捨てた。他の武士たちもそれぞれ刀伊に斬りつけ、浜辺の砂はたちまち血に染まった。やがて刀伊は小舟に乗って能古島目指して逃げ戻っていった。

　種材が隆家に駆け寄り、

「やりましたぞ。奴らは恐れて逃げ惑うておりました」

と大声で言った。

「なんの、賊徒は小手調べをしたまでのことであろうぞ。あの島からわしらの隙をうかがうつもりじゃ」

　隆家は血刀で沖に浮かぶ黒い島影を指した。

　確かに島の周囲には、おびただしい船影が見える。筥崎浜に上陸したのは、その一部に過ぎなかったのは明らかだった。

　小競り合いの後、警固所に戻った隆家が、明日からの戦闘に備えていると、門衛が、

「対馬判官代、長岑諸近殿が参られてございます」

と告げに来た。

「会おう」

隆家は、大広間に武士たちを集めるよう従者に申し付けた。皆の前に現れた諸近は、ざんばら髪で鎧もつけておらず、血に染まった姿だった。

「その姿はいかがいたした」

隆家は眉をひそめた。

「対馬にて刀伊に襲われ、捕らわれましてございます」

「斬り破って逃げて参ったと申すか」

「いえ、刀伊の若者がそれがしの縄を切り、逃がしたのでございます」

諸近の言葉を聞いて、種材が白髭を震わせて大声をあげた。

「なんじゃと。それではお主、刀伊に捕らわれた領民を見捨て、賊徒に助けられて生きのびたというのか」

諸近は苦しげに顔をゆがめた。

「いかにも、さようにございます。その罪はこれからの戦にて償いまする。ただ、刀伊の若者から権帥様への言伝を預かってございますれば、それをお伝えせねばならぬ

と思い、恥を忍んで参上いたしました」

諸近の真剣な表情に隆家はうなずいた。

「わかった。聞こう」

「されば、若者はまことに異なことを申しました。それゆえ、おひと払いの上にて言上いたしたく存じます」

刀伊の若者が隆家の子だ、と名乗ったことを武士たちに聞かれてはまずいのではないか、と諸近は思っていた。だが、隆家はゆっくりと首を横に振った。

「構わぬ、申せ。ここにいる者たちは明日、ともに命を賭けて戦うのだ。隠し事はいたさぬ」

「されど——」

諸近は困惑して、うつむいた。

隆家は笑った。

「構わぬ、と申しておるではないか。さしずめ、そなたが会った刀伊の中にわしによく似た若者がおったのであろう」

息を詰まらせて、諸近は口を開いた。

「さようでございます。刀伊の若者はこの国の言葉を話し、恐れながら隆家様をわが父であると言ったうえで、るりが産んだ子、うやが手合わせに参ったと申したのでございます」

それを聞いて致光がはっと顔色を変えた。

致光は花山院との〈闘乱〉の発端で瑠璃と名のる妖しい女と会ったことがある。あの女と隆家は子まで生す間柄であったとは、と愕然とした。だが、隆家は声を立てて笑った。

「諸近、よくぞ伝えてくれた。刀伊の中に、わが血を引く者がおるのは確かである」

そう言ったうえで隆家は武士たちを見回した。

「されど、たとえ、わが血を引く者であろうと、この国を侵し、わしの前に立ち塞がるならば、わが敵である。わしは敵に情けはかけぬ。明日の戦いで刀伊の中にわしに似た者がおったとしても、真っ先に討ち取るがよいぞ。遠慮はいらぬ」

隆家の厳しい声に、武士たちはいっせいに平伏した。

この日の深夜、隆家は眠れぬまま大広間の広縁に出て瓶子の酒を酌んだ。庭先から門前にかけて赤々と篝が焚かれ、警衛の武士たちが刀伊の夜襲に備えている。

明日、刀伊と激烈な戦いをすることになるだろうと思うと、隆家の脳裏に様々なことが蘇ってくる。

すでに父母を失い、伊周、定子という身近な同胞も失った。若かりしころの隆家に予言を与えてくれた安倍晴明は、十四年前の寛弘二年(一〇〇五)に亡くなり、〈闘乱〉を繰り返した花山院も寛弘五年に四十一歳で崩御されている。

（そう言えば、花山院が崩御されたのは、いまのわしと同じ年であられた……）

思いも寄らず感慨が湧いた。若くして退位し、その後は異様とも見える荒々しい暮らしぶりだった花山院に、ふと懐かしさを覚えた。

天皇に即位し、さらに法皇になった花山院に、不満などあるはずもないように世人には思えるが、この世にある間中、胸の内に荒涼たる風が吹き荒れていたのではないか。そのことがいまの隆家にはよくわかる。

（位が高くとも、そのことだけでひとの心は満たされるものではない）

昨今叔父（おじ）の道長が栄華を極めているが、その心中はどうであろうか。競争相手を蹴倒して、その恨みを買い、自らを脅かす者が現れはせぬかと不安に苛まれる。入内（じゅだい）した娘が産むのは男子であろうかと一喜一憂を繰り返し、およそ心が休まる日は無いだろう。それほどに心を砕いて権勢をほしいままにしようが、外敵が襲ってくれば、ひとたまりもなく国は亡（ほろ）びるかもしれないのだ。すべては失われ、ただひたすら自家の繁栄に腐心してきた醜態はさらけ出される。

（なんと虚（むな）しいことか——）

そう思いつつ盃（さかずき）を重ねるにつれ、しだいに刀伊との戦いへ向けて闘志が体に漲（みなぎ）ってくるのを感じた。

「わしがいま在（あ）るのは、すべて刀伊と戦うためであるのかもしれぬ」

隆家がつぶやくと、大広間の隅の暗がりから、

「たしかに、そうであろうな」

と男の声がした。隆家は驚かなかった。

「やはり、参ったか。乙黒——」

振り向きもせず、盃を口に運んだ。

「いかにもな」

乙黒は暗がりから這い出てくると、瓶子を取り、自らの懐から盃を取り出して酒を注いだ。

「今宵は何をしに参ったのだ」

「別れの酒を酌み交わしにきた」

「ほう、わしが刀伊との戦に敗れて死ぬとでも思うておるのか」

隆家はにこりと笑った。乙黒はゆっくりと頭を振った。

「刀伊の中には烏雅がおる。お主が負けるようであれば、わしはこの国にいたくない」

「わからぬことを言う。わしが負ければ、この国の少なくとも九州は刀伊のものになるやもしれぬではないか」

「それがつまらんのだ。わしは女真の国を建てたいが、それは海の向こうの地に建てるべきだ、とはっきり思うようになった」

「なぜ、いまさらさようなことを」

「国というものはな、おのれの先祖が生きてきた土地に建てるべきもので、他の民の領土を奪って建てても、それは国とは言えぬ。それだけに、おのれの祖先の地にある国を奪われてはならぬのだ」

「そうか。国は侵さず、侵されずか」

「それが、できるか。隆家よ——」

隆家の返答も聞かず、乙黒は言葉を言い置いたまま姿を消した。これが乙黒との別れであることは、隆家にはわかっていた。

同じ夜、能古島では烏雅が船上から暗い海を見つめていた。

能古島は博多湾に浮かぶ小島で古くは、

——残ノ島

などとも書かれた。『太宰管内志』には、

——神功皇后異国より帰給ふ時、此島に住吉ノ神霊を残し留めて異国降伏を祈給ふ、因て残ノ島と云いへり

とある。その昔、神功皇后が異国降伏を祈ったというのだが、いま、その島に異国の者の集団である刀伊が押し寄せ、さらに博多をうかがい九州全土を脅かそうとして

いた。

潮風が吹き寄せてくる。

「どうした、鳥雅。寝られぬか」

鳥烈が声をかけた。

「明日の戦いが楽しみだからな」

鳥雅は海に目を向けたまま答えた。鳥烈は舷側に近づいて吠えるように言った。

「わしも血が昂っておる。対馬で捕らえた者の話では、藤原隆家は大宰権帥としてわれらを迎え討とうとしているようだ。奴に頼勢を殺された怨みをようやく晴らせるかと思うと、嬉しゅうてならぬ」

「そうではあるまい」

鳥雅はひややかに言い放った。

「なんだと——」

鳥烈はじろりと鳥雅を睨んだ。

「鳥烈は、わしの母の心を奪った藤原隆家を妬み、憎んでいるだけなのではないか」

「馬鹿なことを」

鳥烈はかっと口を開けて嗤った。

「そうか。ならば、明日、隆家との戦いの場では、まず、わしに戦わせろ。鳥烈は手

を出すな。

仲間を殺された怨みなら、誰が晴らそうと構わぬであろう」

烏雅は皮肉な目を烏烈に向けた。烏烈は押し黙って答えようとしない。海から風が吹き寄せて、人目を引く深い傷がある烏烈の顔の鬢をそよがせた。しばらく黙った後で、烏烈は口を開いた。

「それはできぬな。藤原隆家はわしが殺さねばならぬ」

烏烈の目は禍々しい光を帯びて鋭さを増した。口辺に笑みを浮かべた烏雅は、また海に視線を戻した。

六

四月九日——

陽が赤々と昇った。

博多津に白波が打ち寄せている。早暁に、隆家は兵を率いて浜辺に出ていた。松林に分厚い楯を並べて砦のようにしていた。その後ろに騎馬が控えている。

刀伊は集団戦を得意とし、わが国の騎馬武者一騎に対し、十数人が束になって襲いかかってくることは昨日の戦闘で見て取っていた。

わが国の武者は弓射騎兵で、馬上から弓を射た後、接近戦では一騎ずつが戦う。騎

馬武者に従う家来は、あくまで薙刀などを武器に武者の戦いを助けるだけだ。それだけに同じ程度の兵力であれば集団性を得意とする刀伊に、はるかに分があった。その刀伊ため、まず楯の砦に籠り、刀伊を引きつけたうえで撃破するというのが、隆家の考えた戦術だった。しかし、昨夜、警固所大広間で開いた軍議では、武士たちから異論が続出した。

種材が顔を真っ赤にして、

「これはしたり。それがしは賊徒の一兵たりともわが国の土を踏ませたくはござらん。それゆえ、波打ち際にて食い止め、退けたく存ずる。敵が近づくのを待てば、兵の中には怯える者も出てまいりましょう」

と言上した。さらに致光も声を大きくした。

「大蔵殿の申されることももっともでござる。まずは騎馬にて蹴散らし、賊徒どもの勢いを削ぐのが肝要ではありますまいか」

他の武士たちも、

「さようじゃ」

「これは、守るべき戦ではござらん」

「一気にもみ潰しましょうぞ」

と口ぐちに言った。隆家は武士たちを見回し、

「勇み立つのはよい。だが、われらに負けは許されぬ。博多津を突破した刀伊は、九州で力を蓄え、難波津を目指すに相違なし。われらが倒れてはこの国のすべての民が脅かされるのだ」

と落ち着いた声で言った。

「されど——」

膝を乗り出して言う種材に、

「すべては、わしが下知いたす。わしに従えぬ者は、いますぐここより立ち去れ。咎めはせぬ」

隆家はぴしゃりと言い放った。

「波打ち際に馬を走らせれば、砂に馬の脚をとられ、刀伊どもに取り囲まれるだけのことぞ。奴らは鎧をつけておらぬゆえ、身動きが軽い。そなたらは、いずれもこの地にて名のある武者ではないか。刀伊は鼠賊に過ぎぬ。名のある者が鼠賊に押し囲まれて討たれてよいのか。鼠賊を相手にするにはそれなりのいたしようがあろう」

穏やかに説くと、武士たちの中にうなずく者が増えた。頃合いを見計らった隆家が、

「わしは襲ってくる者たちを迎え討ち、勝つために九州までやって来たのだ。そのことを忘れるな」

と言い切ると、武士たちはようやく納得したように、おおっ、と応じたのである。

早朝の浜辺から沖を眺めている武士たちの間に緊張が高まった。

諸近が楯越しに沖を見つめて、

「あの船のいずれかに、それがしの母や妻子が捕らわれておるのでござる」

と無念そうに言った。

「間も無く取り戻す。そのための戦ぞ」

隆家が短く答えた。

能古島から次々に押し寄せてくる刀伊の船は、海面を埋め尽くすかのように多い。

海辺に近づいた先頭の船から刀伊は続々と上陸を始めた。

鎧兜に身を固めた致光がうめき声をあげて、傍らの隆家を振り向いた。隆家は緋縅の鎧はつけているものの、兜はかぶらず、立烏帽子のままだ。

眉ひとつ動かさず、刀伊に目を遣りつつ、

「まだだ。射るでないぞ。引きつけよ」

と冷静に命じた。

波打ち際まで来た刀伊たちは、隆家の陣を指差し、何事か大声でわめいている。中には白い歯を見せて嗤う者もい

「隆家様——」

に隠れ、出ようとしないことを誇っているようだ。楯

る。

　一団の後方にいた刀伊が、前に出て弓を引いた。正面に向かってではなく、上空へ向けて矢を射た。

　矢は山なりの弧を描いて楯を越え、雨のように隆家の陣に降り注いだ。直線的に射たときのような勢いはないものの、鏃が重いだけに落下すると鋭く兵たちに突き刺さった。

　悲鳴があがり、倒れる兵が相次いだ。武者たちの鎧にも矢が突き立っている。

　武士たちはうかがうように目を向けるが、隆家は前方を睨んだままで、上空から降り注ぐ矢を太刀で斬り払うだけだった。

　矢を射尽くした刀伊は、前方の男が大声をあげるのを合図に、楯の砦に向かって、突撃を開始した。砂の上を獣の敏捷（びんしょう）さで駆け、あっという間に迫ってくる。

「射よ——」

　隆家の号令で楯の隙間から矢が射かけられた。正面から一直線に射られた矢が、次々に刀伊を倒していく。いましがたまで刀伊の矢に苦しめられていた兵たちの間から歓声があがり、弓を射る者はさらに身を乗り出して射た。

　剽悍（ひょうかん）な刀伊は激怒して矢を恐れずに突っ込んでくるが、たちまちのうちに胸や脚を射抜かれて倒れた。しかし、刀伊の恐ろしさは仲間が倒れても、その死骸を平然と踏み越えて迫ってくるところだった。中には仲間の死骸を抱えて矢を防ぎながら突き進

んでくる者もいた。　矢傷を負い、流血で赤く染まった悪鬼の形相でなおも押し寄せてくる。

空の雲がしだいに厚くなってきた。　血の臭いが満ちた浜辺に風が吹き付け、天がどんよりと薄暗くなってきた。

刀伊の先頭が楯に迫った時、隆家は、

「いざ、なで斬りにいたせ」

と叫んだ。

突風が吹いた。　砂が風に舞い上がる。

——おうっ

じりじりと命令を待っていた種材は楯を押しのけて前に出ると、刀伊を迎え討った。

刀や薙刀と鋒、剣が撃ち合う音が響いた。　諸近は怒号をあげて刀を振るい、刀伊の群れに向かって突き進んだ。

隆家も太刀を抜き放って刀伊と斬り結んだ。　かかってくる刀伊をひとり、ふたりと斬り倒しながら、浜辺へと進んだ。

もはや浜は激しい戦闘の場へと変わっていた。　種材は大薙刀を振りまわして刀伊を斬り捨てている。　その様子を見ながら、隆家は傍らの致光に顔を向けて怒鳴った。

「致光、いまぞ」

「かしこまって候」

致光は目の前の刀伊を蹴倒すと片手に持っていた弓を構え箙から矢を抜いた。鏑矢だった。矢の先端に木製の鏑が付けられている。鏑には穴が開けてあり、射られた矢は空中を長々と空気を裂く音を立てて飛ぶ。致光は海に向かって高々と鏑矢を射た。

――びょお

鏑矢の大きな音に、刀伊たちがぎょっとしていっせいに空を見上げた。

その時、松原に潜んでいた騎馬の一隊が駆け出した。伏兵として隆家が潜伏させていた騎馬隊だった。平為賢、平為忠、藤原明範、藤原助高らが馬を疾駆させていた。

刀伊は集団戦を得意とするとはいっても、ひと塊の隊ごとに戦うだけで、全体への備えはほとんどしない。

目の前の敵と戦う際、横から攻められればもろいはずだと見て、隆家はこの策を考えた。案の定、騎馬隊が横合いから攻めかかると、刀伊は防ぐこともできず、逃げ惑った。騎馬武者が何度も刀伊の群れに突っ込んで蹴散らしていく。

「いまぞ。海へ追い落とせ」

隆家が太刀を振るって指示した時、刀伊を追っていた騎馬武者がぐらりと体を傾けて、落馬した。その馬に背の高い刀伊がひらりと飛び乗った。手に弓を携えている。

空は暗雲が立ち込めてきていた。強風が浜辺に吹きつける。

刀伊は巧みに馬を操って浜を走らせ、隆家に向かって疾駆してくる。近づいた刀伊

の顔を見た刀伊隆家ははっと目を見開いた。

馬上の刀伊は白面の若者であるうえに、自らに似た顔だった。

「隆家様、それがしにおまかせあれ」

傍らにいた諸近が走り出た。隆家と烏雅を戦わせるわけにはいかない。隆家に代わ

って烏雅を斬ろうと思ったのだ。

烏雅は、諸近が駆け寄るのを見て口の端で笑い、馬腹を蹴ると同時に弓に矢をつが

えた。諸近が馬上の烏雅に斬りかかろうとした瞬間、馬は大きく跳んで矢が放たれた。

諸近はもんどり打って倒れた。鎧の草摺を貫いて矢が太腿（ふともも）に突き刺さっていた。

「おのれ——」

諸近がうめき声をあげた時には、烏雅は隆家の面前に馬を寄せていた。烏雅の乗っ

た馬は、興奮してその場をぐるぐると回り、威嚇するように前脚を掻（か）き立てる。烏雅

は気の立った馬を難無く鎮め、馬の首をなでて落ち着かせた。

「瑠璃の子、烏雅だ」

烏雅は高々と告げた。

「瑠璃が産んだというわしの子か」

鋭い目で隆家は馬上の烏雅を見据えた。

「わしには母はおるが父はおらぬ。それゆえ、子として情けをかけてもらおうとは思っておらぬ。手合わせいたし、武勇を競うことだけが望みだ」

「そのような考えで他国を侵すとは、愚か者のすることじゃ」

隆家は吐き捨てるように言った。

「なんだと──」

烏雅は目を剝いた。

「武勇とは、ひとを守り、助けるものぞ。おのれの欲のためにひとを侵す者が、武勇を口にするなどおこがましい」

隆家の声は、刀伊と武士たちが激闘を繰り広げている周囲にまで響き渡った。烏雅の顔が強張った。

「おのれ、許さぬ」

怒りを露わにした烏雅は、矢をつがえ、隆家の胸元を狙った。隆家は大きく両手を広げて声を発した。

「射てみよ。貴様の邪な矢が、わが胸に突き立つかどうか、やってみるがよい」

緋縅の鎧をつけた隆家は、横なぐりの風を受けながら仁王立ちになった。烏雅が憤怒の表情のまま弓を引き絞った時、

「待てっ」

顔に深い傷跡のある刀伊が烏雅と隆家の間に割って入った。

烏烈だった。

「邪魔立てするな」

烏雅が叫ぶと、烏烈は背を向けたまま首を横に振った。

「そうはいかぬ。わしは隆家を殺さねばならぬと昨夜言ったはずだ。頭はわしなのだ。

わしの言うことを聞け」

烏烈が言い含めるも、烏雅は矢を下ろさない。だが、すぐに射ようともしなかった。

「斬るのを妨げはせぬが、わしも退かぬ」

目を光らせて烏雅は言い募った。隆家はそんな烏雅を面白げに見遣りながら、

「烏烈か、ひさしいな」

と軽やかに声をかけた。烏烈は抜き身の剣を手にしてゆっくりと隆家に近づき、

「随分と長い間、この日を待った」

「そのことは乙黒から聞いている」

乙黒の名を聞くと、烏烈は唾を吐き捨てた。

「乙黒法師は昔こそわれらの長であったが、その後、別々の道を歩んでおる。いまは

その名も聞きたくない」

「そうか。仲違いいたしたか。されど、昨夜、乙黒はわしのもとに参った。いまもわしらの戦いをどこかで見ておろう」

隆家が言い終わらぬうちに、烏烈は風に乗ったかと見えるほど高く宙に跳んだ。砂塵が舞う中を、真っ向から剣を振りおろして斬りつけてきた。

隆家は太刀で受けながら、素早く身を翻して烏烈の剣を避けた。

隆家に向かって烏雅がすかさず矢を射た。隆家は太刀で矢を斬り払う。さらに烏雅が立て続けに三本の矢を放ったが、矢はことごとく太刀で斬り落とされた。あでやかに舞うような隆家の剣技だった。烏雅が思わず見惚れていると、烏烈が苛立たしげに怒鳴った。

「烏雅、邪魔するな。わしの獲物ぞ」

死ねっ、と叫びながら、烏烈は凄まじい勢いで隆家に斬りつける。隆家が波打ち際に押され、足が波につかると、

「もはや、後はないな」

嬉しげに烏烈はわめいた。風がうなりを上げ荒波が押し寄せる。黒々とした雲が空を覆ってきた。

「後がないのはお前たちであろう」

隆家が高らかに告げた時、風がうなる音に鏑矢の音が重なって聞こえた。

風が吹き荒び、びょお、びょお、びょおという数十本の鏑矢の音が混じって、一層不気味さが漂う。刀伊たちは不安げに空を見上げ、その目を海上に転じて、皆同時に息を呑んだ。

博多津の海岸に近づいていた刀伊の船を目指して、浜辺から小舟が十数隻、向かっていくのだ。しかも小舟に乗った武士たちは、それぞれ松明を手にしている。赤く燃える松明の火が連なり、刀伊の船に襲いかかろうとしていた。

「貴様、われらの船を焼くつもりか」

烏烈が凄まじい形相で睨みつけるのを、隆家は笑って返した。

「お主らが、対馬、壱岐で散々にやってきたことではないか。いまさらうろたえることはあるまい」

「あの船には、捕虜といたしたこの国の者たちも乗っているのだぞ。それでも船を焼くのか」

「いや、領民は海に飛び込めば舟にて助けるつもりだ。そのため近在の漁師の舟をかきあつめたのだ」

隆家のひややかな言葉に、烏雅が大声で呼びかけた。

「烏烈、ここは退くのだ。船を焼かれては、どうにもならぬぞ」

烏雅は返事も待たずに馬から飛び降りると、鋭い声をあげて刀伊たちに退くことを

命じた。刀伊はその命令を待ちかねていたかのように、われ先にと海に入り、小舟に乗って沖の船に向かった。松明を掲げた武士たちはそんな刀伊を嘲るように追い立てていく。

「隆家、助かったと思うな。あらためてまた攻め寄せるぞ」

鳥烈も背を向けて海へと走った。それを見て、致光が追いかけようとしたが、隆家は制した。

「待て。奴らはまた押し寄せてくる。その都度、退けて、力を削ぐのだ。一度に討って取ろうと思うな」

「されど、このまま勢いに乗って賊徒の船を焼き払えば、刀伊はひとたまりもありますまい」

致光は猛り立った。

「あれは、奴らを退かせるための脅しだ。いま船を焼けば、あの男が申した通り、捕らわれた者たちの命が危うい」

傷ついた足を引きずりながら傍らに来た諸近が、目に涙を浮かべてうなずいた。

「さようでございます。われらは何としても捕らわれた者たちを救わねばなりません」

「そうだ。そのために、わしは戦っておるのだ。そのことが、あの烏雅と申す若者にはわかるまいがな」

隆家は翳りを帯びた声でつぶやいた。秋霜の厳しさを持つ覚悟が伝わってくる言葉を耳にして、致光と諸近ははっとした。実の子であろうと、隆家は領民たちを救うため烏雅を斬るだろう。

風がさらに強まり、ぽつりぽつりと雨が降り出してきた。ほどなく雨脚はさらに強くなり、小舟の武士たちが持つ松明の火を消していく。

強風のため、海が荒れたことから刀伊は船に引き揚げた。さらに十、十一日と風が激しく吹き、戦いは中断した。

十一日の夜、隆家は警固所で軍議を開いた。

「刀伊はまた襲ってくるであろう。その際には討ち退けるだけではなく、沖の船まで追いかけ、捕らわれし者たちを救いださねばならぬ」

隆家が言うと、武士たちはうなずいて口をそろえた。

「いかにも、さように仕ろう」

「捕らわれた者をひとり残らず助け出しましょうぞ」

種材が身を乗り出した。

「刀伊の船を討つなら、松浦の豪族に兵船の用意があるはずでございます。ただちに呼び寄せますぞ」

心当たりがある様子で種材は言った。

「そういたせ。しかし、この風だ。すぐには博多津まで入れまいが」

「なんの、近くの入江まで来れば、刀伊との戦いが始まりしだい、すぐに馳せ参じることができ申す」

種材は頼もしげに言い切った。隆家は笑って、

「それは頼もしや。されど、刀伊はこれより、どこに上陸を図ろうとするかわからぬ。海岸沿いを油断なく見張らねばならぬぞ」

と念押しした。すると致光が膝を進めて口を挟んだ。

「さればでございます。兵船が到着する前に、風の合間を縫い、今宵にも小舟にて賊徒の船に夜襲を仕掛けてはいかがでありましょうか」

「この風でさようなことができるものなのか」

隆家が眉をひそめると、諸近が声をあげた。

「できまする。われらの者は小舟での戦は心得てございます。ぜひ、お命じくださりませ」

諸近は何としても捕らわれた者たちを救いたいのだ。そうか、とうなずいた隆家はふと考え込んだ。

「いかがされましたか」

致光がうかがうように訊(き)くと、隆家は目を光らせて答えた。

「いや、われらと同じことを、刀伊も考えるやもしれぬと思うたのだ」

一同が顔を見合わせた時、門衛が血相を変えて駆けこんできた。

「大変でございます。賊徒が夜陰に乗じ、筥崎浜に上陸いたし、博多の家々に火を放ってございます」

「なに、この風の中を押し渡って参ったか」

隆家がうめくと、武士たちは総立ちになった。種材が大声を出した。

「よし、賊徒が来たのであれば、これを追い払い、さらに沖の船を焼き討ちにいたしましょうぞ」

だが、門衛は声をうわずらせて告げた。

「博多の町を焼いた賊徒は、奪った馬に乗り、こちらに向かっておるそうでございます」

刀伊が荒れる海を越えて渡ってきたのは、馬を奪うためだったのだ。隆家はからからと笑った。

「刀伊め、なかなかやるものじゃ」

「されど、奴らに馬を奪われては」

と致光が歯ぎしりした。

「もともと刀伊の者どもは、騎馬での戦を得意としておるそうじゃ。馬にて攻めてくれば、手強いやもしれぬ。だが、この強風の中で押し渡ってしまったのだ。やすやすとは船に戻れぬであろう。朝までしのげば、残らず討ち取ることができるぞ」

隆家はむしろ楽しげに言うと、警固所のまわりを兵で固めるよう指示した。夜の闇を疾駆する刀伊が襲ってくるのは間もなくのはずである。

夜空に風が巻いていた。

警固所の周囲を守る兵たちは吹き付けてくる風に刀や弓を構えて押し黙っていた。

篝の炎は風にあおられて高くなり、火の粉を金粉のように飛ばしている。ごうごう、と風の音が鳴り渡る中で馬蹄の響きを聞き分けた兵がいた。

「来るぞ——」

兵のひとりが叫んだ。見ると闇の中に赤い火がちらちらと揺れている。数十の赤い火が列となって連なっている。松明の炎のようだ。馬上の刀伊はそれぞれ松明をかかげているらしい。一匹の大きな赤い獣が襲ってくるように焔は迫ってくる。警固所の高楼に立った隆家は、闇の中を近づく松明の群れを眺めて、

「賊徒ながら、見事なものだな」

とつぶやいた。傍らの致光がうめくように言った。

「わが国の馬を奪って攻め寄せるとは、憎い奴らでございます」

「さればこそ、残らず討ち取り、目に物見せてやろうぞ」

隆家の言葉に力強くうなずいて、致光は高楼を下りていった。門前に出て刀伊を迎え討つつもりなのだ。

なおも高楼から迫ってくる刀伊の騎馬隊を眺めているうち、隆家の胸に不思議な昂揚が湧いてきた。

（ようやくわしが戦うべき相手と相見える時が来たのだ）

隆家は生まれて初めて、武者震いを覚えた。京で叔父の道長と争っていた時の虚しさはいまは無い。

伊周や定子の顔が思い浮かんだ。京にいたころは、中関白家のために戦わねばならないと思っていた。だが、いまは違う。国を守るために倒さなければならない敵が目の前に来ているのだ。

京でのことが遠く思え、いまの自分こそがまことの姿なのだ、と感じられた。

不意に瑠璃の面影が浮かんだ。妖しい美しさをまとって隆家の心を騒がせる女だった。瑠璃とのふれ合いが、自分にこの戦いへの道を開いてくれたようにも思える。だとすると、隆家にとって、瑠璃は得難い運命の女であったと言えるかもしれない。

（しかし、その瑠璃が産んだ子をわしは討つことになる）

隆家の胸に苦いものがあった。

博多津の浜で、初めて顔を見た鳥雅は俊傑の風貌があったが、取り巻く境遇の中に

あって、おのれの武を発揮する道を知らぬように思える。

たとえ、わが子であろうが、凶徒として生きている限り、討つのをためらうべきで

はない、と隆家は覚悟していた。だが、鳥雅を討てば、

（瑠璃が悲しむであろうな）

そんな思いが隆家の胸中に秘められていた。

突風が吹いた。馬蹄の音が禍々しさを孕んで大きく響いてくる。警固所の門に向か

って、刀伊の騎馬が殺到してきた。

　　　　七

古代、博多の警固所には防人が配置されていた。天長三年（八二六）になって富裕

層の子弟から兵を募って警備するようになった。

貞観十一年（八六九）には、博多湾に侵入した新羅の海賊を撃退するなどの働きが

あった。警固所の費用を賄うため、〈警固田〉と呼ばれる田地が筑前国に置かれた。

警固所はもっぱら鴻臚館の警護にあたっており、建物も軍事的な防衛力は無かった。その警固所の前で三百の兵が楯を連ね、刀伊の騎馬を待ち構えている。間無しに刀伊の一団が蹄の音高く警固所門前に迫ってきた。押し寄せるや否や、次々と松明を投げつけてくる。火の粉が飛び散って闇が明るんだ。

致光は刀を振るってこれを払いながら指図した。

「刀伊を射落とせ」

兵たちが弓を引き絞った時には、刀伊の放った矢が次から次へと兵たちに突き刺さった。刀伊は馬を巧みに操って馬上から姿勢を崩すことなく弓を射た。

ごおっと凄まじい風音とともに突風が吹き寄せてきた。だが、刀伊の射る矢は狙いを過(あやま)たずに飛んでくる。

致光が命じて射られた矢は風に流された。

刀伊の矢は一尺ほどの長さで、致光らが使っている矢に比べて短い。それだけに風の影響を受けず、空中を縫うようにまっすぐ飛んだ。兵たちはたまらず楯に身を隠した。

それを見た種材が、

「何を臆することやある」

と怒鳴り、楯の前に出てきりりと弓を引き絞った。しかし、殺到した騎馬を狙おうとする間に刀伊の放った矢が鎧(よろい)に突き立った。種材は衝撃でどっと転倒した。

　　──大蔵様

　兵が駆け寄って助け起こす。矢は大袖と胸板に突き立っていたが、怪我はしていない様子ですぐさま立ち上がった種材は刺さった矢を引き抜き、

「おのれ──」

　顔を真っ赤にすると、薙刀を手に刀伊に追いすがって斬りかかった。刀伊の姿が一瞬、馬上から消えた。

　転落したかに見えたが、体を横倒しにして薙刀を避けただけだった。くるりと身を翻すように馬上に起き直ると種材を振り向きもせずに馬を疾駆させた。

　刀伊の騎馬は嘲るように松明を振りかざし、警固所の門前を凄まじい地響きを立てて通り過ぎていく。馬が嘶いたかと思うと馬首を返した。草地で方向を変え、再び警固所を襲うつもりなのだ。

　刀伊は弓を構え、馬腹を蹴った。馬が門に向かって駆け始める。風がまた強まった。

「来るか」

　薙刀を構えた種材を致光が抑えた。

「大蔵殿、退かれい」

　集団で騎馬を走らせてくる刀伊の前に立ちはだかっても、蹄にかけられるだけだ。

「何を言う。賊徒を前に退くことなどできぬわ」

種材はわめいたが、次の瞬間、目を瞠（みは）った。

刀伊が馬上からいっせいに火矢を射かけてきた。赤々と燃え上がる火矢が次々に飛び、警固所の門や屋根に突き立った。門前で構えていた兵たちの衣に火矢が突き刺さり、着衣が燃え上がる。兵たちは悲鳴をあげ逃げ惑った。

「火を消せ——」

高楼の上から隆家が怒鳴った時には、門の朱塗りの太い柱や屋根に炎が走った。ど——ん、ど——ん、と何かをぶつける音が響いた。刀伊の騎馬は門前の兵を蹴散らし、さらに門を馬の後ろ脚で蹴らせている。

「推参なり」

叫んで斬りかかろうとした致光に、矢が降り注いだ。たまらず楯に身を隠す間に、門が押し開けられた。五、六頭の騎馬が警固所内に走り込んだ。馬は鼻息も荒く地面を蹄で搔（か）き立てる。

先頭の騎馬に乗っているのは烏雅だった。

「邪魔だ。退け——」

烏雅は怒鳴りながら、馬を縦横に走らせた。警固所の門内は広い敷地になっている。そこに兵がひしめき合っていたが、雪崩れ込んできた騎馬に蹴散らされて隅に追いやられた。

　乗りした。あたりを眺めまわし、誰かを捜しているようだ。

　高楼から急ぎ下りてきた隆家が前に歩み出た。

「ここを焼き払えば逃れられよう」

　手綱を巧みにさばきながら烏雅は白い歯を見せて笑った。

「わずか六騎でこの警固所に乱入するとは、驚いたものだな。　生きては帰れぬぞ」

　烏雅は、楽しげに目を輝かせて言った。

　警固所の門前では、なおも刀伊の騎馬が疾駆し火矢を射かけている。　警固所の本殿の屋根にも火矢が突き立った。　風にあおられた炎が闇を照らす。

　隆家は落ち着いた声で訊いた。

「わしとの勝負が望みなのか」

「いかにも、そうだが、その前に訊きたいことがある」

　烏雅は真剣な表情で隆家をじっと見つめた。

「なにを訊きたいというのだ」

　隆家は訝しげに烏雅の顔を見返した。

「なぜ、わが母を捨てた」

　馬上の刀伊に矢を射かけようとすれば、逸れた矢が味方に当たってしまう。

　兵が息を呑んで見守る中、烏雅は篝火に赤く照らされながら大胆にも馬を悠然と輪

烏雅の声が闇に響いた。そうだったのか、烏雅はこのことを質したくてやってきたのか、と隆家は胸を突かれた。

烏雅は、瑠璃から父親のことを聞くたびにはるかな国にいる隆家に思いを馳せ、母への情があったのかどうかを父に問いたいと思い続けてきたのだろう。

「捨てた覚えはない。瑠璃はわしに黙ってこの国から去った。そなたを身籠ったことすらわしに教えずにな」

「それは、わが母がお前を憎んだためなのか」

その声には切実な思いが籠められているように感じられた。もし瑠璃が隆家を憎んだのだとすれば、何としてでも討ち果たしたいと思っているのではないか。それゆえに烏雅は幼いころから武芸を鍛えてきたのかもしれない。

「そうは思わぬ。わしは瑠璃を心底愛おしんだ。瑠璃もまた同じであったろう。だが、われらは生まれた国が違う。ともに生きることはできぬ、と瑠璃は思ったのではないだろうか」

「まことか──」

烏雅の目が光った。隆家を厳しい表情で見つめる。どんな些細な嘘も許さない目だ。真実を見抜きたいという思いが視線にあふれていた。

「その証があなただ。敵の真っ只中に数騎で乗り込んでくる、その気性はまさにわしとそっくりだ。瑠璃がわしを愛おしんだがゆえに、そなたはわしに似たのだ」

天を仰いで、烏雅はからりと笑った。目の端に涙が光っている。

隆家の言葉が烏雅の胸に届いたのだろうか。あるいは隆家から自分に似ていると言われたことに喜びを感じたのか。

「訊きたかったのは、そのことだけだ。ここは、勝負するにはひとが多すぎる。それに貴様と最初に勝負することは烏烈に譲ったゆえな」

言うなり、烏雅は馬首を返した。ほかの五騎も後に続いて門を目指す。すでに門の屋根は風にあおられて炎に包まれていた。

「逃がすな。射よ——」

隆家が非情に命じると兵たちが弓を構えた。烏雅はその声を聞いて、にやりと笑った。烏雅に続く刀伊たちが、振り向きざまに矢を放った。その矢は狙い過たず弓を構えた兵たちの喉元に突き刺さった。

烏雅は燃え上がっている門に突っ込んでいった。それとともに門の炎が一層高くなり、ごおっという凄まじい音を立てて崩れ落ちた。あたりに燃える木片が降りかかり、真昼のような明るさになった。

「奴め——」

隆家はうなった。烏雅の目的は警固所を焼くことにあったようだ。　刀伊の騎馬はた
ちまち闇に消えていった。

「逃がすな、追え」

ただちに刀伊の後を追うように警固所から騎馬武者の一団が走り出た。　致光が隆家
の傍に駆け寄った。

「藤原友近殿が刀伊を追っております。　われらも追いまするか」

「友近にまかせよ。この闇だ、地理を知らぬ者が追えば思わぬ不覚を取らぬとも限ら
ぬぞ」

「されど、博多の町を荒らされたままでは、われらの面目が立ちませぬ」

致光が歯嚙みして訴えると、隆家は笑った。

「なに、明日の朝には、奴らはまた総攻めをかけてくるつもりであろうよ。だからこ
それらを眠らせぬ魂胆で夜中に警固所を襲ってきたのだ」

「しからば、いかがされまするか」

いつの間にか種材が致光の後ろに控えて指示を仰いだ。　平為賢や平為忠、藤原明範、
藤原助高、大蔵光弘も隆家の傍に駆け寄ってきた。

「刀伊が博多を焼いたのは、おそらくわれらを東に引きつけるためだ。次に上陸を図
るのは西だ」

種材が思い当たったように口を挟んだ。

「さようだとすると上陸いたすのは早良郡から志摩郡船越津にかけてのあたりかもしれませんな」

「そうだ。夜が明けぬうちに、それらの浜へ精兵を潜ませておくがよい。われらは刀伊が動き次第、駆けつけよう」

「さように仕りまする」

致光が応じて、地元の武士たちに下知するため脇門から走り出た。

隆家は夜空を見上げた。

「刀伊から馬を奪われぬうちに倒してしまわねば、うるさいことになるぞ」

星の輝きを失わせるかのように警固所が燃え上がる炎はあたりを明々と照らしていた。

刀伊は博多の方角へと駆け去った。

追尾した藤原友近の報告によると、刀伊は筥崎浜から小舟で、夜の闇を衝いて能古島へ向かったという。

「波はまだ荒うございます。無事に能古島へたどりつけたかどうかわかりませぬ。波に呑まれる者も多かったのではないかと思われます」

隆家の前に片膝ついた友近が告げると、横合いから種材が大声で言った。

「さもあろう。この強風じゃ。生きのびた者のほうが少なかろう。馬鹿なことをしたものよ」

隆家は頭を振った。刀伊がそれほど愚かな相手だとは思えない。

「いや、あの者らは異国から荒海を越えてきたのだ。これしきの風で海が荒れたとて、さほどのことはあるまい」

「さようにございます。奴らはまことに剽悍（ひょうかん）そのものにて、荒海など恐れぬものと思われます」

長岑諸近（ながみねのもろちか）が同意して言葉を続けた。

「それがしは、今宵（こよい）、わが方が夜討を仕掛ける前に、刀伊に攻め込まれたことが無念でなりませぬ」

隆家はうなずいた。

「嘆くでない。戦は明日もあるのだぞ」

「心得ておりまする。されど、昨日の戦いにてさらわれた者たちの声が風に乗って聞こえてくるのを耳にいたし、口惜（くや）しゅうてならぬのでござる」

諸近は話しながら堪（こら）え切れず涙を流した。それを見たまわりの武士たちは顔を曇らせた。壱岐（いき）、対馬（つしま）で刀伊にさらわれた者が数多くいることは皆知っている。

「さらわれし者たちは何と申したぞ」

隆家が訊くと、諸近は絞り出すような声で言った。

「馬を馳せかけて射よ、臆病死にたりと」

馬で船を射よ、このまま捕らわれて臆病者でいるくらいなら死んだ方がよい、とい

う悲痛な叫びだった。

諸近の話に誰もが押し黙った。刀伊にさらわれた者たちの苦しさが思いやられた。

この戦で救い出すことができなければ、遠く異国にまで連れ去られてしまう。

隆家はゆっくりと諸近に近づき、肩に手を置いた。

「その言葉、決して忘れぬぞ。明日の戦で必ずや刀伊を討ち払い、捕らわれし者たち

を救い出そうぞ」

武士たちの間から、おうおう、と声が上がった。

早暁まで兵たちは警固所の消火と各地の見張りに追われた。

その間、隆家は焼け残った本殿で鎧を着たまま柱に背をもたせかけてまどろんだ。

うとうとしつつ夢を見た。

――あの日の夢だ

夢だとわかっているのに、不思議なほど、いつのことであるかはっきりしていた。

護摩が焚かれ、高僧たちによる厳かな読経が聞こえる。すべての経典をまとめた一切経の供養が行われていた。

隆家の祖父である藤原兼家の邸は法興院という寺になった。この寺に隆家の父道隆は積善寺という堂を建立した。一切経の供養はこの堂で行われたのだ。

正暦四年（九九三）二月のことだった。

隆家はまだ十六歳で、道隆が存命だったころだ。清少納言が定子のもとに出仕した年でもある。

一切経の供養はよほどの財力がなければできないと言われ、道隆の全盛期だからこそできたともっぱらの評判だった。この供養には女院の詮子始め、宮中の主だった公卿たちはすべて参列し、その華やかさは見事というほかなかった。

これに先だって、道隆は中宮御所の定子のもとに挨拶に行った。その際、道隆は居並んだ女房たちを前に、

「宮（定子）は何の御不満もないことでしょうね。このように美しいひとたちに傅かれて、ひとりとして見劣りするひとがないとは、本当にたいしたものですよ。よくよく目をかけて、仕えてもらうことですね」

と機嫌よく口にして、さらに猿楽言（冗談）を言った。

「それにしても、皆さん方。この宮様をどのような御心の方だと思ってお仕えになっ

ているのでしょうかね。知らなかったでしょうが、実は大変に物惜しみされる方なの
ですよ。わたしなどは宮様がお生まれになってから懸命に御奉公申し上げております
のに、まだお下がりの着物ひとついただいたことがないのですからね」

権勢並ぶ者のない道隆が、娘の定子からお下がりの着物一枚もらったことがない、
と笑いを誘うように言ってみせる。

女房たちが笑いを堪えるのに懸命になるのを見て、道隆は重ねて、

「いやいや、これは陰口をたたいているのではありません。ほれ、このように宮様の
前でははっきり申し上げているのですからね」

と戯れると、さすがに女房たちも堪え切れず笑い出した。道隆はおおらかで明るい
性格であり、周囲にはいつも笑いが絶えなかった。

供養には女院詮子や隆家の母貴子に大納言伊周きらびやかな藤原一族が参列し
た。

やがて一切経の供養が始まったが、定子はまだ姿を見せていなかった。ゆっくりと
現れた定子は待ちわびたひとびとに、

「随分、待たれたことでしょうね。以前、女院のお供をした時の下襲と同じではつま
らないからと、大夫が新しい下襲を縫わせていたものですから遅くなったのです。大
夫は本当にしゃれ好みですこと」

と言って、おかしそうに艶やかな笑みを浮かべた。下襲は貴族が礼服である束帯姿の時、下に着た衣で、背後に長く曳く衣装である。この時の中宮大夫は道長だった。いまでは権勢をほしいままにしている道長だが、このころまでは定子に傅き、供をしていたのである。定子は額髪を上げるために釵子（簪）をさしていたが、髪の分け目が少し片寄り、それが却って匂やかな風情をかもし出していた。

道隆も下襲の裾を長く曳いて堂々たる姿だった。道隆が堂から外へ出ようとすると、大納言の伊周が沓を取った。子であるとはいえ、大納言に沓を取らせるほどの権勢を持った者はかつてなかった。

中宮大夫の道長までもが歩み出した道隆の威を畏れるかのように地面に跪いた。後に、

——此の世をば我世とぞ思ふ

とまで高言する道長が、当時は地に膝をついたのである。まさに道隆の栄華が極まった日だった。

供養の翌日には雨が降った。すると、道隆は定子に、

——これになむ、おのが宿世は見えはべりぬる

と得意満面に言った。

大事な儀式の日に雨が降らなかった自分の運の良さを自慢するとともに、これから

も一家が繁栄していくことを確信した言葉だった。しかし、その後、中関白家にめぐ
ってきた運命は、道隆が予想していたものとは違っていた。

(あの日から二年余りで父上は亡くなられた)

夢の中で隆家は思いを致した。道隆が病の床にあったころ、隆家は夜中に邸の大屋
根に登って、

「どこかに、強い敵はおらんものかな」

と不穏なことをつぶやいていた。傍らには知り合ってほどない乙黒がいて、ふたり
で闇に覆われた京の街を行く〈百鬼夜行〉の行列を見かけた。

牛車の供をして花山院のもとに向かっていたのは、瑠璃や烏烈ら渤海国の末裔で、
鬼となってこの国にひそかに入り込んでいた者たちだった。

あの者たちに出会って間もなく道隆は亡くなり、中関白家の苦境が始まった。花山
院との争いに拍車がかけられ、そのことによって生じた〈闘乱〉が刀伊との戦いへと
つながっていった。

浅いまどろみの中で過ぎ去った時を振り返りつつ、隆家は夢から覚めた。庭に目を
向けると、沈みかけた月が警固所の庭を白々と照らしている。

強風に荒らされ火の粉が降りかかった庭は、ところどころ焼かれて黒く焦げた木も
多く、物寂しく、荒涼としていた。

だが、隆家はこの寂滅とした風情になぜか心惹かれた。

（清少納言は月影のことを書いていたな）

定子に仕えた清少納言は、『枕草子』で、

――荒れたる家の、蓬深く、葎はひたる庭に、月の隈なく明く、澄みのぼりて見ゆる

昇っている光景を趣があると記し、さらに、

荒れ果て、蓬が生い茂り、葎がはびこった庭に月の光が隈なく明るく差して、澄み

より、月影ばかりは白々と映りて見えたるなどよ。

――わざとつくろひたるよりも、うち捨てて水草がちに荒れ青みたる絶え間絶え間

すべて、月影は、いかなるところにても、あはれなり。

わざと手入れした庭よりも、荒れ放題にして水草で青くなっている池に白々

と、映る月の光が美しい。どこにあっても月光は心に沁みるものだ、という。

それは斜陽の中にある中関白家のひとびとに通底する美しさであったかもしれない。

隆家は中関白家の栄華の日々を思い起こし、しみじみと清少納言が称えた月光に目を

遣った。胸に去来するのは、

（武士たちは所領を守るために戦うが、わしは、美しきものを守るために戦うのだ）

という思いだった。

朝廷は、この世で美しいと思われるものがすべて集まるところだ。権力の座をめぐっての争いは醜いが、誰もが美しきものを求めてやまない心を持っているからこそ、争いは繰り返される。

隆家が争った花山院も、女人だけでなく詩歌や絵画、装飾、衣装などすべての美を満喫したいという思いに取りつかれた法皇だった。何かに憑かれたかのような振舞いだったが、美を見極める目は確かだった。

そして、天皇の寵愛をめぐる定子や彰子の諍いは、『枕草子』や『源氏物語』を生みだしもした。清少納言は没落していく中関白家の美を称え、紫式部は栄華を誇る道長のまわりで悲哀に沈む女たちを愛おしんだ。

勝者がすべてではない。敗者の悲しみやせつなさの中にこそ美しさは発露される。勝者の凱歌ではなく敗者の悲歌に心動かされることこそが雅なのではないか。

隆家にはそう思えてならなかった。この国には敗者を美しく称える雅の心がある。

だからこそ、この国を守りたいと思う。この国が亡びれば雅もまた亡びる。

かつて安倍晴明が、強い敵との戦いを望む隆家に、

「あなた様が勝たねば、この国は亡びます」
と告げたことがある。晴明が亡ぼさせてはならぬと言ったのも、この国の雅を指し
ての言葉であったかもしれない。

隆家はおもむろに立ち上がって庭に下りた。

焼け焦げた木々の間に立つと、父道隆、母貴子、兄伊周の声が聞こえる気がした。
ふと悲運のうちに亡くなった中宮定子も天から見守ってくれているのを感じて、隆家
は腰に吊るした黄金造りの太刀をすらりと抜いた。

刃が淡い月の光に白く輝く。太刀を天に突き上げた。いまこそ自分が何のために戦
わねばならないのかがはっきりとわかった。

空を見上げると、雲が風に吹き払われ、満天の星が瞬いている。

「神々も御照覧あれ、われこの国の雅を守るために戦わん」

隆家の凛々（りんりん）たる声が夜空に吸い込まれていった。

八

翌日、風は静まり、空の青さが透き通るような晴天となった。

警固所本殿にいた隆家のもとに種材が駆けつけた。

「お喜びくだされ。肥前松浦の者どもが船にて馳せ参じましたぞ」

隆家が博多津の浜に出てみると、旗を掲げた軍船が次々と博多湾に入ってくるのが見えた。やがて軍船から数人の武士が小舟に乗り移ると、浜に上がってきた。先頭に立った男は潮焼けし、小柄だが引き締まった体つきをしている。

男は隆家の前に片膝をつき、

「前肥前介　源　知、参上仕りました」

と言上した。

松浦の武士団を率いる松浦氏は、嵯峨天皇の皇子源融の子孫である摂津の渡辺綱の一族だという。渡辺党が瀬戸内の水軍を掌握しているのと同様、松浦党もまた船軍に長けている。

「船は何隻あるぞ」

隆家が訊くと、知は落ち着いて答えた。

「三十八隻にござります」

隆家はわざと首をかしげ、試すように訊いた。

「刀伊の船はおよそ五十隻。長さ八尋から十二尋と大きく、三、四十の櫂で進み、その速さは恐るべきものがあるという。しかも高麗を荒らし、外海を押し渡ってきただけに船軍にも慣れていると見なければならぬ。容易ならぬ敵ぞ」

「おまかせくださりませ。われらも船軍は得手でござりますれば」

知はわずかに微笑を浮かべた。

「頼もしき者どもじゃ。これで刀伊を追い払えるぞ」

隆家が言った時、浜に使者が騎馬で駆けこんできた。武士が馬上から飛び降り、隆家のもとに駆け寄って跪いた。

「申し上げます。朝方に賊徒が上陸して参りました。ただちに応戦いたし、賊徒四十人を討ち取り、退けてございます」

使者の報せに武士たちはどよめいた。

船越津には怡土郡、志摩郡の土豪が備えていた。さらに隆家の指示により精兵も加勢していた。

刀伊は早暁に上陸したが、土豪らはあらかじめ浜に陣を敷いており、刀伊に向かってまず矢を射かけ、怯むところを斬り込んだという。土豪たちは刀伊が集団戦を得意とする恐るべき相手であることを知っていた。

このため、ひとりひとりが名のりを上げるような戦い方はしなかった。

刀伊はとっさに楯で防ごうとしたが、これを許さず大長刀ではねのけた。さらに襲いかかろうとする刀伊に郎党とともに斬りつけ、組み伏せて止めを刺した。

刀伊はとっさに楯で防ごうとしたが、これを許さず大長刀ではねのけた。さらに襲いかかろうとする刀伊に郎党とともに斬りつけ、組み伏せて止めを刺した。

早朝の浜はたちまち戦場となり、波打ち際は血に染まった。

やがて土豪たちに押しまくられた刀伊は、甲高い声で叫び声をあげると同時に船に向かって逃げ出した。

話を聞いた武士たちが、

「やりおったな、志摩の者ども――」

「見事な勝ち振りじゃ」

と言い騒ぐのを隆家が制した。

「待て、逃げ去った刀伊はその後、いかがいたした」

「沖へと去りましたが、その後の行方はわかりませぬ」

そうか、と言って隆家はしばしの間、考え込んだ。

「勝ったとばかり喜んではおられぬ。船越津にまで押し寄せながら退いたところを見ると、おそらく刀伊の本軍ではあるまい。本軍はわれらが援軍のため西に走り、手薄になった博多津を襲うつもりであったのだろう」

「では、刀伊はまだ能古島に留まっていると仰せでござるか」

致光は海へ目を遣った。晴れ渡った空の下、能古島は遠望できる。いまなお刀伊はあの島を占拠しているのだろうか。

「よし、幸い、わが方の軍船も着いたことゆえ、これより能古島の刀伊を攻め立て、

「決着をつけよう」

隆家の言葉に武士たちは息を呑んだ。松浦党の軍船が来たとはいえ、数では刀伊が勝ると居合わせた者は皆わかっていた。容易に手は出せないと誰もが思ったのだ。

諸近が身を乗り出した。

「刀伊の船を捕らえるとなれば、いま少し船を集められたがよかろうかと存じまするが」

諸近が言い終わらぬうちに、種材が苛立たしげに足を踏み鳴らし、

「何を申しておる。さようにのんびりと船など集めておっては、賊徒は風のように逃げてしまうぞ。好機を逸するだけのことじゃ。六十を過ぎたわしの命など惜しゅうはない。お主らが行かぬなら、ひとりで賊徒に討ちかかり、一身を国事に捧げる所存ぞ」

と怒鳴るように言うと、隆家も、

「大蔵が申す通りじゃ。攻める時を失えば悔いることになろうぞ。ましてやわしらが行かずとも、刀伊の方から攻めてこようが」

と応えて海を指差した。

「奴らも新たな加勢が着くのを能古島で待ち、そのうえで総攻めを図っておるのやもしれぬ。これ以上、刀伊を上陸させてはならぬ。捕らわれし者たちのことを思えば、躊躇しておる暇はない」

捕らわれし者という言葉に武士たちの胸が痛んだ。どのような危険を冒そうとも救い出さねばならない者たちがいるのだ。

諸近は唇を嚙んだ。いったん刀伊に捕らわれた自分が、他の者を残してひとり逃れてきたことが悔やまれてならない。

「わかりましてございます」

諸近が頭を下げると、他の武士たちも、

「いかにも左様に存ずる」

「能古島へ攻め入りましょうぞ」

と口々に応じた。種材は興奮で顔を紅潮させ、

「それでこそ九州の武士じゃ。わしが真っ先駆けて死んでくれようぞ。わしの骸を踏み越えて刀伊を討ち果たしてくれい」

と声を高くした。

「ならば、参ろうぞ」

隆家は武士たちを見渡し、力強い声で下知した。武士たちは浜を走り、松浦党の軍船に乗り込んだ。隆家もまた源知の船に致光とともに乗った。

乗船してすぐに、知は船に乗った隆家の前に跪いて言上した。

「悔れぬ船軍になろうかと存じます。船軍は敗れたらば、船ごと海の藻屑(もくず)となり、生

きては戻れませぬが、お覚悟はよろしゅうございますか」

船軍は恐ろしい。たとえどれほど武勇に優れていても船を沈められてしまえば、助かりようがないというのだ。

隆家はにこりと笑った。

「かまわぬ。戦うからには、もとより生きて戻ろうなどとは思っておらぬ。ただ、敵を討ち果たすのみぞ」

隆家の言葉に松浦党の武士たちは、おおう、と応えた。立ち上がった知が、

「——行くぞ」

ひと声発すると、船団は能古島へ向かって動き始めた。櫂で漕ぎ、帆に風を受けて進んだ。

水軍は敵に向かう際には一列になって長蛇の陣形を取る。敵船に出会った時、散開して敵を取り囲むためだ。遭遇した敵とは矢合わせの後、寄せた船から板を差し渡し、乗り込んだうえで白兵戦を行うのだ。

海を進むうち、船上で武士たちは目を瞠った。

「何だ、あれは——」

能古島からおびただしい船がやってくるのが見えた。その船数は六、七十隻にも見

「これは——」

「何という船数だ」

武士たちがうめいた。以前、博多湾に現れた刀伊の船よりはるかに多い。刀伊はやはり能古島で新たな船が着くのを待っていたのだ。松浦党の船に倍する船数である。

隆家が叱咤した。

「恐れるな。奴らは捕らえし者たちを船に乗せておる。船脚早く戦える船はさほどにおらぬはずだ」

しかし、刀伊の船にはいずれも弓を構えた屈強な男たちの姿が見えた。しだいに船は近づいてくる。

船出した時には凪いでいた風がまた強くなった。

互いの船団がぶつかりそうになる寸前、双方の船から矢が射かけられた。松浦党の船は陣形を組み、果敢に刀伊の船に迫っていく。

矢がうなりを上げて飛び、船縁に突き立った。櫂の漕ぎ手にも次々と矢が刺さり、船脚が落ちていく。突然、松浦党の船から矢が放たれなくなった。刀伊の船から対馬や壱岐で捕らわれたひとびとの悲鳴が聞こえたからだ。

悲鳴があがった大船を見ると、船縁にさらわれた女子供や年寄りが立ち並ばされている。人々の泣き声やうめき声が風に乗って聞こえてくる。

矢を射れば、その者たちに突き刺さってしまうだろう。

「おのれ、卑怯な」

種材が歯嚙みした。目を皿のようにして船縁に並ばされた人々を見ていた諸近が、

年寄りの女に目を留めて叫んだ。

「伯母上——」

ひとびとの中に諸近の伯母がいたのだ。

諸近の声が届いたのか、女は悲痛な声をあげた。

「諸近殿、矢を射てくだされ。このまま賊徒にさらわれるは恥にございます」

諸近の伯母の叫びを耳にして武士たちは涙した。誰も矢を射ることができない。

致光が無念そうな表情で隆家を振り向いた。

「隆家様、いかがいたしますか」

船上のひとびとを見据えた隆家は口惜しげに言った。

「さらわれし者がおらぬ船の刀伊を討ち取るしかあるまい。そのうえであの船に乗り込もうぞ」

隆家が命じると、松浦党の船は大船をまわり込んで、ほかの敵船を目指した。

しかし、その間にも大船からは執拗に矢が射かけられてくる。

漕ぎ手や兵が次々に刀伊の矢に射られて悲鳴をあげた。それを見かねて、大船に並

が、

ばされた人質の僧侶が大声で、

「わしらへの気遣いはいらぬ。矢を射返してくだされ」

叫ぶとともに海に身を躍らせた。白い水飛沫をあげて僧侶が飛び込むのを見た種材

が、

「飛び込みし者を救うのだ」

と命じた。その時、兵たちがどよめいた。

「また、飛び込むぞ」

次から次へと刀伊の船からひとびとが飛び込んだ。女や年寄りたちだった。手を合

わせ、祈りながら海に身を躍らせていく。

「急げ。溺れ死ぬぞ」

種材が叫んだ。しかし種材の船が溺れる者を助けるため近づくと、刀伊の矢が飛ん

できた。海に飛び込んだ者とそれを助けようとする船に情け容赦なく矢が降り注ぐ。

あまりの非情に隆家は舳先に立って呼ばわった。

「卑怯なり。烏雅よ、これがお前の戦か──」

憤りが隆家の声を高くした。無辜の民をさらうだけでなく、戦場での楯とする刀伊

の戦法を許し難いと思った。

隆家の声が海上に響き渡ると、しばらくして人質を乗せた船はゆっくりと進路を変

え、戦いの場から離れていった。種材の配下の兵が海に飛び込んだ者たちを熊手で掻き寄せては救いあげていく。

卑怯である、という隆家の言葉に恥じたのかどうかはわからないが、いずれにしても人質が乗った船は遠ざかり、矢を射かけなくてもすんだ、とわかって武士たちは勇気百倍した。

「進め、舳先を当てよ」

知が大声で下知する。松浦党の船は、舳先に〈衝角〉と呼ぶ鉄の角がつけられている。この〈衝角〉で敵船の船体を撃ち破って沈める戦法だった。

やがて松浦党の船は続けざまに刀伊の船に〈衝角〉をぶつけた。めりめりという音を立て、刀伊の船は衝撃で激しく揺れた。

松浦党の船は、一度ぶつけた〈衝角〉を引き抜き、再度、同じ船に当てていく。まるで小刀で敵の腹をえぐるかのように何度も敵船にぶつかっていく。その都度、当たられた船体に穴が開き、浸水していった。

刀伊は何事か叫び声を交わしながら、船上から矢を射かけてきた。

松浦党の兵は楯を頭上にかざし、矢を受けつつ、さらに〈衝角〉をぶつけるべく突進した。刀伊の大船はこの様子を見て恐れをなしたのか、大きく進路を変え、戦いの場から遠ざかった。

「奴らめ、逃げるぞ」

種材がわめいた。松浦党の船が追いかけようとした時、刀伊の大船の陰から十人ほどが乗った小舟が漕ぎ出てきた。船上の刀伊は大きな鉤をつけた棒を手にしている。漕ぎ寄せて船に乗り込むつもりなのか。その小舟に仁王立ちになっている男が、大声で呼ばわった。

「藤原隆家、どの船に乗っておるのだ。勝負をつけにやってきたぞ」

烏烈だった。

隆家は船から身を乗り出して叫び返した。

「わしはここだ。勝負いたしたくばやって参れ」

すると刀伊の船から矢が射かけられ雨のように隆家に向かって降ってきた。これを太刀で斬り払うがとても防ぎきれず、数本は大鎧に突き立った。

「汚し――。わしを誘い出すだけで勝負はいたさぬつもりか」

隆家が怒鳴ると、烏烈は笑った。

「いまのは、かつて貴様に討たれた頼勢のために仕返ししたまでだ。わしの勝負はいまからぞ」

烏烈は小舟を隆家の船に寄せると鉤棒をかけさせ、するすると船上に伝い上った。たちまち隆家のそばまで寄って、剣を手に睨み据えた。

「やっと、この日が参ったわ」

烏烈は目を光らせて言った。

「わしも待ち望んでいたぞ」

隆家は足場の悪い船上で太刀を構えたまま、じりっと横に動いた。烏烈もそれに合わせて動く。まわりにいる者のことは眼中にない様子だ。

「権帥様、お下がりくださりませ。こ奴は弓にて討ち取りましょうぞ」

知が弓を構えて叫んだ。

だが、隆家は首を横に振った。

「ならぬ。この男とは因縁がある。わが手で討ち果たさねば悔いが残る」

隆家が言い終わらぬうちに烏烈が斬りかかった。凄まじい膂力の斬り込みを隆家が弾き返す。烏烈は前後左右に激しく動いた。虎が荒れ狂うかのように跳んでは、間髪を容れず隆家に斬りつけてくる。

「権帥様──」

知は額に汗を浮かべた。ふたりがもつれ合うように戦っているだけに、矢を射かけることもできない。

隆家の烏帽子が斬り裂かれると同時に、烏烈の腰につけられていた矢筒の帯が断ち切られた。矢筒が転がったのを見た烏烈は、身を翻してこれを拾った。

隆家は鋭く烏烈を睨みつけて、声を発した。

「貴様、弓を持たぬのに、なにゆえ矢を拾う」

烏烈はにやりと笑った。

「烏雅は毒矢を嫌うゆえ、われらは戦で毒矢を使うことを止めた。だが、この勝負はわしだけのものじゃから毒矢を用意したのだ」

烏烈は剣を船板に突き立てると、矢筒から五、六本の矢を引き抜くや否や、利き手に一本を持って、素早く隆家に投げつけた。矢はまるで射られたように速く飛ぶ。

隆家はこれを太刀で払い除けた。しかし、烏烈は続けざまに二本の矢を投げつけてくる。指呼の間だけに、剣で斬りつけられるのと同じだった。しかも鏃には毒が塗ってあるという。わずかでも傷つけば命を絶たれるのは明らかだ。

太刀で払いつつ後ろに退いた隆家はつまずいて転倒した。その瞬間、烏烈は跳躍して隆家にのしかかった。隆家の腕を押さえて右手に持った矢を振り上げ、首筋めがけて突き刺そうとした。

「退け——」

隆家は怒号して、烏烈の体を撥ね飛ばした。

烏烈は宙を飛ぶと同時に体を反転させながら、隆家に向け矢を投げた。大鎧の袖と草摺に矢が刺さったが、太刀で払うとすぐに落ちた。

「もはや、毒矢はあるまい」

隆家が言うと、烏烈は何事かわめきながら、船板に突き立てた剣に向かって走った。

隆家は追いすがり、烏烈の背を後ろから斬り下げた。

血が迸（ほとばし）った。

剣を引き抜いて、烏烈はゆっくりと振り向いた。頬に傷が目立つ顔が蒼白（そうはく）になっている。

「どうしても、わしは貴様には勝てぬのか」

よろめきながらも剣を構え、隆家ににじり寄ろうとする。隆家はためらわず踏み込んで、烏烈の胸を袈裟（けさ）がけに斬り下げた。血に染まった烏烈は天を仰いだ。ぐらりと体が揺れて隆家の傍で仰向けに倒れた。

烏烈の口がわずかに開いて、

──瑠璃

と言うように見えた。

（こ奴は、やはり瑠璃への想いが深かったのだな）

隆家は末期の想いが露（あら）わになった烏烈の顔を見て胸を突かれた。思えば花山院との

〈闘乱〉を経て長い因縁があった相手だった。

まわりの武士たちから歓声が上がった。

「権帥様、お見事でございます」

「この者は刀伊の頭でございまするぞ」

船上での騒ぎは他の船にも伝わった。　異変に気づいたらしくひときわ大きな刀伊の船が海面を滑るように近づいてきた。

舳先に弓を構えた烏雅が立っている。

自分に狙いを定めていると見て取った隆家は、舳先に出て体をさらし、

「烏烈は討ち取ったぞ。　もはや勝負はついた。　捕らえし者を置いて、疾く立ち去れ」

と大声で言った。　だが、烏雅は白い歯を見せて笑った。

「われら女真族は、たとえ親を討たれようとも退きはせぬ。　まわりを見ればわかるであろう。　最後に勝つのはわれらだ」

見まわすといつの間にか刀伊の船団が近づいてきている。〈衝角〉で突撃されるのを避けるためか、押し包むように松浦党の船を取り囲んでいる。

「射よや」

烏雅は叫んで、自らも矢を放った。　矢は隆家の胸に向かってまっすぐに飛んでくる。

「隆家様——」

致光が隆家に飛びついて覆いかぶさった瞬間に、矢は致光の頭上をかすめて帆柱に突き立った。　同時に刀伊の他の船からも絶え間なく矢が射かけられ始めた。　しかもそ

れが火矢だったため松浦党の兵は騒然となった。

「火を消すのだ」

知が怒鳴ると、水夫たちは海水をすくいあげ、突き立った火矢の炎を消していく。

だが、消し止めるのが追いつかないほど火矢はさらに射かけられてくる。すでに燃え

上がる船も出ていた。

「どうにかいたせ。このままでは船が焼け落ちて海に沈むぞ」

種材が怒鳴った。しかし、刀伊の火矢は炎の雨となって降り注いでくる。避けよう

がなかった。烏雅が舳先に立って大声を発した。

「どうだ。降伏するなら、いまのうちぞ」

隆家は身を乗り出した。

「われらは賊徒に屈しはせぬ」

「賊徒だと」

烏雅は目を怒らせた。

「他国を襲い、ひとをさらう。この所業を賊徒でなくて何という」

「われらは、失った国をふたたび建てようとしているだけだ」

「ならば、自らの祖先の地に建てよ。祖霊の守護あってこその国ぞ」

烏雅は言い返さず、弓をきりきりと引き絞って隆家を狙った。

「何と言おうと強き者がすべてを得るのだ」

烏雅が放った矢を隆家は太刀で斬り払った。

「おのれ——」

互いが乗った船の舳先が近づいた時、烏雅は口惜しげに隆家を睨み据えた。

「今度は、わが矢を受けてみよ」

隆家は弓を手に取り、矢をつがえて烏雅に狙いを定めた。烏雅を討ち果たすと意を決していた。秋霜烈日の厳しさが隆家の表情に表れている。

（瑠璃よ許せ。わしはそなたの子を討たねばならぬ）

隆家は胸中でつぶやいた。瑠璃の悲しげな顔が脳裏に浮かぶ。その面影を振り払うように弓を引き絞った。

烏雅はそんな隆家を食い入るように見つめながら、体をさらしたままだった。隆家の矢を斬り払うつもりか剣に手をかけている。

舳先がすれ違う。

隆家が矢を放とうとした瞬間、烏雅の乗った船が、

——どーん

という大きな音を立てて激しく揺れた。

「何事だ」

隆家は船縁を摑んだ。　烏雅の乗った船が、　大きな黒い生き物の背に乗り上げている。

知が叫んだ。

「勇魚でございます」

「勇魚だと」

隆家は息を呑んだ。　勇魚とは鯨のことである。　隆家は生まれてこの方、このように巨大な生物を見たことがなかった。　黒々とした巨体が波の間を浮きつ沈みつして悠々と進んでいる。　鯨に遭遇する都度、まわりの船は鯨の引き起こす波で木の葉のように揺れた。

「かような魚がまことにおったのか」

隆家は目を疑った。

古より、鯨追い漁が続いていると聞いたことはあったが、鯨がこのように巨大であるとは目の当たりにするまで信じられなかった。まるで、奇怪な夢を見ているかのようだ。

知は言葉を続けた。

「玄界灘の勇魚は博多湾に迷い込むものもおるのです。　火矢に驚き、暴れ出したのでございましょう」

一頭だけではなく、二頭もの鯨が海面に浮かび上がっては、潮を吹きつつ刀伊の船に体当たりをする。　沈んだかと思うと巨大な体を海上に跳ね上げ、水面を叩きつける

ような音とともに大きな水飛沫を上げる。その凄まじさに刀伊は恐れおののき、火矢を射ることもできない。松浦党の兵たちが騒ぎ立てた。

「海の平安を乱したからじゃ」

「海神様がお怒りなのじゃ」

口々にわめいて、鯨を指差す。巨大な鯨はまさに海神の化身のように見えた。鯨はなおも白い大波を掻き立て、船の間を泳ぎ回るが不思議に刀伊の船にだけ体当たりを繰り返した。

やがて烏雅が乗った船に大きな亀裂が走った。めりめりと船板が裂けていく。

「船を寄せろ。飛び移るのだ」

烏雅が刀伊たちに大声で呼びかけた。櫂が漕がれ、隆家の船に迫ってくる。

知が怒鳴った。

「ぶつかればこの船まで沈むぞ。よけろ」

水夫があわてて進路を変えた。だが、刀伊の船は必死に追いすがってくる。時をおかずに烏雅の船は大きく傾きながら隆家の船に寄ってきた。

「ぶつかるぞ」

松浦党の兵が悲鳴をあげた。

互いの船がぶつかる直前に烏雅は大きく跳躍して隆家の船に飛び移った。船がぶつ

かりあった衝撃は思いのほか小さかった。刀伊は海に飛び込み、仲間の船がこれを助けようとする。

二頭の鯨は海面に姿を現すと、悠然と沖へ向かった。

船体が真ん中から壊れて沈み始め、刀伊の悲鳴と怒号が交錯した。隆家は飛び込んできた烏雅に向かって一歩前へ出た。

「来たか──」

烏雅はさっと剣を構え、血に染まって横たわっている烏烈の遺骸にちらりと目を遣った。烏雅の表情がかすかに曇った。

「やはり、烏烈は貴様にかなわなんだようだな」

「最期に瑠璃の名を呼びおった。それだけの想いがあったことは覚えておくことだ」

隆家の言葉に、烏雅は突き放すように言い返した。

「生きている間にあった想いなど、死んでしまえば無いと同じだ」

烏雅の声はひややかだった。女真族は遊牧民である。自然の摂理に従って生きている。厳しい自然の道理しか信じようとはしない。

「そうであろうか。ひとはどのような想いを抱いて生きたかが大切ではないのか」

隆家はゆっくりと太刀を構えた。烏雅は剣を手にまわりを見まわす。致光が弓を構

えているのを見て、

「あ奴らにわしを射させるつもりか」

と嗤った。　致光だけではない。　知とその郎党たちも烏雅に鏃を向けて、弓を引き絞っている。　隆家の下知があれば、一瞬で烏雅の体には何本もの矢が突き刺さるだろう。

隆家は首を横に振った。

「いや、お前との勝負は誰にも邪魔させぬ」

「ならば、ゆくぞ」

烏雅が剣を天に向かって高くかかげた。　頭上に差し上げられた剣が鋭い光を放った。

白雲棚引く青空に鷗が数羽舞っている。

九

高く掲げた剣先が上下したかに見えた時には、烏雅は隆家の頭上に斬り込んでいた。

隆家はこれを太刀で弾き返すと同時に、左手をのばして烏雅の袖を摑み、足をかけて投げ飛ばした。

烏雅は体をすばやく宙で一回転させて下り立った。　烏雅は飛び退きながらも剣を振るって隆家の狩衣の袖を斬り裂き、すかさず隆家に向かい獣のような奇声を発して突

進した。

隆家もまた避けることなく真っ向から立ち向かう。刃が嚙み合う凄まじい音が響い

たかと思うと、隆家の太刀が根元から五寸ほど残して折れた。

——隆家様

致光が悲鳴のような声をあげた。すぐさま隆家は折れた太刀を烏雅に投げつけたが、

烏雅はこれを払い、斬り込んでくる。剣が風を切ってうなる。

体すれすれに斬り下ろされる寸前、隆家は烏雅の懐に飛び込んで腕を押さえこんだ。

右手で烏雅の喉を摑み、ぐいと押す。凄まじい膂力で締め付けられて烏雅は少しずつ

後退りしていった。顔が青ざめていく。

隆家が目を猛虎のように爛々と光らせ、さらに腕に力をこめようとした瞬間、烏雅

は足を蹴上げた。

とっさに隆家は剣を持つ烏雅の手をひねり、蹴りをかわした。烏雅の背後にまわり、

あごの下に腕を差し込んで首を締め上げた。船縁に押し付けられた烏雅の顔色が蒼白

になり、苦しげにうめいた。さらに押された烏雅が船縁から落ちかかるほど上半身を

仰け反らせた時、隆家の左肩に刀伊の放った矢が刺さった。隆家は弾かれたように烏

雅の喉から手を離した。

いつの間にか弓を構えた刀伊が五、六人乗った小船がすぐ傍まで寄ってきている。

「許さぬ——」

怒った致光が刀伊めがけて矢を次々と射た。喉元に矢を受けた刀伊は海に転落した。

床に転がった致光は、自ら肩の矢を抜き取った。

「権帥様——」

源知が駆け寄った。隆家は肩先から血を滴らせ、大袖が見る間に赤く染まっていく。船縁に体をもたせかけた烏雅は肩で大きく息をしながら隆家に顔を向けた。

「なるほど、わが母の言われた通りであった。藤原隆家という男は、目の前に立ち塞がる敵に、血がつながっていようが容赦しないのだな」

烏雅の声にはどこか嬉しげな響きがあるように感じられる。知から血止めの手当てを受けた隆家は、ゆっくり立ち上がると、

「借りるぞ——」

と言って知の刀を取った。

「戦う者は、情を捨てるのが宿命だ。それが嫌なら戦場には出ぬことだな」

隆家は刀を右手で振りかざした。白刃が陽光を浴びて非情な輝きを放っている。

「言うまでもない」

烏雅も剣を構えなおした。その時、船がぐらりと傾いた。

「隆家様、刀伊めらが——」

致光が叫び声をあげて刀を抜いた。隆家の乗った船に刀伊の船が舳先をぶつけてきた。刀伊の船にも〈衝角〉がつけられており、当てられると船の損傷が激しい。船板が裂ける音とともに、ぎしぎしと帆柱がきしんで鳴った。刀伊たちは迅速に船の間に板を渡し、怒号しながら乗り込んでくる。

「射落とせ」

知は怒鳴って弓に矢をつがえた。松浦党の兵たちも刀伊を射落とそうとしたが、その間にも刀伊は次々に乗り移ってくる。

「おのれ──」

致光は歯嚙みして斬り結んでいくが、刀伊は剣や鉾を振りかざして攻め寄る。狭い船上は、たちまち双方のひしめきあう悲鳴と刃が打ち合う音で騒然となった。

血飛沫が上がり、船床に飛び散った血が幾筋も流れた。それに足を取られた兵に刀伊が襲いかかり、その背に矢が突き立つ。無惨にも死骸が折り重なっていく。

刀伊も兵も血塗れになりながら斬り合った。船縁に立って射かける刀伊の足を兵が長刀で払う。大きな悲鳴をあげて転がり落ちた刀伊に兵が群がり寄って息の根を止める。

同じような戦いは他の船でも行われていた。

致光は刀を振るって刀伊の集団に突っ込み、当たるを幸いなぎ倒した。知も長刀を

縦横に振り回し、血飛沫をあげていく。

まわりの凄惨な戦いをよそに、隆家と烏雅は向かい合っていた。ともに配下の者たちの怒号が耳に入っていないかのように相手だけを見据えている。額に汗を浮かべ、息をはずませた烏雅は剣をだらりと下げて、じりじりと近寄ってくる。隆家は左肩の血止めから血を滴らせて右手で刀を構えている。

ふたりの視線が絡みあった時、隆家が口を開いた。

「いま一度言う。国を建てたくば、祖霊の地に建てよ。異郷の地に建てれば、地霊に呪われるだけぞ」

烏雅は何も答えず、白い歯を見せて笑っただけだ。無言で一歩踏み出すや否や跳躍して隆家を上から斬り下げた。

片手であったにも拘わらず、剣を撥ね返す隆家の力は凄まじく、その衝撃で烏雅の手から剣が飛んだ。剣はくるくると回転して船縁に突き立った。

あわてて剣を取りに駆け寄ろうとする烏雅の前を、知が郎党とともに遮った。さらに致光と兵が取り囲んで烏雅に刀を突き付ける。

少し離れて、兵たちが弓で烏雅の胸に狙いを定めていた。ぎくりとして、烏雅はあたりを見まわした。わずかの間に刀伊が退けられてしまっていることに思わず息を呑んだ。

あれほど多数で攻め寄せたのに刀伊たちは、ことごとく斬られ、弓で射られて海に落ちてしまったというのか。烏雅は、あたりに倒れた刀伊の死骸が累々と続き、足の踏み場もない有り様を目の当たりにして呆然とした。

（まさか、皆、討たれてしまったのではあるまいな）

烏雅は信じられないという面持でその場に立ち尽くした。まわりを囲む兵たちは烏雅をぎらつく目で睨み付けてくる。　烏雅は刀伊の骸に囲まれ、生まれて初めて死の恐怖にさらされるのを感じた。

隆家がゆっくりと前に出た。　刀を烏雅に向けて、

「どうじゃ。得物（えもの）を失ったうえに囲まれては、いかに剽悍（ひょうかん）なそなたでもどうすることもできまい。おとなしく降れ（くだれ）」

と言う隆家を烏雅は顔を歪めて笑った。

「何を言うかと思えば、貴様らしくもない。自分の前に立ちはだかる者を容赦なく討ち果たすのが貴様のやり方ではないのか」

「たしかにお前の言う通りだ。いままではそうであった。だが、お前にそのやり方はできぬ」

「なぜだ」

隆家は深沈とした表情で告げた。

烏雅が訝しげな眼差しを隆家に向けた。

「お前の目だ」

「…………」

「お前は瑠璃と同じ目をしている」

隆家の声には懐かしむ響きがあった。　隆家の脳裏に、出雲に流される途次、但馬で会った瑠璃の姿が浮かんだ。

但馬の受領邸に滞在したおりの夜、隆家の龍笛に合わせて、哀調を帯びた高麗笛の音が聞こえてきた。やがて立烏帽子、白い直垂姿の瑠璃が隆家の前に立って声をかけた。

（初めて出会った時の瑠璃は、いま目の前にいる烏雅と同じ目の色をしていた）

哀愁を漂わせながらもひとを寄せつけず、闘争心に燃え立つ目の色だ。それは幼少より戦いにおのれの生きる道を見出してきた者の目だった。

瑠璃はおのれの命を賭けて隆家と契ろうとしかけてきた。　隆家はそれに応じないで、数夜をともに過ごした。　隆家はあの時、瑠璃に言った。

「ひとは寝ている間に魂が彷徨うものだという。　男と女が夜をともにすれば、肌はふれずとも魂は睦み合い、通うのではないか」

あの言葉はまことのことだったかもしれない。　そうとは気づかぬまま、瑠璃と魂が

通じ合っていたのではないだろうかと隆家は思った。最後の逢瀬の夜、契れぬならば

死ぬという瑠璃と隆家は交わった。魂の深いところでふたりは結び合えた気がする。誰からも癒される

それも瑠璃の深い目の色に惹かれたからではなかっただろうか。

ことのない孤独な目を持ったふたりだった。

夜の帳の中で、ほのかな明かりに浮かび、扇を手にあでやかに舞う瑠璃の姿が思い

浮かぶ。扇はいつしか太刀に変わり、舞いつつ隆家に迫ってくる。袖が翻り、芳香が

あたりに漂った。瑠璃の眼差しは妖しい光を帯びて、せつなげに隆家を見つめていた。

わずかでも隙を見せれば、何の迷いもなく斬りつけてきたに違いないと思わせる厳し

い視線だった。

（瑠璃は生死の狭間に咲く花であった）

隆家はしみじみと瑠璃に思いを馳せた。

同じ視線を烏雅は隆家に向けてくる。烏雅は瑠璃の体を仲立ちにして新たに育まれ

た隆家自身とも言えるのではないか。だとすれば、自らに向かって刀を振るうことは

できない。

一歩前に出た隆家は、烏雅の喉元近くに刀を突き付けて言った。

「お前は、わしにもよう似ておる。しかし、わしとお前では、違うことがひとつだけ

ある。若かりしころより戦いを求め続けたわしは、お前という敵を得て、わが生涯を

賭けるに足る戦いに身を投じることができた。だが、お前にとっての生涯の戦いの相手がこのわしであるはずがない。疾く、この国を去れ。そして本来の自らの戦いを見つけるのだ。それができぬと言うのであれば、この場で死ね――」

隆家の厳しい言葉が雷鳴のように烏雅の耳に轟いた。隆家の声音には、偽りのない真情が込められていると烏雅は感じた。これが血のつながりというものなのだろうか。情が直に心に沁みてくるような気がする。誰あろう、まぎれもない父親の声だ。おのれをこの世に生み出した父親が説いているのだ。

胸が熱くなり、涙があふれそうになった烏雅は一瞬、言葉にならない叫び声をあげ、知に向かって駆けた。

知が斬りつけるのを豹のように敏捷な動きで跳躍してかわし、知の肩を蹴って船縁に飛び乗った。烏雅は船縁に立って振り向き、

「藤原隆家、貴様はわしに情けをかけた。われらの最も恥辱とするところだ。もはや、引き揚げるしか道はない」

と甲高い声を海上に響かせて身を躍らせた。

「烏雅――」

船縁に駆け寄った隆家は、烏雅が刀伊の船に飛び移ったのを見届けた。

烏雅が刀伊に大声で何事か命じた。

すると、刀伊たちの動きがあわただしくなり、中には烏雅に食ってかかる者もいた。

だが、烏雅が鉾を手に決然たる様子で指図すると刀伊たちの動揺は治まった。それまで矢を射かけていた刀伊が攻撃を止めた。

刀伊の船は、ゆっくりと方向を転じ始めた。

「逃げるつもりだ。追え、捕らわれし者を取り戻さねばならぬぞ」

隆家が呼ばわると、知が大声で松浦党に命じた。

「追えっ、逃がすな」

松浦党の兵たちが櫂を漕いで追うが、刀伊の船脚は予想外に速い。海上で巧みに方向を変えると、帆に風を受けて見る見る松浦党の船から遠ざかり始めた。

隆家は叱咤した。

「何をしておる。早う追わぬか——」

知が刀伊の船影を目で追いながら、口惜しげに答えた。

「権帥様、この船は先ほど刀伊の船にぶつけられ、船体が破損しております。もはや博多の津に戻るのがぎりぎりのところかと存じまする」

隆家たちが乗った船は船体が大きく傾いており、浸水を防ぐのが精いっぱいだった。

「何を言う。では刀伊の船をこのまま見逃すと申すのか」

目を怒らせて隆家が大声を出した。

「他の船が追いまする」

知の言葉通り、松浦党の船は刀伊を追撃しつつある。その様子を見て隆家は決然と口を開いた。

「刀伊の船を追うのは対馬までじゃ。それ以上の深追いはならぬ」

隆家の命に知が驚いて振り向いた。

「なぜにござりまするか。われらは、たとえ高麗の果てまででも追いすがりますぞ」

「だからこそじゃ。対馬を越えて追えば、高麗の湊にまで押し入ることになろう。それではわが国と高麗の大きな戦になる。深追いしてはならぬのだ」

隆家はきっぱりと言い放った。これは刀伊との戦いが始まる前からあらかじめ慮っていたことだった。刀伊は高麗人を捕虜として船を漕がせるなどしてきた。いままでに捕らえた者の中にも高麗人はいる。

京にこれらの捕虜を送れば、朝廷では攻め寄せてきたのが高麗だと思い込むかもしれない。その時に、刀伊を追った船が高麗にまで至っていれば、両国の間は紛糾し、戦になりかねない。そのことだけは防がねばならないと隆家は心に定めていた。

「されど、それでは捕らえられた者たちを取り戻せぬやもしれませぬ」

知が悲痛な声を上げたが、隆家は答えようとせず、遠ざかる刀伊の船影をじっと目で追うばかりだった。微動だにせぬその姿は、あたかも威厳に満ちた軍神を思わせる

かのようであった。

長岑諸近は大蔵種材と同じ船に乗っていた。刀伊の船が退き始めたのを見て、種材は大声で叫んだ。

「追えっ。一隻たりとも逃がしてはならぬぞ」

種材たちの船は、幸い損傷が少なかった。櫂が力強く漕がれ、帆が風をはらんで刀伊の船を追う。その船を追って、隆家から出された命が船脚の速い〈早船〉によって伝えられた。〈早船〉は漕ぎ手が多く、小舟であることから速く進めて、伝令を出すおりに使われる。

種材は船縁に身を乗り出して〈早船〉の使者に訊き返した。

「権帥様は、対馬より先には追ってはならぬと言われるのか」

「さようにございます。高麗との国境を犯すことはならぬ、との仰せでございます」

使者は大声で叫び返した。

「なんと——」

種材は諸近に困惑した顔を向けた。それでは刀伊を逃がしてしまうと、諸近は悲壮な顔つきになった。

「一刻も早く対馬の湊に向かうことでございます。外海に出れば、海上で船を捕まえ

ることは難しゅうなります。刀伊は対馬の湊で水と食料を得ようとするはずです。そこを押さえなければ取り逃がしてしまいます」

「そうか──」

種材は、松浦党の者たちに怒鳴った。

「聞いたであろう。対馬を目指すのだ」

おおっ、と松浦党の兵たちが声を揃えて答える。

船はそのまま刀伊の船を追尾しつつ対馬へと向かった。一刻でも早く対馬に着けば、刀伊を捕らえることは可能であるかもしれない。

期待をしながらも、諸近の胸には不安があった。

（刀伊の船の中には対馬に寄らず、高麗へ向かうものもあるのではないだろうか。それらの中に捕らえられた者を乗せた船があれば、追いつくことはかなわない。そうあって欲しくない。いや、そんなことがあってはならない）

諸近は舳先に立って一心に神に念じた。

──必ずや捕らわれし者を取り戻させたまえ

風が強まってきた。紺碧の海原を白い波頭がうねりを打って渡っていく。

吹き荒ぶ風が帆をはためかせる。

四月二十五日——

朝廷に大宰府からの続報が届いた。飛駅は内裏に駆けこむや否や、

「賊が襲来し、各地で戦闘が行われたものの、十三日には敵を撃退し、若干の捕虜を捕らえてございます」

と報じた。

大宰府に賊の襲来が告げられて以来、わずかな日数で襲撃を退けたことになる。この日の飛駅の報せは、この日が大臣たちの物忌と重なったため、二十七日に宮中で会議が開かれて告げられた。

「やれやれ。なんや大騒動して損したような気がいたしますなあ」

「もともと、たいした賊やなかったのやおへんか」

「そうや、騒ぎすぎたんと違いますやろか」

貴族たちは笑い飛ばすことで、刀伊によって殺された者三百六十五人、連れ去られた者千二百八十九人、奪われた牛馬三百八十頭という被害の甚大さからは目を逸らした。

朝廷では四月二十一日に、〈刀伊入寇〉に対して伊勢大神宮など十社において賊徒の退散を祈禱する奉幣を行っていた。

この日、摂政藤原頼通は翌日の賀茂祭に向けて賀茂社に参拝する予定だったが、奉幣使を憚って社参を延期した。だが、賀茂祭などの宮中行事は通常と変わることなく

行われた。

貴族たちは、九州を異国の賊が襲っていることなど忘れたかのように振る舞っていた。公卿の中に、ふとそのことへの不安を口にする者がいると、

「ひとを脅かすようなことを言うて、慎みのないおひとや」

「帝のご威光を軽んずることになるやないか」

と非難された。公卿たちにとって、九州を襲った賊徒を気にすることは、自分たちの誇りを傷つけることにほかならなかったのだ。

大宰府からの飛駅を受けての会議では、捕らえられた捕虜が高麗人であったことから、賊が刀伊か高麗のどちらだったかをよく調べて報告するよう命を出すことのみを決めた。

このほか、捕獲した捕虜や兵器は京に送るにおよばず、筑前の四王寺で法会を行い、壱岐、対馬に役人を派遣して警備を固めることなどを決めて、大宰府に命令書が送られたのは五月四日のことである。

さらに五月二十六日には、賊徒退散を祈願するため仁王経を読誦する〈仁王会〉が京の寺で行われた。

朝廷ではこれによって、〈刀伊入寇〉の大難はすべて終わったことになった。

刀伊を討ち払った隆家に喜びはなかった。捕らえられた者たちを乗せた刀伊の船の行方がわからなかったためである。種材たちが指揮する松浦党の船は刀伊を追い続けた。

刀伊の船はいったん肥前松浦郡の湊に入ろうとしたが、松浦党の船がこれを猛追して数十人を討ち取った。

松浦党の船はさらに刀伊を追い、五月に入っても兵船はなかなか博多津に戻ってこなかった。警固所に引き揚げ、疵の手当てを受けた隆家は、兵船の帰還が遅いことを危惧した。

「よもや、高麗まで押し渡ったのではあるまいな」

知を問い質すと、

「決してさようなことはございません。おそらく壱岐、対馬の近海を丹念に捜しておるのでございましょう。賊徒の船はいったん去ったと見せて、舞い戻ることも珍しくございませぬゆえ」

知はきっぱりと答えたが、その表情には危ぶむ色が浮かんだ。ようやく兵船が戻ってきたのは、五月末のことである。

博多津に入った兵船を、ひとびとは歓呼して迎えた。だが、船から下りてきた武士たちの表情は曇っていた。

警固所の大広間で、種材からの報告を聞いた隆家は眉をひそめた。

「捕らわれし者たちを救うことはかなわなかったか」

「さようにございます。どうしたことか刀伊の船の影も形もござりませなんだ。おそらく一目散に高麗を目指したと思われまする」

無念そうに言った種材は膝を進めた。

「このうえは、高麗まで追うことをお許しくだされ。そうでもしなければ、捕らわれた者たちを取り戻すことはかないませぬ」

「それはならぬ」

隆家は首を横に振った。

「なぜにござりまするか」

種材が目を剝いて問いかけると、致光が横合いから口を挟んだ。

「刀伊はわが国の者を捕らえて去ったのでございます。追捕いたすことに遠慮はいりますまい」

致光の言葉に武士たちは、

「さようでございますぞ」

「われら高麗の果てまでも刀伊を追いまするぞ」

と口ぐちに言い立てた。

「申したはずだ。国境を越えれば高麗との戦になるやもしれぬ。そうなれば、多くの無辜の民の血が流れるだけだ。認めるわけにはいかぬ」

隆家はそう言った後、

「捕らわれし者たちを救えなかったのは、わしに非がある。許せ——」

と頭を下げた。

「もったいないことでございます」

「何を仰せになられますか」

武士たちはいっせいに声を上げて平伏した。中に顔を上げて必死の面持で訴える者がいた。

「申し上げます」

諸近が青ざめた顔で言った。諸近が意を決していると見て取った隆家は、気を引き締めて応じた。

「何事じゃ。申してみよ」

「兵を送れば高麗と戦になるゆえに追捕は許さぬとの仰せはわかりましてございます。されど、それがしひとりにて高麗に参るならば、さようなことにはならぬと存じまする。お許しいただけるとは、もとより思うておりませぬが、お見逃しを願わしゅう存じます」

「なんと、そちはひとりで高麗へ参ると申すか。許しを得ずに異国へ参るのは国禁を犯すことになる。たとえ無事に戻っても罰せられるのは明らかぞ」

朝廷からの使者ではない者が国外に出ることは禁じられている。まして対馬の判官代である諸近は官人なのだ。すべてを承知のうえで海を渡ろうと言い出すのは厳罰を覚悟しなければできないことだった。

「それはいたしかたのないことでござります。それがしは、いったん刀伊に囚われた身でございます。このまま捕らえられし者たちを見捨てるわけにはいき申さぬ。捕らえられた者の中にはそれがしの妻子と老母、それに妹がおるのです。何としても助けたいと願うのは人情と申すものでございます」

諸近は血を吐くような形相で言った。諸近の言葉に耳を傾けていた知が身じろぎして口を開いた。

「恐れながら、諸近殿が高麗へ渡られるのならば、われらの船にて送るのがよろしかろうと存じまする。さすれば捕らわれし者たちの消息がわかりましょう。そのうえで取り戻す策を立ててはいかがでござりましょうや」

知の話に、大蔵種材が膝を叩いた。

「そうじゃ。連れ去られた者たちの行方がわかれば、高麗へ使者を遣わし、取り戻す手立てを講ずることもできるのではござりますまいか。そのためにも諸近殿が高麗へ

渡ること、御目こぼし願わしゅう存ずる」

他の武士たちも、

「さようじゃ。お見逃し願わしゅう存じます」

「お願いいたしまする」

と声を上げた。捕らえられた者たちを取り戻したいという思いは皆同じだった。

隆家は立ち上がって武士たちの顔を見まわした。どの顔も日焼けし、戦を終えたばかりの猛々しさを湛えている。

「そなたたちは、いずれも異国の賊を追い払うのに抜群の武功をあげた者たちじゃ。その願いを聞き届けぬわけには参らぬな」

隆家が口辺に笑みを浮かべると、武士たちは顔を見合わせて喜んだ。

「ありがたく存じまする」

諸近が涙声になって平伏した。隆家は諸近の傍らに寄り、片膝をついて声をかけた。

「よいか。たとえ、捕らわれし者たちの行方をつかめずとも、必ず戻って参れ。死ぬことはならぬぞ」

諸近は答えることもできず、額を床にこすりつけて肩を震わせた。

十

六月十五日夜半——

諸近は松浦党の船に乗り、博多津から出航した。ひと目を憚り、夜中に出立するこ
とにしたのだ。いったん対馬に戻ったうえ、ひそかに高麗へと向かうのである。

満月がゆっくりと昇って中天にかかるころ、船は月を映した海面をすべるように出
ていった。博多津で諸近の出発を見送った隆家は警固所へ戻ると、致光、種材を相手
に酒を飲みつつ諸近の無事を祈った。

「諸近は、捕らわれし者たちを見つけ出せましょうや」

種材が案じるように言った。隆家は盃を口に運びながら、

「それは、われらの運しだいであろう。為すべきことを為したうえで、すべてを神慮
にゆだねるしかあるまい」

とつぶやいた。すると、致光が感慨深げな口振りで言った。

「隆家様は随分とお変わりになられました」

「わしがか？」

隆家は面映ゆそうな顔をして致光に目を遣った。

京から九州まで、致光は常に離れず隆家の身近で仕えてきた。その致光の目から見て、隆家がどう変わったというのだろうか。

「以前の隆家様は、法皇様にすら矢を射かけられるなど、言うなれば神をも畏れぬ乱暴者でございました」

致光は花山院（かざんいん）と争ったころの隆家を思い出したのか、遠くを見る目をした。

「何をいう。わしとて幼きころより神を畏れる心持はあったぞ。ただ若いころは、この世がつまらぬと思うていただけだ」

ふたりの遣り取りを黙って聞いていた種材が相好（そうごう）を崩した。隆家の思わぬ昔話を聞いて興味をそそられたようだ。

「いまはつまらぬとは思われませぬか」

種材の問いに、

「わしは九州に参ってから、ひとがひとのために戦うということを知った。さらには、ひとには天命があるとも思うようになった。おのが天命に従って生きるならば、この世は随分と面白いものじゃ」

隆家はからりと笑って答えた。

「なるほど、さようなものでござりますか」

種材は大仰に感心した。問われて思いを致すこともある。ひとは天命に従って生き

るものだ、と隆家はあらためて思った。

花山院と争ったことや此度の刀伊を討ち払ったことなどは天命に違いない、といま
にして思える。天命により、はるばる九州まで下ることになったのだ。おのれが起こ
したこと、あるいは自らに起きたことにはすべてに理由があったような気がする。

（ひとは、ただおのれの力を尽くして生きるのみだ）

隆家は胸中で烏雅の若々しい顔を思い浮かべていた。

六月二十九日──

刀伊撃退の論功行賞が朝廷の議題に上った。すでに大宰府からは十二人の武家の戦
功を記した上申書が出されていた。この会議は大納言藤原公任（きんとう）の予想外な発言から始
まった。

「そもそも恩賞を与えなければなりまへんのやろか」

公任は平然と首をかしげてみせた。かねてから隆家と親しい藤原実資が苦い顔をし
た。

「賊徒を退けたのですから、恩賞は当然のことではありませんか」

「さあ、そこや。朝廷では四月十八日に戦功をあげた者には褒賞を与えると決めたの
は確かや。しかし、実際には十三日に賊徒は退散していたわけやから、合戦に功があ

ったというても、褒賞せんでもよいのではないやろか」

公任はぬけぬけと言った。すると、中納言藤原行成が膝を叩いて、

「朝廷から命じられないところでの戦は私闘や。私ごとの闘いに朝廷から褒賞を出すのはおかしなことや」

と同調した。これにうなずく貴族たちも多く、

「そうやな。このたびは褒賞なしでもええやろ」

「賊もすぐに追い払えたところを見たら、たいしたことなかったみたいやし」

と言いさざめいた。苦り切った実資は、咳払い（せきばら）いをして、

「さように仰せじゃが、道長様はちと違うお考えであられた」

と言い、一同を見渡した。実資は会議でこのような意見が出ることを見越して、あらかじめ道長を訪ね、意見を聞いていた。

実資の言葉に頼通は顔をしかめた。いまの朝廷は頼通によって動いている。いまさら父道長に出しゃばって欲しくはない。だが、道長の考えであると言われれば、誰もが否応なく聞いてしまうに違いなかった。

このころ道長は入道して政界を引退していたが、その権勢は以前と変わらず、衰えていない。

実資が道長の住む土御門邸を訪れて、九州での隆家の働きを告げると、道長は青白い顔でうなずいた。道長は、

　　──容顔老僧の如し

と後に言われるほど病み衰え痩せていた。実資はその面差しを見て、

（近頃、道長様は病だという噂は、まことであったか）

と思った。道長は実資の視線を避けるように顔をそむけていたが、しばらく考えた後、かすれた声でつぶやいた。

「不思議な因縁やな」

「何が、でございましょうか」

実資はうかがうように道長を見た。

「わしと伊周、隆家兄弟は叔父甥の間柄とはいえ、永年、確執があった。わしもふたりに立腹したことは数知れぬし、あのふたりもさぞかし、わしを怨み、憎んだに違いなかろう。伊周はその思いを抱いたまま逝ってしもうたが、隆家はいまなお健在で、この国を襲った者たちを退けてくれた」

「さようでございますな」

「そうや。隆家はわしや京の者たちを憎んだであろうに、わしらを守るために命がけで戦うた。何ゆえかは、わしにはわからぬ」

道長は呆然とした面持で言った。かろうじて隠せていることだが、道長は去年の四月から体調不良に悩まされていた。発熱し、胸が痛んだ。その症状は、道長自身が日記に、

——心神不覚

と記すほどだった。熱に浮かされている間、何度か怨霊を見た。

関白になってほどなく逝去し、〈七日関白〉と呼ばれた兄の藤原道兼や道長と対立した三条天皇の霊だった。いずれも闇の中にほの白くぼんやりと顔が浮かぶのである。

道長はこれらの怨霊を目にするたびに、

「わたしにどこか悪いところがございましょうや。わたしは誰にも悪しきことなどいたしてはおりませぬ」

と弁明した。道長は、本気でこれまで悪業を働いたことはないと思っていた。ただ、好機がめぐってきた時に権勢の座につくことをためらわなかっただけである。しかし、怨霊は何も言わず、恨めしげに道長を見つめるだけなのだ。

道長はそんな怨霊を恐れてひそかに法性寺の五大堂に参籠したが、体はさらに衰弱するばかりだった。さらに陰陽師や仏僧による祈禱を行わせても、いっこうに胸の痛みは治まらなかった。

（これはどうしたことだろう）

　思い惑った道長は、最後は仏にすがるしかないと意を定めた。こうして今年の三月二十一日、延暦寺の僧を招いて出家した。このころは阿弥陀信仰が広がっていた。道長もまた、阿弥陀如来の導きにより、美しく輝かしい極楽に往生したいと願うようになっており、法名を行観とした。

　世間には、あたかも功なり名を遂げた後に、この世に未練が無くなって出家したかのように装ったが、実際には病の苦悶から逃れたいと思いつめて仏門に入ったのだ。

　入道した同じ三月に刀伊が九州を襲ったと聞かされて、道長は、

（わしに祟っている怨霊の仕業であろうか）

と身震いする心持がした。それだけにかねてから道長に遺恨を抱いているはずの隆家が、刀伊を討ち払ったことが不審に思えてならなかった。

「隆家殿が守りたかったのは、道長様や都のひとびととではなかったかもしれませんな」

実資は辛辣な口調で言った。

「ほう、なんやと言うのや」

顔をしかめて道長が応じた。

「わかりませぬが、隆家殿が守ろうとしたのは、雅やかなこの国の美しさではないかという気がいたします」

「なるほどな、それが中関白家藤原隆家にふさわしいかもしれぬな」

道長の言葉を聞いて実資は膝を進めた。

「それでは恩賞のことは──」

「大宰府からの申請通り、認めてやるがよい」

道長は、やむを得ないという表情で言った。

「しかし、最も大きな功があったはずの隆家殿について、大宰府からは何も申請してきておりませぬが」

「隆家らしいではないか。恩賞などいらぬと言うのであろう。押し付けがましゅう与えても、あの男のことだ、叩き返しかねぬ。知らぬ顔をしておけ」

道長は弱々しげに笑った。

実資が朝廷での議定の席上で道長の意向を伝えると、先ほどまで口ぐちに言い散らしていた公卿たちは、たちまち黙った。そして、互いの顔を見合わせた。公任がため息をつくように、

「それにしても、道長様にはえらい寛大なことやなあ」

と言った。道長と伊周、隆家兄弟の永年の確執を公卿たちは知り尽くしていた。道長の陰謀によりふたりが流罪となったこともあったし、一方で道長がふたりから命を狙われたこともあったはずだ。

何より、隆家とは同胞である一条天皇の皇后定子の悲運に満ちた生涯を公卿たちはいまだに覚えている。定子の記憶が残っている間は、隆家と道長の和解はあるはずがないと誰もが思っていた。それなのに、道長が隆家の九州での戦功に理解を示すとはどういうことなのだろうか。

「思えば、随分と時がたったということかもしれんなあ」

頼通がぽつりと独り言ちた。伊周、隆家の父道隆が長徳元年（九九五）に亡くなってから諍いは始まり、すでに二十四年がたっている。その間、朝廷を巻き込んでの争いは嵐のようでもあった。

「父上様も変わられ、隆家殿も変わったということやろか」

頼通は慨嘆するように口にしたが、ふたりがどのように変わったかを言い表すことはできなかった。

公卿たちも複雑な表情で頼通の言葉を聞いていた。ここ二十年余りの歳月は道長が権勢の座に駆け上っていった日々だった。公卿たちは道長を恐れ、羨み、妬み、嫉むことで生きてきた。だが、そんな心持に囚われて過ごした日々がいま終わろうとしているのではないか。

ひょっとすると、それは道長の権勢の終焉なのではないかという気がして、公卿たちは不吉な予感を覚えて背筋が寒くなるのを感じた。

七月七日──

　諸近が、高麗から日本人の女十人を伴って対馬に戻ってきた。対馬の役所は諸近と女三人を大宰府に送った。

　隆家は大宰府政庁で諸近と会った。諸近から離れて階、近くに三人の女が控えている。強い日差しの照り返しに女たちはしとどに汗ばんでいた。

「いかがであった。捕らわれし者たちの行方はわかったか」

　隆家の問いに、諸近は疲れ果てた表情で答えた。

「一部の者についてはわかりましてございます。されど、他の者は──」

「わからなんだか」

　隆家は目を閉じて唇を嚙んだ。

「申し訳ござりませぬ」

　諸近は低く頭を下げた。堪え切れずに女たちが声をひそめて泣き伏した。

　諸近は高麗の金海に着くと、まず言葉が通じる者を捜した。すると、諸近の前に薄汚れた蓬髪で髭面の法師が現れ、

　──仁礼

と名のった。

「わしにまかせろ」

と言って諸近を高麗の政庁に案内した。仁礼は金海府の役人に顔が利くらしく、馴れ馴れしい様子で諸近が刀伊にさらわれた家族を取り戻しにきたと口早に伝えた。

ことの次第を聞いた役人は諸近に同情の目を向けた。

「そうか。お前はあの非道な刀伊どもに家族を奪われたのか」

仁礼を通じた役人の言葉に諸近が息を呑んで、

「刀伊の行方を知っているのか」

と訊くと、役人は大きくうなずいた。

「刀伊は、わが国の湊を荒らした。われわれが、討ち払う備えをして待つ間に、お前の国に行ったようだ。先日、再びわが国の湊を襲って略奪を働いた。だが、五カ所の湊に千余りの兵船を備えていたから、これをことごとく撃退できた」

高麗の兵船は湊に入ってきた刀伊の船に攻撃を仕掛けて焼き払い、刀伊の船中にいた日本人二百数十人を救出した、と役人は話した。

「二百数十人——」

諸近は表情を曇らせた。二百数十人の消息がわかるのは喜ばしいが、連れ去られた

異様に目が鋭い怪しげな男だった。仁礼は日本の言葉がわかり、諸近が刀伊にさらわれた者を捜しに海を渡ってきたと告げると、

者は千人を超えている。残りの者たちの行方が心配だった。役人は親切な男で、

「いまここに、三十人余りの日本人が送られてきている。中の幾人かに会わせてやろう。話をするがよい」

と言ってくれた。やがて諸近の前に連れてこられたのは、多治比阿古見、内蔵石女というふたりの若い女だった。ふたりは諸近の顔を見るなり、

「恐ろしい目にあいました」

と泣き崩れた。ふたりの話によると、博多湾の海戦で矢を受けた刀伊は次々に死んでいったという。

刀伊は高麗の沿岸にたどり着くと、毎朝、暗いうちに上陸しては略奪を働き、昼間は近くの人の住んでいない島々に隠れた。二十日余りが過ぎた五月中旬になったころ、高麗の兵船数百隻が刀伊の船を発見して襲ってきた。

刀伊は激しく抵抗したが、高麗の船は兵力で勝り、しだいに刀伊を圧倒した。

敵わないことを覚った刀伊は、捕らえた日本人を船中で殺すか海に投げ込むなどした後、北方に逃げた。

ふたりとも海に投げ込まれたが、高麗船に救われ、金海府に送られたのだという。

諸近はふたりの話を聞いたうえで、

「わたしの妻子や母に心当たりはないだろうか」

と訊いた。だが、ふたりは頭を振って、

「女子供や年寄りは、ほとんどが殺されました。生きておられるかどうかわかりません」

と言うばかりだった。

諸近はそれを聞いても諦めきれず、金海府にいたほかの日本人にも会わせてもらうと、その中に博多湾で刀伊に連れ去られていくところを見た伯母がいた。

伯母は見る影もなく痩せていた。諸近に気づくと取りすがって泣いた。

「誰彼なしにひどい目におうてしもうて」

妻子や母親はやはり海に投げ込まれたのではないかと伯母から聞いた諸近は、気落ちした。それでも生き残っている者が高麗にいることを伝えねばならないと思い、取りあえず十人を伴って、戻ってきたという。

「さようか。大儀であった」

隆家が気遣う声をかけると、諸近は顔を上げた。

「そう言えば、高麗の役人に会わせてくれた仁礼と名のる者が、それがしが高麗を去る時に気になることを申しました」

「何と申したのだ」

何事か察したらしく、隆家は身を乗り出した。

「仁礼は以前、わが国に来て博多にいたことがあるそうです。そのおりには宋の医者恵情と名のっていたと申しました。さらに京にも上り、乙黒法師という名であったと——」

「やはり、そうであったか」

隆家は懐かしげに声を高くした。隆家の前から姿を消した乙黒が、高麗に渡ったのではないかとは想像していた。諸近は唇を湿して言葉を継いだ。

「仁礼はかように申しました。刀伊は北方へ去れり、これよりは契丹を討たんと欲す。されば、再び海を越えることはないであろう、と」

「そうか。乙黒がさように申したか……」

「それから、自分はこれより女真の地に行く。そのことを隆家様に伝えよと申して、それがしの前から姿を消したのでございます」

博多湾から去った後、烏雅はそのまま女真の地に戻り、新たな戦いの道を進んでいるのだろう。乙黒からの言伝は隆家に安堵の思いを抱かせるものだった。

（わしの荒ぶる想いは、烏雅とともに彼の地に去ったのかもしれぬ）

過ぎてしまえば、嵐の後のような静寂とさびしさが残るだけである。

　七月十六日——

　道長は、土御門邸のすぐ東に南北三町（約三百三十メートル）、東西二町（約二百二十メートル）の壮大な寺の創建に着手した。

　後に法成寺と呼ばれる寺の十一間の堂に、金色の阿弥陀仏九体を安置しようと思い立ったのだ。壮麗な寺院の建立は道長にとって生涯の最後を飾る華やかな事業だった。

　建設にあたっての費用、人手は受領に割り当てられ、受領、官人たちは権力者の道長のために競って奉仕した。

　治安二年（一〇二二）七月十四日、後一条天皇の行幸を待って厳かに落慶法要が行われたが、その盛大さは参集したひとびとを驚かせた。

　瓦葺の阿弥陀堂には絢爛たる阿弥陀仏が並び、参列したひとびとにこの世の極楽を思わせた。

　東廂の中の間には道長が念仏を唱える場所が設えられ、蒔絵の机が置かれた。観音像、仏具、花壺などが置かれ、その前に畳が敷かれ、その上に円座が置かれた。

　九体の阿弥陀像の手から斑濃の組糸が引かれ、中央に安置された阿弥陀像の手に集められている。この組糸はさらに念仏を誦す座まで伸びていて、あたかも阿弥陀の手にすがり、極楽往生を遂げようとする道長の心を表すかのようであった。

　道長にとって、阿弥陀堂は生きていく苦痛からひたすら逃れ、極楽に往生しようと祈願する場所だった。権力欲に溺れたすべての罪障への許しを、阿弥陀如来に求めた

のだろうか。

九月――

高麗から虜人送使として鄭子良が日本人二百七十人を伴い、対馬を訪れた。このことは京に伝えられ、朝廷は高麗使を大宰府で厚く接待することを命じた。

朝廷ではこの時まで、九州を襲ったのが女真か、あるいは高麗か、どちらであるかわからないという疑念を抱いていたが、高麗の牒（書状）によってはっきりとした。また拉致されたひとびとのうち三百人が高麗によって救われ、帰国できたのは僥倖とすべきことだった。

隆家は鄭子良を歓待して宴を開き、高麗使へのねぎらいとして黄金三百両を贈った。鄭子良は隆家による厚遇に感謝しつつ、伝え聞く刀伊のその後の動きについて語った。

「彼らは海賊としての略奪を諦め、契丹に抗する道を選ぼうとしておるようです」

「さようか」

隆家はうなずいた。

女真は高麗の湊を荒らしながらも、討ち払われたことによって、海からの侵攻を断念したのかもしれない。

「渤海国が亡んで後、彼らが国を持てなかったのは、ひとびとを統べる者がいなかったからでしょう。統率する者が出てくれば、彼らはひとつにまとまることができ、その時は恐るべき力を持てるに違いありません」

「だが、それは、高麗にとって望ましいことではないと思われますが」

隆家は悠然と盃を口に運びながら言った。

「さようではありますが、われらは契丹によって脅かされています。その契丹に挑む者が出てくることは、必ずしも悪いことではないと存じます」

鄭子良はそう言って笑うと、銀の盃の酒を干した。

隆家は盃を重ねながら大陸に戻った烏雅が馬を走らせ、契丹に攻め入ろうとする姿を思い浮かべた。

それが烏雅にとって、最もふさわしい生き方であるように思える。それは隆家自身がそうありたいと望んだ生き方でもあった。

刀伊と出会ったことで、おのれが大陸に転生し、いままさに馬を走らせ、敵に向かって駆けているのではないか。

ふと、隆家は自身がその場に臨んでいるような心持を抱いた。

隆家の大宰府権帥の任期は今年で終わる。間もなく京に帰らなければならないが、やるべきことを終えた隆家の心境は晴れやかだった。

『大鏡』には隆家について、

――やまとごゝろかしこくおはするひとにて

と記されている。京に戻った隆家は、その後も独自の風格を失わず、朝廷のひとび

とから重んじられた。

この年から九十六年後の一一一五年に、女真族の完顔阿骨打が統率して金を建国し

た。金は北宋と盟約を結んで、一一二五年に契丹を亡ぼした。一一二七年にはさらに南下して北宋を倒した。一二三四年、金は同じ遊牧民族のモ

ンゴルによって亡ぼされるが、それまで百年余りにわたって北部中国を支配するので

ある。

『金史』によると、完顔一族の首長だった阿骨打の長兄の名を烏雅束という。

阿骨打とともに女真族の勢力をまとめあげた烏雅束の死後、阿骨打は族長の地位に

ついたのである。烏雅束とは、あるいは烏雅の裔かもしれない。

解　説

青木　千恵（書評家）

生きることの意味とは、本当の美しさとは何か。人間の生き方を、歴史時代小説を通して描いた作家が、葉室麟さんである。本書『刀伊入寇』は、実在の公卿を主人公にした平安戦記エンターテインメントだ。

時は平安中期、主人公の藤原隆家は、一条天皇（第六六代天皇）の摂政関白を務め、中関白と呼ばれた藤原道隆の四男として生まれ、貴族の家に生まれながら、隆家の心にはなぜか荒ぶるものがあり、「どこかに、強い敵はおらんものかな」と呟いていた。天皇の外戚となることをめぐって兄弟同士がいがみ合う、藤原家内部の政争を隆家は好まなかった。自分はそんな生き方はしたくない。だからこそ、強い敵を求めて闘いたいのだった。

物語は、長徳元年（九九五）に始まる。前年に十六歳で公卿に列した隆家は、四月六日、十七歳にして権中納言となる。三歳上の姉定子は一条天皇に寵愛されており、父道隆の隠退後は、五歳上の兄伊周が関白の座に就くと思われていた。ところが四月

十日に道隆が亡くなり、叔父の道兼が関白職に就く。その道兼が疫病で五月八日に没すると、皇太后詮子の策動で叔父道長が昇進していく。凡庸で鷹揚に見えた道長は地位を得て変貌し、伊周と対立する。一方、中関白家に恨みを抱く花山院（第六十五代天皇）には、異様な風体の「鬼」たちが仕えていた。陰陽師の安倍晴明は、「いえ、あなた様が勝たねば、この国は亡びます」と隆家に言い、鬼たちの名は「とい」だと告げた――。

『刀伊入寇』は二〇一〇年から一一年にかけて「月刊ジェイ・ノベル」に連載され、実業之日本社から一一年六月に単行本、一四年四月に文庫が刊行された。今回の角川文庫版は、再編集による二次文庫だ。実業之日本社の単行本、文庫で割愛された部分も収録した、雑誌連載に沿った編集である。映画なら名作『ブレードランナー』に、初期の劇場公開版、ディレクターズ・カットなど複数のバージョンがあるのと同じだ。読み比べたところ、どちらも面白い。本書は雑誌連載に沿っているので、執筆時の筆の勢いが残り、隆家の荒ぶる気性と闘いの惨さ、著者のイマジネーションを、より素の状態で読めるバージョンである。また、著者の葉室麟さんが亡くなられてから五年が経ち、そのまなざしと作品をあらためて捉え直すことができる一巻となる。

私（青木）は二〇一〇年十月と二〇一二年二月に、葉室さんにインタビューをする機会を得ている。一度目は『刀伊入寇』を執筆中の葉室さんに取材していたわけで、

へ"推古天皇からマッカーサーまで"がキャッチフレーズで（笑）、古代に遡ってずっと歴史を描きたい。どういうふうに題材と出会うか、その都度、手探りでやっていきます〉（トーハン「新刊ニュース」二〇一一年一月号）と仰っていた。作家としてどう歩むか、手探りの時期だったのだ。驚いたのは、私の名刺を見て「あ、『秋月記』の書評を書いてくださったでしょう」と言われたことである。びっくり。本についての同人サイトで書いた書評を、ご覧になっていたとは。葉室さんは、穏やかな印象の人だった。

　さて、本書『刀伊入寇』は、どんな物語だろうか。前述したように、父道隆の死後、中関白家の運命は暗転する。花山院と中関白家の確執と「闘乱」事件を利用した道長によって、隆家と伊周は配流される。大切な人を次々に亡くし、隆家は孤独な境涯に落ちていくが、荒ぶる気性は変わらない。圧倒的権力者へと上り詰めていく道長と、権力の外側へ追いやられる伊周、隆家兄弟という、「光と影」の対比は鮮やかだ。だが、葉室さんは物語を通して、いや、本当はどちらが「光」なのか、人生の輝きはどんな瞬間に放たれるのかを問いかける。道長の娘彰子に仕え、『源氏物語』を描いた紫式部が登場して、そして隆家の毅然とした強さを兼ね備えた男こそが光源氏そのひとではないか〉と問うのだ。〈道長は現世で光源氏のような栄華の中にいる。だが、その心映えは光源氏のように美しさを持っていない〉。そ

れなのに道長が栄華を極めるという、人間社会の不条理を描き出している。

また本書は、個性的なキャラクター、引き込まれるストーリー、政争もアクション

もありという、歴史小説の醍醐味を存分に味わえる作品だ。水木しげるや白土三平の

漫画に親しみ、高校時代にリアルタイムで司馬遼太郎『竜馬がゆく』を読むなど、歴

史物の潮流にずっと触れていた葉室さんには、エンターテインメントを描く素地があ

った。隆家はやがて九州の大宰府に赴き、真の「強い敵」とついに相まみえる。それ

は、「排除」と「忖度」が跋扈する宮廷の、ちまちました陰湿な権力争いとはまった

く事情の異なる大敵だった。どんな状況でも、隆家は自分らしくあり続ける。そんな

隆家とかかわるのは、謎の法師乙黒、花山院に仕える異形の鬼たち（その正体は次第

に明かされていく）、清少納言、紫式部、藤原道長ら平安オールスターズである。

ここで、「刀伊入寇」という題材を、デビュー六年目の葉室さんが選んでいた点に

注目する。平安中期に政治を担っていたのは、京都の天皇と貴族たちだった。〈武家

の勢力はまだ台頭しておらず、藤原氏は一門内での出世争いに狂奔するばかりで、国

外に目を向けることなく、言わば惰眠を貪っていた〉。権力者と取り巻きの「今だけ、

ここだけ、自分だけ」の腐敗は、いつの時代も、どこの国でも起こる。葉室作品には、

架空の小藩を舞台にした直木賞受賞作『蜩ノ記』のように、小さな組織内の濃密な人

間関係を描いたものがあれば、本書のように「国」のスケールに主人公を立たせるも

のもある。

葉室さんはミクロとマクロのまなざしを併せ持つ作家で、市井の人の繊細な心情も、存亡の危機に立ち向かう闘いも描いた。本書では、宮廷の濃密な人間関係を離れ、大宰府に赴いた隆家の闘いを描く。一人の人間がそこでどう生きたのかに着目しており、そして実は彼こそが、政を担う公卿の本来あるべき姿だったのだ。暴れん坊の貴公子だった隆家が学び、いつしか国際的な視野からの選択を為す公卿となっていたことを、史実に基づいて示す。

美しい、と人はよく口にするけれど、美しさとは何だろうか。本書には、葉室さんの考える美しいものが描かれている。

藤原道長には、自らの権力を詠んだ有名な和歌がある。「此の世をば我が世とぞ思ふ望月の欠けたることもなしと思へば」だ。皓々と夜空に浮かぶ満月はたしかに美しい。しかし、欠けていく虚しさを通り越した先にある、それでも生きようと再び姿を現した月のほうが、もっともっと美しいのではないか。〈困難や悲しみに出会ってもくじけず、悲哀を乗り越えて生きたとき、その人は輝き、人生の意味が深まっていると思います〉（前掲「新刊ニュース」）と、葉室さんは仰っていた。くじけずに生きた人たちがいてこそ、この世界は続いてきたのではないか。ならば歴史を自分なりに見据え、そこにいた美しい人の物語を紡ぐ。葉室さんは穏やかな印象の人だったが、隆家のように荒ぶるものを心に抱いていたのではないだろうか。そうでなければ、十三年という短い間に、獅子奮迅の勢いで六十余りもの

作品を描けない。

　晩年の葉室さんは明治維新からの「日本の近代化」をテーマにし、二〇一七年の急逝により、外交官・陸奥宗光を描いた『暁天の星』は未完となった。この国はどのように歩んできて、どこへ向かうのか。日本の来し方を探る葉室さんの新作を読むこと、謦咳(けいがい)に接することはもう叶わないけれど、作品は残されている。葉室さんの言葉を聞きに、繰り返し訪ねたい秀作ばかりだ。本書はその一冊。通説の歴史は勝った側が構成したもので、実は本書のように知られざる出来事があり、人がいて、歴史の奔流の大部分を成している。ただ、知られていなかったのだ。

参考文献

『殴り合う貴族たち——平安朝裏源氏物語』繁田信一著　柏書房

『渤海国　東アジア古代王国の使者たち』上田雄著　講談社学術文庫

『大鏡　全現代語訳』保坂弘司著　講談社学術文庫

『枕草子　新編日本古典文学全集』小学館

『源氏物語　1−6　新編日本古典文学全集』小学館

『日本の歴史5　王朝の貴族』土田直鎮著　中公文庫

本書は、二〇一四年四月に実業之日本社文庫より刊行された作品に雑誌連載時の原稿を一部加え再編集したものです。

刀伊入寇
藤原隆家の闘い

葉室 麟

令和5年1月25日　初版発行
令和6年12月15日　5版発行

発行者●山下直久

発行●株式会社KADOKAWA
〒102-8177　東京都千代田区富士見2-13-3
電話　0570-002-301(ナビダイヤル)

角川文庫 23514

印刷所●株式会社KADOKAWA
製本所●株式会社KADOKAWA

表紙画●和田三造

●お問い合わせ
https://www.kadokawa.co.jp/ (「お問い合わせ」へお進みください)
※内容によっては、お答えできない場合があります。
※サポートは日本国内のみとさせていただきます。
※Japanese text only

◆◇◇

角川文庫発刊に際して

第二次世界大戦の敗北は、軍事力の敗北であった以上に、私たちの若い文化力の敗退であった。私たちの文化が戦争に対して如何に無力であり、単なるあだ花に過ぎなかったかを、私たちは身を以て体験し痛感した。西洋近代文化の摂取にとって、明治以後八十年の歳月は決して短かすぎたとは言えない。にもかかわらず、近代文化の伝統を確立し、自由な批判と柔軟な良識に富む文化層として自らを形成することに私たちは失敗して来た。そしてこれは、各層への文化の普及滲透を任務とする出版人の責任でもあった。

一九四五年以来、私たちは再び振出しに戻り、第一歩から踏み出すことを余儀なくされた。これは大きな不幸ではあるが、反面、これまでの混沌・未熟・歪曲の中にあった我が国の文化に秩序と確たる基礎を齎らすためには絶好の機会でもある。角川書店は、このような祖国の文化的危機にあたり、微力をも顧みず再建の礎石たるべき抱負と決意とをもって出発したが、ここに創立以来の念願を果すべく角川文庫を発刊する。これまで刊行されたあらゆる全集叢書文庫類の長所と短所とを検討し、古今東西の不朽の典籍を、良心的編集のもとに、廉価に、そして書架にふさわしい美本として、多くのひとびとに提供しようとする。しかし私たちは徒らに百科全書的な知識のジレッタントを作ることを目的とせず、あくまで祖国の文化に秩序と再建への道を示し、この文庫を角川書店の栄ある事業として、今後永久に継続発展せしめ、学芸と教養との殿堂として大成せんことを期したい。多くの読書子の愛情ある忠言と支持とによって、この希望と抱負とを完遂せしめられんことを願う。

一九四九年五月三日

角 川 源 義